抵达之谜

〔英〕V.S.奈保尔 著

蔡安洁 译

V. S. Naipaul

南海出版公司

新经典文化股份有限公司
www.readinglife.com
出　品

深切怀念

我的弟弟

希万·奈保尔

1945 年 2 月 25 日生于西班牙港

1985 年 8 月 13 日逝世于伦敦

目 录

杰克的花园

头四天阴雨绵绵，几乎看不出自己身处何方。雨停后，我看清在我小屋前的草坪和附属房屋之外，是一片片田野，田野四周立着光秃秃的树。伴着微光，远方有隐隐闪动的小河，奇怪的是，有时那闪光仿佛在地平线的上方。

这条河叫埃文；不是和莎士比亚关联的那条埃文河。后来，当这片土地对我而言有了更大的意义，当这里较之伴我长大的热带街道，承载了我更多生命的经历，我便能把带有垄沟的平而湿的田地称作"湿草甸"，把远方绵延的低矮、平滑的山丘叫作"丘陵"。但在当时——虽然在英国生活二十多年了——雨停后，我看到的不过是平坦的田野和一条狭窄的河。

那是个冬天。以往一想到冬天和雪景我就激动不已，可惜在英国，对我而言，这个词丧失了某些浪漫色彩。我发现英国的冬天很少像我在遥远的故乡那座热带岛屿上时想象的那样极端。我在别处经历过严酷的天气：一月西班牙马德里近郊的滑雪度假村，十二月印度的西姆拉，八月巍峨的喜马拉雅山。英国似乎和这样的天气无缘，在这里，一年到头可以穿同样的衣服，偶尔加件毛衣，大衣几乎用不着。

尽管我知道，夏天总是阳光明媚，而冬天树木掉光叶子，只剩下枝丫，仿佛罗兰·希尔达[1]画笔下的水彩画，可那年植被和天气的变化都很温和，时光在我眼里变得模糊。我分不清季节的更迭，也无法把某种花或者叶子和特定的季节联系起来。但我喜欢观察，会留意一切，也会被花叶之美、清晨的灿烂和暮色沉沉感动。我对冬天的印象主要是日短夜长，工作时间到处亮着电灯，偶尔会下雪。

如果我说我是在冬天到达河谷的那栋小屋的，那是因为我记得当时雾气迷漫，四天的雨和雾把屋子周围蒙在一片薄纱中，与我的焦虑不安相呼应：我为工作和新环境担心，我在英国搬了好几次家了。

我说那是在冬天，还因为当时我忧心高昂的供暖费。小木屋里用电供暖，比煤气或者汽油都贵。小屋靠近河岸和湿草甸，再加上它细长的结构，很难保持热度。屋里的水泥地只比地面高出大约一英尺。

某天下午开始下雪。雪落在屋前的草地上，盖在树枝上，给平日被忽视的东西描上白边，勾勒出草地周围空荡荡的老房子的轮廓，这些老房子我先前没怎么留意过。我看着雪花一片片飘落，脑海里渐渐构建出周围的景象。

野兔在雪地上嬉戏，或许觅食。一只母兔弓着背，带着三四只小兔，雪地上出现了灰色。兔子的画面，尤其是它们带来的新颜色，唤醒抑或创造了冬日的其他细节：傍晚的雪光；草地周围陌生的空

①罗兰·希尔达（1905－1993），英国风景画家。

房子发白了，变得显眼，也似乎更加重要。我想起变白的篱笆后面那片兔子觅食的森林。这便是我周围的图景：白草地，挨着草地的空房子，草地一侧的栅栏，栅栏空隙间远处的森林。我看见了一片森林，不过并非真正的森林，而只是屋后一片有些年头的果园。

我把周围看得真真切切，却不清楚看到的是何物。周围对我而言陌生依旧，我处于一种混沌状态。然而我还是知道一些事的。我知道我坐火车到达的这个镇子的名字，叫索尔兹伯里。这差不多是我认识的第一个英国小镇，我在我的英语三级读物中看到过康斯特勃[①]索尔兹伯里教堂画作的复制版，对它有了些许初步印象。那时我还在遥远的热带小岛上，不到十岁。那件四色印刷品是我当时见过的最美的图画。我知道我的小屋位于索尔兹伯里附近的一个河谷中。

除去康斯特勃的浪漫主义画作，我对周围还有语言学上的理解。“埃文”[②]的原意仅仅是河流，正如“猎狗”[③]的原意就是“狗”。我所在的村庄和庄园的名字瓦尔登肖，“瓦尔登”[④]和“肖”[⑤]都是树林的意思。这也许就是为什么除了雪和兔子带来童话般的感觉外，我觉得看到了森林。

我也知道小屋离巨石阵不远。我知道有条步道通向成圈的石头；我知道路上某个高处有个观景点。头四天过后，雨停雾散，我在一个下午去寻访那条步道和那处景观。

周围没有可谈论的村庄，我为此感到高兴。我见到生人会不知所措。在英国生活多年，我到一个新地方仍旧会紧张，有生疏感，仍觉得身处他乡，陌生，孤独。每每来到这个国家的一处新地方——

---

①约翰·康斯特勃（1776－1837），19 世纪英国伟大的风景画家。

②③④⑤原文分别为 avon、hound、walden、shaw。

在别人眼里可能是探险——对我而言就像揭开一个旧伤疤。

庄园阴暗、掩蔽在紫杉下的土地边上有一条狭窄的公路。公路、铁丝栅栏和路边的矮树之后是丘陵的陡坡。巨石阵和步道就在那个方向。应该有一条小径连接公路。要找到那条小径，是朝左还是朝右？其实都没问题——向左转走到一条小径上，向右转走到另一条小径上。这两条小径在杰克的农舍或农舍所在的农场处交汇，就在山那边的谷中。

有两条路通向那栋农舍，两条不同的路：一条很老，一条是新路。老路沿着宽阔蜿蜒的古老河床，比较长也比较平坦，想必以前是运货马车走的路。为汽车铺的新路比较陡，上坡接着又下坡。

在公路上左转会走上老路。路上山毛榉成荫，路沿着河岸的岩脊延伸，接着几乎降至河面。这里是一个小村落。我看到用砖和燧石建成的小房子，带有精致的门廊。依着河岸有一栋低矮的茅草顶白墙小屋在翻新。（几年后，小屋仍在翻新中，透过灰蒙蒙的窗户还能看见用了半袋的水泥。）在这个小村落，你走上了通往杰克的农舍的老路。

一条沥青路经过六栋普通的小房子，两三栋房子上刻有主人或建造师或设计师首字母的花纹，这是它们唯一精致的地方。花纹边还带有日期，让人惊奇的是，那是在战时的一九四四年。沥青消失，狭窄的小路变得崎岖，接着进入山谷，路变宽，上面一道道坚硬的车辙被错落的杂草顶得裂开。山谷显得古旧。左边的山坡阻挡了视线。陡坡光秃秃的，没有树或灌木丛，在平整稀疏的草下面能看见一条条伤痕似的沟，暗示很久以前连续多年的耕作，也有防御工事的痕迹。路面宽而曲折。宽阔的山谷（也许是古时的河谷）

笔直延伸，在远处和一片低矮的丘陵相交。杰克的农舍和农场在这条直路的尽头，坐落在转弯处。

通往农舍的另一条路是短而陡的新路，自主路向上，又往下至山谷和农场，北面种着一排防风林，高大的松树保护着小山毛榉。坡顶有一个金属墙的现代谷仓；另一边往下一点点是防风林的豁口。这便是巨石阵的观景处。巨石阵远而小，不容易看见，没有炮兵操练场发亮的红或橙色的靶子清楚。坡底，沿着防风林边岩石遍布、凹凸不平的小径，有废弃的农场建筑和仍在使用的农舍，其中一栋便是杰克的家。

周围的丘陵坚硬而干燥，呈现出泛白的棕色和绿色。但是在谷底宽阔的路上，沿着农场建筑，土地黑而泥泞。拖拉机轮胎在黑色淤泥中碾压出不规则的长条形池塘。

我走到农场建筑的第一座小屋，沿着防风林边那条陡峭的小路走，问路人怎么去巨石阵。从山顶的观景点看去，路变得清晰。但是从那里往下走，山丘一个比一个高，坡接着坡，凹陷和小路都隐藏了起来；谷底的烂泥和水坑致使行走困难，让空间显得更大，看上去有很多小路，有些引向谷底的宽路，我觉得困惑。虽然在空旷中这是一句如此简单的询问；我从未忘记第一天问路的事情。我问的是杰克吗？我没有记住那个人；我更关心散步途中的陌生，我自身的陌生以及我那句询问的可笑。

我被告知绕过农场建筑，向右拐，沿着宽阔的主路走，无视所有干燥小路的诱惑。那些小路会把人带向另一边的树林，新生树木暗示那儿是乡村深处，是森林的开始。

我走过农舍和农场边的泥泞，经过旧木材、纠缠的铁丝网和废弃的农用机械部件的混乱，向右转。宽阔的泥路覆满了草，长而潮湿的草。很快，走过农场建筑，我发现自己走进了一条宽而空的旧河床，空间感淹没了我。

布满草的路，旧时的河床（我的猜想），都是向上倾斜的，因此目光被引向天空；两边是山丘的斜坡，映衬着蓝天向上延展。一边是牛群；另一边草场之后是一块空地，长着成林的小松树。这背景有种原始感，给人以空旷、土地未被占据的洪荒时代的印象。这里看不见房屋，只有宽阔、杂草丛生的路，头顶是天空，两边是宽阔的斜坡。

也许是这条路的延伸让人产生空旷感。当我走到路的顶头，和周围星星点点的坟堆平齐，我俯瞰巨石阵，也看见了索尔兹伯里平原上的炮兵操练场和西埃姆斯伯里许多整齐的小房子。我走在空旷之中，散步仿佛是我自己的幻觉，幼松后面的森林也给我这样的感觉。不远处都是公路和大道，色彩鲜艳的卡车和汽车像玩具一般。巨石阵、旧手推车和坟冢在天空的映衬下轮廓分明；炮兵操练场，西埃姆斯伯里。新与旧；还有在散步中途或者其他不同时候出现的位于谷底、包含杰克的农舍的农场。

很多农场建筑不再使用。泥泞的院子周围，谷仓和畜栏——红砖墙，石板屋顶或黏土砖——在腐烂。畜栏里偶有病弱的小牛，与牛群隔离开。脱落的红砖，穿孔的屋顶，生锈的波纹铁，弯曲的金属，蔓延的潮湿，棕色或黑色的铁锈，畜栏中像被践踏的粪便一般稀软的烂泥上长着苔藓，有的翠绿，有的枯黄，在这幅图景下，那些被隔离的牲口就像被抛弃了似的，景况十分可怕。

这里的牛患有某种畸形。这些牛的配种变得机械，以至于畸形也变得机械，这是工业作业的败笔。牛身上不同的部位长出奇怪的赘肉，仿佛它们出自一个分成两半的模子，接合处发生了泄漏，变硬成了肉，然后长出和其他牛一样的黑白相间的弗里斯兰图案的皮毛。在破败荒废、遍地粪便和苔藓的农场，新鲜的只有牛自己的粪便，它们站在这里承受着令人费解的负担，身子中间垂下一块公牛垂肉似的东西，仿佛是厚重的窗帘，等待被镇上的屠宰场取下。

离开旧农场建筑，沿着宽阔的老路，走到农场和杰克的农舍。这里也是一派颓败，有其他努力或生命的遗迹。路的尽头，一侧的深草丛中堆着平而浅的灰箱子，排成两排。我后来听说它们原本是蜂箱。我从没听说谁养蜂。养蜂人是一个住在农舍的农场工人，还是一个闲得无聊想做点小生意的人，后来放弃并遗忘了这件事？如今这些灰箱子何以被遗弃，并且不值得任何人花功夫移走，这是没有栅栏的空旷中的一点神秘。

在宽车道的另一侧，农场建筑边的大拐弯就此开始，在小树和灌木丛的遮蔽之下，有一辆状况良好的红黄绿三色大篷车。我觉得这是一辆色彩鲜艳的旧时吉卜赛大篷车，仿佛拉车的马不久前才被松开。又一个神秘，又一个仔细制造却被遗弃的东西，又一个过时的、被弃用的却没有被扔掉的物件。就像丢散于四处、在农场建筑四周生锈的陈旧笨重的农用机械。

在笔直的宽路中间，离蜂箱和大篷车很远的地方，立着一个稻草堆，一捆捆干草堆成小屋的结构，盖着黑色旧塑料布。稻草堆了很长时间了，黑色中冒出了绿芽。夏天精心收割而后堆起的稻草开始腐烂，变成了肥料。现在，农场的稻草储藏在一个现代化的开放式棚子里，那是栋活动板房，屋顶下方印着建造人的名字。棚子立在混乱的旧农场之后——仿佛总是有空地，无须推倒旧的东西重建。棚子里新鲜的稻草散发着甜暖的气味。成捆的稻草被打开，金黄、干净、温暖，让我想起把稻草变成金子的故事，也想起书中写欧洲人睡在谷仓里的稻草上的情形。这是我在特立尼达时理解不了的，岛上的人总是用新割的草喂牛，草是青的，不会变黄堆成干草堆。眼下，在这个冬季，在这潮湿的谷底，有高耸的金黄的稻草堆，暖融融的金色旁边是有车辙的黑色泥浆。

离小屋形状的腐烂稻草不远，有一栋房子的废墟。这房子的墙壁也许由燧石和混凝土砌成。这栋陋屋——墙也许没有地基——如今暴露在外。破损的墙，没有屋顶，周围是泥土——没有石头或水泥地。多么潮湿！周围的梧桐、山毛榉或是橡树，都很高大，让房子小了下去。曾经这些树不引人注意，当房子不再存在，树木继续生长，如今让周围阴冷黑暗，见不到光的地方青苔遍布。公路边的农舍是上世纪开垦者建造的，主要是农场工人，他们为自己和后代争取了所有权。但是在这儿，在长满草的车道边，于田野和孤寂之中，屋子的拥有者或建造者没有留下什么，也没有建起什么，只有种下的树继续生长。

也许这房子不过是一个牧羊人的居所，但这只是猜想。牧羊人的屋子更小，周围的树也不像是牧羊人小舍会有的布置，不像是一个仅待几晚的住所。

羊不再是平原上的主要动物。我只见过一次剪羊毛。剪羊毛的是个大个子男人，听说他是澳大利亚人。这项工作在一栋木墙、石板屋顶的老房子——与杰克的农舍在同一排——中进行。我是偶遇剪羊毛的，之前并没有听说过，仅仅是在下午散步的时候碰见了。

显然，剪羊毛对一部分人来说是新鲜事，农场和周边的人都赶来看热闹。这是力量和速度的展示，羊被同时抬起、剃去毛，然后被光秃秃地送走。这仪式像是出自旧时小说，也许是哈代[①]的小说，也许是维多利亚时代的乡间日记。仿佛索尔兹伯里的炮兵操练场，天空中军用飞机的尾迹，军营和呼啸声阵阵的公路都不在我们周围。仿佛在农场建筑和杰克的农舍边，时间静止不动，事物一如往昔。剪羊毛来自过去，如同旧的农场建筑，如同不再移动的大篷车，如同不再储存粮食的谷仓。

这个谷仓有高大的窗户和铁支架。也许有一个滑轮和锁链连在这个金属支架上，把稻草从推车和马车上吊起，然后通过高大敞开的窗户摇进谷仓。索尔兹伯里镇上有一个类似的古旧装置，在一个出名的老杂货店的二楼。它作为古董和标志存留着，适合一座关注过去的老镇。但是镇上的古董到了山谷里就成了垃圾。它是一个逐年破损的谷仓的组成部分。谷仓和其他荒废的农场建筑之所以存在，是因为在保护区域，规划章程只允许有建筑的地方加盖新建筑。

正如现代的活动棚子取代了腐烂的旧草堆——棚子离得很远，并非建在旧农场建筑边——真正的谷仓建在山顶，靠近防护林。谷仓有镀锌的墙，可防鼠。在这里，机械赶走了一切，强大的卡车（不是从谷底到旧谷仓的马车）从公路爬上崎岖的山路，停在谷仓的水泥院子里。谷仓的喷嘴把沾满灰尘的谷物倒进卡车车厢。

稻草金黄温暖；谷物金灿灿；但是，四处飘落的灰尘——在水泥院子里，在崎岖的小径上，在防风林的松树和小山毛榉间——谷

①托马斯·哈代（1840－1928），英国诗人、小说家。

物被倒进卡车车厢后飘落的灰尘是灰色的。在金属墙的谷仓边，一个金属喷嘴下有一小堆圆锥形的尘土，是借助机械从谷仓里大堆的圆锥形谷物堆中吹出的。这堆尘土——底部坚实，顶部非常松软——非常细，灰蒙蒙的没有一丝金色。

这个新谷仓有机械装置。但是在它边上，穿过没有铺好的泥路是另一片废墟：一个战时防空洞，土丘上种着梧桐，起到掩护作用，一个金属通风器奇怪地从茂密的树枝间伸出。梧桐至少是二十五年前种下的，但它们紧挨在一起，看上去还嫩。

*

杰克生活在废墟中，在废弃的东西中。我是后来才有这种看法的，现在伴随着写作，这种想法越来越强烈。这并不是我一开始出去散步就有的想法。

破败废弃和无所适从是我对自己的感觉，这种想法附着在我身上：一个从另一个半球、另一种背景过来的人，中年时栖居在被忽略的庄园的一栋小屋里，庄园充满了爱德华时代的回忆，和现代社会的联系微乎其微。它是山谷里庄园和大宅子中的异类，而我又使这里的异类之感增强了几分。我感到生疏，感到漂泊不定。在最初的日子里我所见到的周遭环境，我沿着防风林或宽阔的草路在每日散步中的所见，这一切都加重了这种情绪。我觉得自己在这老山谷里的出现像是一场动乱的一部分，是这个乡村历史进程中的一个变化。

然而，杰克却被我看作这景色的一部分。我觉得他的生活真实，有着落，并且合宜：一个和谐地融于景色的人。我将他看作过去的一种残余（我的出现预示着这点残余的消失）。我第一次在这里散步时只看到景色，索尔兹伯里附近的乡间风景，古老而相称。那时我没有产生这样的想法：杰克生活在垃圾之中，在将近一个世纪的废墟之中。他农舍周围的过去也许并不是他的过去；他有可能是后来才来到山谷的；他的生活方式也许是一种选择，一种自主行为。一小块地伴随着他的农场工人的小屋（三排小屋中的一栋）来到他眼前，他为自己创造了一块特殊的土地，一块他异常满足地耕耘的花园（虽然周围是废墟和消失的生命的遗迹），在这里，就像在时光之书的一个版本中，他庆祝了时节的更替。

我把他看作一种残余。不远处的古老坟堆间，是索尔兹伯里平原上的射击场和军事训练场。因为军事区域人烟稀少，而这块土地长久军用，所以，在爆炸和军事演习之后，平原上出人意料地有一些在人口稠密地区已绝迹的蝴蝶活了下来。同样地，山谷底部宽阔的车道意外地免受人群、交通和军营的侵扰，杰克像那些蝴蝶一样幸存了下来。

我缓慢地观察事物；它们缓慢地呈现。我在散步时首先注意到的人不是杰克，而是他的岳父。他的岳父——而不是杰克——像那古老地貌中的一个文学人物。他像是华兹华斯[①]笔下的人物：驼背，驼得厉害，严肃地干着农活，像置身于湖区无尽的孤寂中。

驼背的老人走得很慢，做事不慌不忙。他在丘陵地中开出了几条小径，以后就再未变过路线。你甚至能循着他的小径穿过铁丝栅

①威廉·华兹华斯（1770－1850），英国浪漫主义诗人。

栏。老人在有刺的铁丝上缠上蓝色塑料袋（原来是装肥料的），再用红色尼龙绳紧紧绑住。他以一种和他的步伐及从容不迫的态度相称的彻底精神，垫出了可以安全从铁丝网下穿过或是从上面爬过的地方。

我先注意到老人，之后是花园。花园在废弃物当中。杰克的花园让我注意到杰克——这个住在另一栋农舍里与我素不相识的人，我不认得他，不知道他何时搬进或搬出。我花了些时间才注意到花园。很多个礼拜，为了寻找野兔的踪迹，我从布满灰白的白垩与燧石的丘陵到可以眺望巨石阵的古坟头走了很多趟。我对季节有了意识之后，才注意到花园。在那之前，它不过在那里，在我散步的路上，像路标那样不值得特别留意。我喜欢风景、树木、花朵和云彩，能敏锐地感受到光线和温度的变化。

我首先注意到他的树篱。它修剪整齐，中间紧密，靠近地面处乱糟糟的。从修剪的样式来看，园丁大概喜欢紧实的篱笆，让它像一面砖墙、木头或者人造草料般完整。篱笆把杰克的果园、花园同车道隔开，车道很宽，环绕小屋和农场，几乎总是松软或泥泞的。冬天，在拖拉机留下的黑色车辙的烂泥间，长长的水洼映出天空。夏日里有那么几天，黑色的烂泥晒干，变硬，发白且容易扬尘。于是，杰克的农舍旁花园的树篱在夏日积累起大约一英尺的白尘，冬天溅满烂泥，干了就呈白色或灰色。

树篱没有遮住任何东西。从丘陵上走下来，沿着防护林就能将它一览无遗。老式的锈迹斑斑的农场建筑做背景，屋前是泥地或花园，泥地和花园前是一片空旷。杰克的花园边是杰克的篱笆：一小堵墙上是泥泞的绿色，在开阔的车道前显得突兀，像是遗迹，是对另一类房屋、花园和街道的回忆，对某种更完整、更理想的事物的象征。

严格说来，花园在小屋的前面。但事实上，小屋的后部一直被用作前部，前花园也就成了后花园。杰克精心种植和修剪车道边的树篱，他以同样的本能把花园拾掇成了前花园。一条边界分明的铺砌的小径从“前”门延伸到花园中央。这条路应该通向一扇门、一条人行道或一条街。确有一扇门，但它装在孔隙宽大的铁丝栅栏上，只通向一块用铁丝围起来的地，地每年翻一次，杰克在这里种下一年生植物。再往前是一片空地，是车道和耕地间的荒地。杰克的鸭和鹅在这里做窝，到处是乱糟糟的粪便和羽毛。鸭和鹅没有圈养起来，但它们走得不远，仅仅来来回回穿过车道。

篱笆，花园，一年生植物的花床，鸭和鹅的窝；在这些之后，在另外两栋农舍的预留地之后，土地开始向农场机械耕种的田地倾斜，这里是杰克种菜的地方。

每一块地都是分开的。杰克没有把这里当作一个整体。但是他把每一处都看得很清楚；他照料的每种东西都回应了他特别的想法。篱笆经常修剪，花园美丽干净，满目变幻的色彩，鹅圈脏兮兮的，窝棚随意搭起，地上是搪瓷碗盆和废弃的陶土水槽。杰克在老式农场建筑边建起了花园的一切，就像一个微缩的中世纪村庄。这是杰克的风格，正是这一点让我觉得他是旧式农夫生活的一点残余（很快我就发现自己错了），像在索尔兹伯里平原上的爆炸之后存活下来的蝴蝶，不知怎的在工业革命、被遗弃的村庄、铁路以及这个山谷巨大的农场中间幸存了下来。

我以文学之眼看到这些，或者说我借助文学看这一切。我是个异乡人，带着异乡人的紧张，但我通晓这儿的语言，了解这门语言的历史和写作，我能在所见之中找到一种特殊的过去；我的一部分大脑容许幻想的进入。

有天早晨我在广播里听到，罗马帝国时期，鹅能从高卢一路走到罗马的市场。杰克的随处排泄的鹅高昂着头，在谷底的泥泞中大摇大摆，偶尔具有攻击性。这之后，我觉得杰克的这些鹅有了历史意义，超越了中世纪农民的概念，超越了旧时英国乡村的样子，超越了童书里鹅的插图。有一年，我想读莎士比亚，想接触早期语言，于是二十多年以来第一次重读《李尔王》。读到肯特伯爵说："鹅，如果我在塞勒姆[1]遇到你，就把你嘎嘎叫着赶回卡美洛[2]。"塞勒姆平原与索尔兹伯里平原，卡美洛与温彻斯特——仅二十英里之遥。我觉得借助杰克的鹅，我理解了《李尔王》中编辑说明显得晦涩的地方。杰克可能没有想到车道上的这些动物会如此古老。

散步的孤独，丘陵上的空荡，让我沉浸在语言或历史的幻想中，同时也缓解了我在英国作为一个异乡人的紧张。田地的形状，小径和公路的分布，军用的需要，这些意外让这一小片地显得孤立。散步时，我独自享有了英国的这一段历史。

每天我在山坡间杂草丛生的宽阔道路上散步，走过白垩山谷——有时看似夏日散布着砂粒般的积雪的喜马拉雅山山谷。每天我都会看见几百年前耸起的土丘。这么多土丘！它们散布在四周。从一定的高度看，它们映衬在蓝天里，像是土地的疙瘩。起初我喜欢踏过一路上的土丘。土丘上的草很粗壮，很高，颜色暗淡，一丛

①索尔兹伯里地区的古罗马名。

②传说中亚瑟王的宫殿，在英国温彻斯特。

丛的绊人。树受尽风的摧残，长得不高。

我择路而行，沿着每个土丘上上下下，绕来绕去。刚来的日子，我想看尽所有可到达的土丘，觉得要是看得够仔细、够久就能欣赏到劳动的魅力，而非了解宗教性的神秘。

每天我走在杂草丛生的宽阔道路上，也许那是旧时唱着圣歌的游行队列走过的道路。每天我从谷底爬到山顶，看到这番景色：前方是石头围成的圈，看上去就在下面，却还有很远的路。石头被绿色衬得发灰，有时被阳光照亮。我沿着野草丛生的路向上走（尽管我乐意承认游行队列所走的真正的路在别处），不停地想象自己是古时的人，登高去确认这世界一切都好。

巨石阵两边都有主干道。路上的卡车、货车和汽车都像玩具似的。巨石阵脚下是一群游客——不那么明显，没有你走到巨石阵置身周围那梦幻的气氛中时想象的那么明显。从远处注意到游客，只因有些女人穿着红裙子或外套。巨石阵游客身上的红色我总能看见，在一群小小的身影中总有人穿着红色衣服。

虽然周围是人群、公路、炮兵操练场（有荧光或半发光的靶子），对古老的感受，对土地年岁和人类占有它的悠久历史的感知总是跟随着我。一大块神圣的坟地以天空为界，那些坟冢在如今几乎空荡荡的大地上诉说着什么，那时有过什么人物，什么样的规模，有多繁忙！古老感赋予一个人周围的活动另一种刻度。但同时，站在这一高度，在这么广阔的视野下，也有一种延续感。

于是，这种让人的现实活动显得既卑微又高贵的古老之思以及文学之思，包裹了这个世界。虽然被公路和军营包围着，空中有云彩，有时还有繁忙的军用飞机行驶的痕迹，但在很多个下午，这个世界让我有了幸运的发现——我置身其中的那种孤寂。

云雀山是炮兵学校的名字。我来这里的头一两年，学校有集会或是开放日，学员当着家人的面表演开枪射击。但是我散步途中寻找的云雀山，是有着古坟的山丘，云雀在此生活，就像诗歌中吟唱的那样。“青山葱茏遥远处，云雀化作欢歌飞无影。”这是真的：鸟雀几乎垂直地不断向上飞翔。我觉得以前听过云雀的歌声。但这是我第一次注意，第一次观察并且倾听它们。它们是我孤寂中又一个幸运的发现，又一个意外的礼物。

这成了我的心绪。我在路上看到野玫瑰和山楂树的时候，没有将它们旁边的防风林看成是大庄园主们做的一种记号：树林种在特定的地方（据说是对特拉法尔加战役两军阵地状况的模仿），庄园主在孤独上留下他们的标记，并保存下来。我没有想到庄园主。我的心绪纯净：我认为这些单瓣的玫瑰和路边气味甜美的花是野生的。

秋日白天渐短，我脑袋里充满了冬天的那些乐趣，火炉、夜灯和书卷。有一天，我特别想读《高文爵士与绿衣骑士》，这是二十多年前我在牛津中世纪文学课上读过的一首长诗。防风林边的玫瑰果和山楂果，在这死寂却温暖的时节长出的这些红果让我想重读那首古老诗歌中有关冬季的旅程。我去索尔兹伯里买了这本书，在回家的车上读起来。于是，在英国，我第一次融入当地的风景，融入那种孤寂。

杰克和他的花园、鹅、农舍以及他的岳父，似乎都是文学、古老和这种风景的发散。

*

我首先注意到的是他的岳父，最先遇见的也是他的岳父。我很早就见过他，当时我尚在探索，还没过上规律的生活。我沿着山边少有人走的小路漫步，路上泥巴很深，野草长得很高，不时还有枝杈伸出来。我那时总走的小路，后来我再也不去问津了。在某条探索的小路上，在防风林边连着陡峭石径的小路上，在人迹罕至的半隐秘的小路上，我遇见了杰克的岳父。

他背驼得厉害，那背好像生来是要负重的。他对我说话时发出奇怪的嘶哑的声音。让人惊奇的是，他虽然说话费力，还是会和陌生人说话。更让人惊奇的是他的眼睛，这个驼背老人的眼睛明亮有生气，还带着调皮的神采。他死人般的脸上有一种奇特的色彩，一种灰色，一种让我想起吉卜赛血统的黝黑。他死人般的脸上有胡茬，几乎像一层羽毛，脸颊和下巴是白色的，那双眼睛是奇迹和安慰：虽然那场事故永久地损坏了这个老人的脊椎，他的个性如故。

他发出嘶哑的声音，好像在说："狗？狗？"他停下来，像只乌龟似的抬起头。他发出嘶哑的声音，举起象征着权威的一根手指。他好像在说："狗？狗？"只需要我重复词语"狗？"，他就又埋下头，弓着背忙活去了。他的眼睛暗淡了，头低下去。他咕哝着"狗"，这个词卡在他喉咙中。"让野鸡发愁。"

小径边的树荫下是篱笆高的笼子，里面关着野鸡。野生动物像鸡一样养在后院，这让我觉得新鲜。周围的树林都是人栽种的，所有山毛榉和松树边的玫瑰和山楂树都是人栽种的，这也让我觉得新鲜。

在隐秘的小路上遇到陌生人，一个黝黑程度是吉卜赛人的二十倍的陌生人，会有一点冒充权威甚至欺侮的冲动。但这是老人短暂的冲动，或许也是一种社交冲动，希望和陌生人说说话，希望邂逅的人多上一个。

他埋下了头，眼中神采不再。我也没再听到他开口。

我们再也没有过什么交集。我偶尔会远远看到他。有一次见他弓着的背上有一捆木头，像是华兹华斯笔下的人物，若是在华兹华斯的诗里，题目会是“拾柴者”。他走得很慢，然而在缓慢和从容中有一种确定：他给自己定了一个必须完成的任务。像老鼠一样，他仿佛有一块“领地”，然而我不清楚他在地里做了什么（除了照料野鸡——也许这都不用做）。

沿着古老河谷延伸的车道很长。我第一次走在上面的时候还没有栅栏。在最初的一两年里，大路变窄了。一排带刺的栅栏竖起，从长而直的路中央延展开去。坚实的绿篱笆柱（粗的被结实地撑着）和带刺的铁丝让我觉得，虽然对我来说，山谷里的生活才刚刚开始，但从某种意义上来看，我也处在偶遇的事物的尽头。

丧失了那种宽广和空间感多么让人伤感！这让我痛苦。但是我已经成长到接受世事变迁观念的阶段，我已活在“腐朽”这种观念之中。我一直有一种想法，这像是对我的诅咒：我孩童时在特立尼达岛就想，我活在一个已经过了巅峰时代的世界。我已活在死亡的念头中，而这个念头是年轻人不可能有、无法留在心中的：一个人在世上的时间，一个人的生命是短暂的。这些关于腐朽世界、世界不断变化以及人生短暂的念头，让很多事情变得可以忍受。

后来，我从车道上发现了更早的侵蚀。某个夏天，我从云雀山俯视巨石阵，路边玉米地变换着颜色，我猜想其中一定有老式推车和马车轮的辙印。这是当年马车从巨石阵到索尔兹伯里所经之路，因为烂泥的缘故，这条土路比铺筑的路更宽。很久以前，老路一些宽阔的地方就被并入田地，消失在铁丝栅栏之后。

古路围在了栅栏之中，被古代部落视作神圣之物的宽阔河床划作私人领地（在山谷的一头，蜂箱往后，大篷车、古老的草垛与依着巨大梧桐树的破败房子往后，在尽头处，在河西岸的纤草下，有古坟或堡垒的印记），这种对地产的强调本该让我想到现在，想到将我包围的大庄园，想到我栖居其上的庄园的遗址。

我看见农场主或是农场经理开着路虎车巡视。我在山头看见了现代谷仓。我看见山间起伏的防风林。它们是新近种下的，松树用来保护山毛榉，却比山毛榉长得快，形成一片林子，地上散落着枝干和枯木。我看到了人的痕迹，但没有放在心上，我更愿意看到我想看到的：平原磅礴的地势，丘陵和老河谷，远离当下河道的更小的河流。我看到了古迹，看到了颓败的旧农场。

这种选择性地看见，有点像杰克的岳父，他忽略了把他的地割成了小块的新栅栏。他忽略了为数不多的新的门，坚持来回跑，在铁丝网上开出门、台阶和包好的通道，用老法子把蓝色塑料袋缠在铁丝上，然后用鲜红的纤维或是尼龙一圈圈地绑好。

这会儿能看见老人的地盘那奇怪的锯齿形边缘，以及它的边界：山丘一头泥泞荫蔽的小路上有野鸡笼子，旁边是新谷仓，沿着那条路穿过车道，一直到北面山坡树林边的一片田野。我在此第一年的某个夏日，在那里的一扇门边看见很多张着翅膀的腐烂的乌鸦，有的刚死，有的死了一段时间了，有的只剩个羽毛骨架。把这么凶残的行为和这个驼背的老人联系起来很奇怪，他走得那么慢。但想想他狡黠的眼睛，他晒成吉卜赛颜色的皮肤，他强壮的蛇形身体和狡猾的脸，倒与这行为契合了。

整个生活，整副忍耐的性格，都在那片地盘上表现出来。老人存在的印记那么明显，他的精神徘徊在他的地盘上空，徘徊在他的门、台阶和古怪地卷起的塑料袋上，甚至在那些早已卷起绑好、没了光泽、蓝色变成了白色的破碎的塑料袋上也有迹可循。这一切都说明老人缓缓地来回忙活着。我过了一段时间才想起有阵子没见到他了。接着我明白了，过去的几个星期，几个月，我看到的都是他的遗迹。

他死了。没有人公开记录这一事实，或是传递这一消息。很久以后，篱笆老化，那些塑料袋继续变白、破碎。它们依旧在，就像谷底其他的残骸——只剩墙壁的破败房子，白桦树下的古旧机器，老农场建筑后山毛榉下被弃的木头和金属，摇摇欲坠的谷仓卸装货窗户边的铁支架。

过了很长一段时间，我才知道老人住在杰克的房子里，也死在那里，他真是杰克的岳父。

*

认识杰克之前，我先认识了农场经理。我觉得农场经理是杰克的老板（因为杰克住在农场上的农舍中）。我从没想过他们有什么关系。我觉得他们是彼此独立的。

农场经理坐在路虎里巡视。他带着一条狗，狗有时坐在副驾驶座上，有时从后座上探出头。

我们在谷底通向山顶谷仓的一条多石的小路上相遇，谷底有旧的农场建筑。这是一路上最陡的一段，我权作锻炼了。这位置很合适，快到路的尽头，长短上刚好让我腿部的肌肉感到紧张，让我深呼吸。某个下午，农场经理在山坡上停下车，友好地向我打招呼，在最后五十码处，幽默地说要载我一程。他人到中年，戴着眼镜。

路面狭窄，好几个下午我给他让路。起初只见到路虎，后来看到了里面的人，开始熟悉他的外貌，以及那条狗满足而非警觉的神情。我以为他是农场主，是这些精心打理的土地的主人。他下了路虎，走进谷仓查看谷子是不是干透了，我便也觉得他“迈着农场主的步子”。我赋予他一种特别的权威感，一种对我们周围土地的特别的态度。但是后来他告诉我他不是农场主。我只好修正看待他的方式：他只是农场经理，一个雇员。

他巡视的路线覆盖了我散步的部分路线。从防风林边的小径到公路。路对面那块低洼地是农场的养牛场。牛棚后是湿草甸，远处是河岸边的柳树和其他树。路边农场的入口，有一个三四英尺高的木平台。平台上摆着搅乳器，等着取乳制品的货车来。再往后，公路经过一座粉红墙的茅草小屋以及几栋普通的砖石小屋。接着是庄园的紫杉和山毛榉。这是我散步结束的地方：一片暗绿色阴影中的一个宽敞出口，接着便是我小屋前亮绿色的草坪。

阴雨绵绵的头四天过后，我出了门，对着这段公路，不知该向左还是向右。现在，如果经理的路虎从后面开过，赶上我，我知道它会开向何处。经过那片紫杉，沿着河上方山毛榉成荫的路，到傍着水的白墙小茅草屋那儿，开上坑坑洼洼的沥青路，经过几座也许刻有字母花纹的房子，到没有铺过的宽敞土车道。

我对那条杂草丛生的大路越来越有感情。我把它看作一条古老河流的河床，几乎是另一个地质时期的东西。我把它看作以前人们从索尔兹伯里平原赶着鹅到卡美洛－温彻斯特的必经路；我把它当作旧时的马车道。

当下不仅渗透了过去的时光，更渗透了古老而神圣的土地。在一小片整齐地围着栅栏的地上，有一条铺好的车道、一座低矮的小房子和繁茂的花园，花园里种着大株的花、低矮的针叶植物和高大的观赏植物。在那里，在铺筑的车道上，我偶尔会看见路虎。那是经理生活的地方，是他巡视的终点：在古迹边缘的一小处郊区。不过，我觉得这房子的存在理所当然；我周围这片逐渐成形的土地上的这座工整的房子，我花了点时间才注意到。而古迹——更加模糊，有更多臆想的成分——更容易让我留下印象：我已经有所预期。

经理会从他的农场开上车辙深深的车道，开到几乎光秃秃的河岸，上面散布着古坟。无疑，他想着树林、田野、庄稼和牛群，和我所见的不同。他沿着直路驾车——这条路现在被他自己或别人立起的铁丝栅栏分割——经过没有屋顶的石房子，旁边有高大的梧桐，旧草垛像栋小屋，覆盖着黑色塑料布；经过一边树荫下的大篷车和另一边如今已并入铁丝栅栏的两排蜂箱；经过老农场建筑（虽然挂着新草绳）和几栋农舍，其中之一是杰克的；经过杰克的花园和鹅窝，到新建的金属壁的谷仓。

经理的路线几乎是环形的。这路线也是杰克的，部分也是我的。

我见过杰克在菜地里干活。菜地在农舍前花园的外面，在朝向农场田野的斜坡处。我注意到他修得尖尖的胡子，透出奇怪的优雅。

尽管在菜园中，他的性格也比其他农场工人显得更加清晰（其他农场工人的性格至少有一半在拖拉机或在其任务中体现，稳健地，一片接着一片改变广阔田地的颜色或质感），但杰克一开始不过是风景中的一个人影而已。我对他而言无疑也一样：一个谋生的人，一个徒步的人，一个在现已私有的路上享受着公共权利的人。

但是过了些时候，大约几周吧，也许觉得努力不会白费，他接受了我。还离得很远呢，一看见我，他就发出问候，我听不清楚，那更像是在寂静中故意弄出的声响。

当他在农舍前的花园里干活时，我能更清楚地看到他。当他在铁丝栅栏围着的地里翻起老山楂树下细软的黑土时，我看得更清。这让我想起特立尼达岛上的旧事，我父亲曾在林中空地建起一座小屋和一个花园。黑暗、潮湿、温暖的大地和生长其上的绿色，旧时的本能，旧时的快乐。我对杰克有种难以言喻的感情，因为他的力量和他扬起耙子时奇特的优雅，手脚的协调。几个月后，我也发现他的衣着奇特夸张：夏天一出太阳就光着背，季节一变就裹得严严实实。我开始觉得他的衣着代表了特定的季节：像是一本当代的《时节之书》。

某天，他像开路虎的农场经理一样，把车停在防风林边农场建筑与谷仓间的陡坡上。杰克和其他住在农舍的人都有车，否则，他们的生活会很不方便，农舍离公路太远，离商店有好几英里路。邮差似乎一周来一次。

我听到了汽车的声响，站到一边。在狭窄的农场路上你不得不这么做。（要是你想避免和人打照面，可以站在防风林中，在山毛榉和松树间的荫蔽下。）我在让路中认识了农场工人。在经历了拖拉机车厢和丘陵的孤寂之后，他们都愿意挥手微笑。这是交流的极限；除了挥手微笑和打招呼之外什么都没有了。

这回是杰克，他在自己的车子里，在空闲的时候，这样的交流很特别。我们对视，互相打量，发出声音而不是说话。

我总是注意到他尖尖的胡须。从远处看，我觉得那胡子是年轻人特有的。从他翻土的姿势，从他的身高、宽厚的胸膛、坚实的腿以及挺直而轻松的步伐看，我觉得他是个年轻人。但他的胡须几乎灰白，也许他已年近半百。

他的目光投向远处。他的眼神不坚定，跳动着，这出卖了他，说明他不过是个农场工人。换个环境，在一个更拥挤或竞争激烈的地方，他也许会精神沮丧。这个发现让人有点困惑，因为（在我放弃了他是旧时农业社会的遗留这个想法后）我在他的胡须，他的姿态与挺直、轻松、优雅的步伐中，看到了一个自视甚高的人，一个出于原则背离了其他生活方式的人。

我们没什么话好说，但是我们之间产生了邻里的感情，这点从他远远的呼喊中持续传达出来。

他的花园教会了我分辨季节，我开始以新的方式去看司空见惯的事物。我看到他精心修剪的苹果树上花朵绽放，记住了花朵的色彩（时刻都能回想起来），知道是哪个时节的；我看到小小的果实挂在枝头，青涩的果实和花园里其他果实一起生长，渐渐变了颜色。

我在夏天呈粉白色、含有燧石的泥土中看到了丰饶，而这点在初来那会儿是我不曾料到的。在英国，我不是园丁，对见过的屋前小花园（现在从开往索尔兹伯里的公交车上也能看见）也没有太大兴趣。我在那些花园中只能瞧见颜色，几乎无法区分任何一株植物。

但是一个接一个下午，我观察着杰克的花园，凝视他的劳作，看到他辛劳的成果。

我眼含喜悦看到了。但是我慢慢才看懂。这不像童年在特立尼达岛上时那样，那时我对花草几乎是发自本能地知晓；这像是学习第二门语言。如果当时能有现在的知识，我一定能重现杰克的花园的季节。但是我只能记住简单的事物，比如春天的球茎，盛夏种下的一年生金盏花、矮牵牛、飞燕草、羽扇豆，在英国和特立尼达岛热带气候下都能生长、让我欣喜的剑兰。还有高而粗的竿子周围培植的玫瑰，开出几百朵花儿；还有永远被修剪得矮矮的小苹果树，秋天挂满了惊人的果实，在凉爽的季节里带着最温暖的色调，像是童书或者老课本里的苹果树。

小屋后——现在其实是前面，连着车道的真正入口——有一个温室，很像报刊广告上的温室，也许是邮购来的。这个温室立在不平坦的混凝土地面上，在农场和小屋间满满当当的杂物中间显得崭新而正式。杂物有小屋里的东西，也有农场的。这儿离破旧的牲口栏不远，有时候生病的牛关在那里，它们在布满苔藓的黑土地上踩踏着。杰克种的是英国温室里常见的花木，比如美丽超凡的倒挂金钟。

这么多需要照料的东西！这么多在不同时节种植的花木！杰克好像在寻找活计，寻找任务，想办法让自己忙起来。后来我想到这么做不仅仅是为了忙碌一天，填满一天，杰克出售花草和蔬菜也不仅仅是为了钱。似乎在破败的房屋和老式农场之间（机器低效，威尔特郡多人力，上世纪农场劳工的贫穷是出了名的），这块地让杰克获得了成就感。

我好奇他对生活是否满意——他身处自己布置的环境中（对我而言那是一种非常快乐的环境），与季节和地理环境合拍。一个周日下午，我的好奇转成了羡慕。午饭后我去散步，看见杰克的小车沿着那条有车辙印的宽车道朝农舍方向颠簸而去。他没有像平时那样从防风林边的路上开下来。他去了酒馆，脸通红。看见我时他对我大喊，从车窗里探出身，非常热情。

周日！但是为什么他选择走那条野草丛生的车道？为什么他不走常走的路，轻松地开上半英里，那条铺好的路直接通向山顶的新谷仓，又直接往下到小屋？他是醉了，是想体验那条车道，还是害怕有两三个盲角的狭窄小路把他带到河里？也许在他心里，周日的车程是酒吧快乐的延续。周日喝啤酒的快乐！好比他作为自由人在花园里劳作的快乐。

*

这儿是一个不变的世界——在异乡人眼里。我最初的印象是这样的：乡村生活，时间缓慢流逝，死寂的生活，私生活，邻里不相往来的生活。

但是不变生活的观念是错误的。变是永恒的。人们死亡；人们变老；人们改造房子；房子出售。这是一种变化。我出现在山谷中，入住庄园小屋，这是另一种变化。沿着车道竖起的铁丝栅栏也是变化。人人都在变老，一切都被更新或抛弃。

在我知道经理的巡视路线后不久，沿途也开始变化。住在公路边茅草顶小屋里的一对老夫妇离开了，小屋的篱笆上爬着茂盛的玫瑰。取而代之的是一整家人，听说是从镇上来的。男人来做挤奶工。挤奶工的工作是一成不变的：每天两次看着一大群奶牛走过挤奶机。挤奶工是性格最喜怒无常的农场工人，有些甚至是流浪汉。

新来的挤奶工长得丑陋。他的妻子也难看。他们的丑透着伤感。丑陋走向丑陋是为了寻求互相支持，结果却起不到什么安慰作用。

改变是奇怪的。两处房屋聚集地没有几座房子，它们组成了一个小村落。人们不常在路上走，生活都在房子里，购物则去索尔兹伯里、埃姆斯伯里和威尔顿周边的镇上，因而这里没有什么公共场所。即使变化可能很大，也需要时间才能被人注意到。高耸的山毛榉，橡树和栗子树，窄路上的曲折和阴影，盲角的拐弯——这些增添了乡村的美，同时也增添了神秘感。（那种不被注意的、私密的感觉，使得我在初到时对农场工人说了谎。他们友善而好奇，想知道我住在哪座房子里。我随口编了一个名字。我没想到他们知晓这儿所有的房子。）

我不怎么认识那对老夫妇。我更了解他们的农舍，它美得让我惊异。农舍很窄，有着粉红色的墙。茅草屋顶用铁丝网固定，天窗下的茅草点缀着绿色的苔藓，屋脊上立着一只铁骨架的稻草野鸡，这玩意儿我在当地的房屋上见到很多（最初是盖茅草屋顶的人的突发奇想，现在成了普遍装饰品）。粉红色的小屋加上树篱和玫瑰，看上去是典型的乡村农舍。

老夫妇离开之后，我才意识到这座农舍的风格，尤其是篱笆和花园，得益于他们的勤劳与品位。几个月后，花园变得荒蛮。树篱还是那么紧密，但玫瑰篱笆失于修剪，凌乱不堪。

这家人的来历我有所了解，是从租车的布雷那里听来的，他是他们的邻居。我从照料庄园的人那里也听来些故事。在去索尔兹伯里购物的公交车上，也听到了只言片语。新来的挤奶工一家在镇上度日艰难，来山谷生活算是“得救了”。

男人年轻高个，脸很长，头发稀疏；容貌并不粗犷，倒是透着几分严肃。他长着一张饱经沧桑的人的脸，但依然是年轻的脸。他的妻子看上去年老，这个家经受的一切都在她脸上留下了痕迹。她看上去像是他的母亲。他的脸和头很长，而她的脸是方的，像是被挤压过，布满了皱纹。她戴着无框眼镜，这一时髦装饰让人意外。她很内向。她丈夫脸上偶尔会浮现笑容，但是我从未见过她笑。

他们在镇上一定是经历了什么可怕的事情！像他们这样的人，压抑着情绪和激情，如何度日？他们能做的，充其量是无言地忍受。他们所受的痛苦和羞辱仅仅体现在了性格上：就像恶灵掌控了肉体，肉体做了什么都一副纯洁无瑕的模样。

这对夫妇有两个儿子。大的有父亲那种逆来顺受的表情，又带着一丝暴力、淘气和无意识的邪恶。年纪小的更像母亲。小小的他虽仍穿着整洁的灰色法兰绒校服，却已经有了些母亲那种拒人千里、寡言少语的气质。

下午有一班公交车从索尔兹伯里去南边的小镇和村庄。去的途中接一些年纪小的孩子，返程时接上年纪大些的中学生。挤奶工家的两个男孩搭这趟车。我有时也会坐。山谷中的生活依旧。我近距离看到了男孩们。我觉得虽说山谷“救了”这两个孩子，小镇的印记仍留在他们身上。

大孩子虽然吵闹，总的来说都比较懂事。车上的规矩是，若是满员，孩子要给大人让座。有的孩子叛逆，不过表现上是含蓄的，他们拖延着，慢慢让出座位。挤奶工的大儿子给校车添了一种基调。吵闹成了粗暴。有一回，我看见他不仅不让座，连伸到过道中的脚都没收回。我上车后他觉得不好意思——我是邻居，认识他们家和他的父母。但是他身边有朋友，他不能让自己难堪。

公交车把我们载到庄园巨大的紫杉树荫下，离我们两家都不远。

我说："彼得。"

他站住脚，像某个军官学院或是少年管教所的男孩。他扭过头来说："先生！"好像等着被扇一巴掌，但没有真心想道歉或表示尊敬。那样的反应让我觉得紧张，我感觉瞥见了他的过去，看到他对挑衅的需要，这是他唯一自信的表现。我不知道我接下来要怎么做，我不是很想再跟他交流。我什么也没再说。

他是公交车上的异类，在村子里像是一个入侵者。事实上，周围没有和他年龄相仿的男孩。孩子多的家庭都搬走了。倒是有一些年纪小的孩子，但挤奶工的小儿子看着也有点奇怪。公交车接的幼儿园孩子中，有两三个几乎痴呆的孩子。挤奶工娇小的小儿子和其中一个傻孩子亲密至极。那是个小胖子，粗手粗脚，脑袋圆而重，穿着花哨的衣服，有时候是鲜红，有时候是明黄，浅金色的眼睫毛和眉毛象征着弱视。这个胖孩子在车上焦躁不安。他在座位间窜来窜去，好像知道脱离了学校的束缚。他用厚厚的湿嘴唇放肆地对车上的人说脏话，天真地说出下流话，能从口气中听出他是从谁那里学来的。这就是挤奶工小儿子的朋友。

他们被这份工作拯救，他们在山谷里过着很多人希冀的生活。但是他们很扎眼。他们毁了接手的粉色小屋的花园。不是故意冒犯（正如彼得在公交车上的表现），而是忽视，无意识，想不到他们在家里的生活方式会影响别人。他们新获得的部分自由是乡村的隐秘，不被人观察的自由，他们觉得在昏暗空荡的路上和空旷的田野里能获得的自由，就像我一开始想的那样。

这份自由，以及乡村生活新鲜而单纯的乐趣，让挤奶工突然萌生了吉卜赛人的本能，买卖马匹的本能。他买了匹憔悴的白马，养在公路边一小块地上。这动物本就可怜，现在孤零零的更可怜了。它很快吃完了那片草。它无精打采，无所事事；坐在公交车上的人谈论着它的处境。

挤奶工很快又给大家增加了谈资。某晚，他的奶牛跑了出来。它们在路上游荡，踩踏田野、花园以及我小屋前的草坪。

有一天，又是在我小屋前，在草坪对面的小路上，挤奶工牵着一匹毛棕白相间且浓密、粗腿粗颈的马驹，走向后面的小牧场。某天下午放学后，挤奶工和儿子彼得阉割了那匹马驹，他们牵着流血的马走过我小屋的窗口，走向白色的宽大的门，经过教堂的院子，走到紫杉树下黑暗的小径，接着走向公路。他们知道自己在做什么吗？他们受过训练吗？还是仅仅听说应该骟马？

虽没有听人说起，但我相信马驹死了。这是养牲口的人的残忍之处。不是绝对的残忍，更是一种随意，是照看依赖于人的动物、目睹其整个生命周期的人会有的态度。他可以表现得温柔，却想着奶牛虽然能产那么多牛犊和牛奶，有一天还是要被篷车送到屠宰场。

奶牛、青草和树木，都是乡间美丽的景致，存在于我身边。虽然我不曾真正置身在它们之中去欣赏，但我觉得自己向来了解它们。下午散步途中，我有时能看到山坡上黑白相间的奶牛映衬在天空中。很像童年在特立尼达岛上熟悉的炼奶的标签。那里没有这么好看的奶牛，那里很少有新鲜牛奶，多数人喝进口的炼奶或是奶粉。

现在，离那处风景不远的是残酷的行径。那被骟的流着血的马驹暴躁地晃着头和鬃毛，被那对脑袋很大的父子牵到紫杉树下的白门处，这一幕在我脑海里萦绕了许久。

那个镇上的家庭“得救”了。（他们是从布里斯托来的吗？还是从斯文顿？在当地人看来，城镇多么让人害怕！我也怕，不过原因有所不同。）但是他们在乡间的生活没有想象中那么私密或是不引人注意。他们在这里比在镇上更受人指指点点。这种感觉一天比一天强烈——我在公车上听到一些议论，更多议论是照看庄园的夫妇告诉我的。他们如此惹人注目，引起这么多不快，该离开了。

租车人布雷是他们的邻居，他喜欢独处，我从他那里听到关于那家人唯一的好话。有天晚上，布雷来救一只困在我阁楼里的鹦鹉。他轻易地救出了它，接着说起了邻居，说起了挤奶工的大儿子：“他对鸟不错，你知道吧。”

布雷两手捧着这只受惊的、羽毛亮丽的蓝黑色的鸟。他用两只手捧着，这样鸟在他的粗手指上休憩，鸟头在他食指和大拇指圈成的环中。两手轻轻一动就能压死鸟，但是布雷只动了动大拇指，轻轻地抚摸着鸟头，两只拇指交替抚摸，直到鸟回过神来为止。布雷虽然把屋前的地改成了汽修用的院子，却仍是个乡下人。他以一种自幼就熟悉鸟的方式畅谈鸟和它们的习性，几乎像是来自另一个时代。我疑惑布雷对鸟的这种了解，挤奶工的儿子怎么可能做到。

马圈中取代棕白相间的马驹的，是一匹高大优雅的马。我听说它曾是匹著名的老赛马。我觉得它的出现和挤奶工没有什么关系。也许是当地的某个土地业权人，甚至是哪个暗暗要赶走挤奶工的人，带来了这匹马。

我不知道这匹马的名字和它赫赫的名气。我也看不出它的年老。但是它的确很老，只有几个月或者几个星期可以活了。它来山谷是等死的。我还觉得它肌肉健壮，皮毛光亮。它像名运动员，虽然年纪大了，丧失了力量和灵敏，却保留着长久训练而来的优雅形体。

听说了这匹马的盛名与他的胜利纪录后，当我注视着马圈中的它，不禁思考起拟人化的问题。它知道自己是谁吗？它知道自己以前在何处？它是不是在意？它怀念人群吗？

某天，我到庄园边缘去看这匹马，穿过深草丛，踩过一大堆正慢慢变成肥料的湿山毛榉树叶，穿过布满青苔、长霉的苹果树，瞥见了一边绿树成林的果园的剩余部分。老赛马把头转向我，一副好奇的样子。接着我痛苦而紧张地发现，马的左眼瞎了。我走近时，它需要转头用明亮而充满信任的右眼来看我，那只眼仍让我觉得那不像是老去的眼睛。

它是如此高大！靠近它之后，我发现它的皮毛更有光泽了，肌肉也更坚实。这匹马习惯了人的关注和友善，有人靠近时很平静。看它头一侧的瞎眼更让人痛苦。眼睛整个被取出，皮肤长得盖住了眼窝。眼窝上的皮肤非常完整，这样眼睛瞎的一侧的马头像是一尊雕塑。

从我小屋的卧室能看到马圈和后面的湿草甸，不过角度是斜的。湿草甸现在是奶牛的食草区，奶牛一天来这里两次，在挤过奶后，它们在潮湿的田野中沉重地摇晃，有时更愿意走在沟渠中。挤奶工一天来两次或四次，赶奶牛回去或者放它们到这里。他发现了那匹老马。

看到这匹出名的马高贵、半瞎、孤独，他受到了影响。他在同一个小牧场里阉割了一匹精神的马驹，如今斧子就要落在他头上：他不得不马上回到曾经逃离的镇上。他自己的生活充满了折磨，他使自己走到了这匹弃马的状态（正如他所看到的），离死亡那么近。

他在一个周日晚上来到我的小屋。他之前从未来过。

他说，有些朋友来看过他，聊起这匹马和它临死前悲惨的日子。它曾如此出名，如此受宠，为主人挣了那么多钱，如今却在一个草草搭起的小马圈中等死，没有人群或是欢呼。挤奶工说，这不公平。他每天都看到这一幕，感觉糟透了。

和他聊天的朋友是谁？是什么样的人？他们也是他妻子的朋友吗？他们是从挤奶工诸事不顺的镇上来的吗？这些朋友知道他们的朋友要被解雇了吗？他们是来表示同情的，还是只是来乡下玩的？

挤奶工周日傍晚带着朋友们来找我，哭丧着脸说我应该写一本关于那匹老赛马的书，这样才对得起它。

我没有应允。他的多愁善感让我害怕。这种多愁善感是一个人做各种怪事的充分理由。

很快，那匹马就不在马圈了。它死了。就像这个小村子里很多的死亡，像很多大事件一样，发生在幕后。

冬天变得出乎意料的温和。太阳出来了，花期要来了。

我散步时遇见挤奶工从谷仓往下走。他笑得很开心，早就忘掉那匹马了。他转过身朝山腰挥手，说："二月里的五月！"

他说的五月不是指五月的天气，而是五月开花的山楂树。这是我最后一次听到他说起乡间的快乐。这其中有表演的成分，他像一个带着角色的演员。

他错了。山顶上开花的不是山楂树，而是黑刺李。在山顶一条长长的横向小路上，铺筑的农场路和防风林之间隔着一排黑刺李。(早先就是在这条路上，我遇见了杰克的岳父，和他说了说话，那是我们唯一的交谈。）早晨的阳光照在这些树上，正好是从公路走上山时能看到的一边。在意外的温暖中，在冬日的黑土地和拖拉机轮胎轧出的水潭上方，树上花朵簇拥，白亮亮的一片。

*

挤奶工一家离开了，悄悄地走了，没有引起注意。一周前他们还在，很抢眼，还拥有小屋和花园；这一周小屋就空荡荡的了，又成了一座纯粹的房子，似乎又有了乡舍的特点。

这里还有更大的变化。农场经理退休了，他不再带着狗开着路虎巡视。农场换了管理人。很快有了新的动向：更多的拖拉机，更多的农用机器，更加繁忙。

那年提早撤离的冬天又回来了。终于，春天正式降临，触及杰克的花园。虽然周围丘陵、车道和田埂间人来车往，拖拉机样式新、色彩鲜艳，然而杰克的地里没有庆祝之势，没有我一直期待的仪式。

溅上了泥巴、秋天修剪过的篱笆迸发了生机，苹果树、灌木和玫瑰也不甘落后；但是现在没有人来修剪它们了。没有剪短或绑好，没有除草，温室里什么都没有种。菜地没有人照料，散布着绿叶、根茎和种子。没有人给老山楂树松土。烟从杰克的农舍的烟囱中升起，而屋前的花园成了荒地。只有鹅和鸭还有人照料。

周围一派活力和变化。粉色小屋里住了另一对夫妇，二十多岁的年轻人。男人不在奶牛场工作。他是更常规的农场工，和别人一样是新的管理者雇来的。这些新来的农场工都是年轻人，受过一定教育，有些甚至有学位。他们着装讲究，穿得新潮。他们不是特别友善。他们也许反映了新管理者的认真和现代；或者他们急于表明，虽然干农场工的活，但他们不完全是那种人。

住粉红小屋的男人有辆新车。下午天气好的话，他妻子会在荒芜的花园里晒日光浴，看上去无所谓地露着胸部。她个子不高，大腿粗壮；看上去显胖，比例失调，有点可笑。但是有一天，我见她穿着老款式的长裙，腰部高而窄，臀部蓬起来，这一身很称她，让她变得撩人。我觉得她也是这么看自己的，非常满意的样子。在疏于打理的花园中晒日光浴，用心展示起初让我觉得懒散臃肿的身体，她觉得这才不负自己的美艳。新车和她丈夫精心的衣着，都是另外的赞誉。

新来的人，也是年轻人，接手了山谷底杰克那一排农舍中的两座。那两座农舍被用新扫帚打扫得干干净净。他们挖起花园里遗留的草木，平整了土地，铺上草坪。

杰克的花园仍是一片荒芜。

我有一天在农舍外看见了杰克的妻子。她谈起新邻居，但没有指手画脚地让人知道她在说谁。"你看到了吗？那些草坪，我的天啊。"

语气的转变和讽刺让人吃惊。我从没想过杰克的妻子是这样的，我还以为她是——况且她本人似乎也满足于被看成——杰克的附属品。

"还有那些马。"她说。

住在中间那座农舍的人有一匹马。

我问："杰克怎么样？"

"他不错，你知道的，他又开始工作了。"

"这花园里有不少活要他干。"

她说："你这么觉得吗？"

好像我说了假话似的。她为什么想否认明显的事实？我们站在花园外。我提到了她觉得不该提的事？我是在咒那个病人吗？

因为杰克病了。虽然她说他又开始工作了，但他身体并不好。那个夏天断断续续地，每次两三周，甚至在以往他会光着背在花园里忙活的好天气。病人待在室内，烟从农舍的烟囱中升起，仿佛是他疾病的象征，像是他感受到的寒意的符号。同时，新来的农场工人，那些年轻男人带着年轻的妻子，开着新拖拉机沿着田埂上上下下，下班后开着新车出门。

杰克的妻子温和而讽刺地评论这些变化。但是她在慢慢地接受他们的处境：杰克的工作、农舍和花园都将失去，她在这儿的日子即将结束。

有一天杰克的车停在我近旁。这是我从去年秋天以来第一次见到他。他的脸色苍白如蜡。这个形容我是从一本书上看到的，直到现在，看到这张惨白的脸，我才真正明白了它的含义。杰克的脸本是棕色，因为长期在花园里顶着太阳劳作。如今他的皮肤白而光滑，有上了蜡的水果的质感和失真的颜色。像李子那样，仿佛有层霜覆盖了有生气的皮肤。他的胡子修剪得整齐，但连胡子都泛白，甚至也有上了蜡的质感。我们没说很多话，只是轻轻地嘘寒问暖。他活跃的眼睛也变得安静，像上了蜡一般。烟在这年秋冬两季从他农舍的烟囱中飘出，然后不再有了。

*

通向山顶谷仓、农舍和老农场建筑的小路，山毛榉和松树防风林边的小路，野玫瑰篱笆和山楂树旁的小路，变得残破。走在上面一不小心就会扭伤脚踝。开春之后，农场新经理着手整修道路。

某个星期，人们开着机器来了，几天内一层黑色的沥青和石子的混合物就铺好了。路缘靠近草坪处，墨色和机器压过的痕迹显得新而不自然。这么快就铺好的路面将一直存在下去。仿佛是对此作保，铺路人在路前立起黄色路牌，板的另一边被切割成方向箭头。

我不喜欢改变。我觉得改变威胁了我所发现的和开始进入的现状。我不喜欢新的繁忙、新机器，山楂树和野玫瑰看上去被机器修剪坏了。我不希望农场小路新铺的路面保留。

我在路面上寻找裂缝和瑕疵，希望我找到的小磨损和水侵蚀的痕迹会扩大，使机器无法——幻想战胜了逻辑——再铺上一层沥青混合物。当然，我知道幻想只是幻想，尽管农场处在各种遗迹之中，提醒着人类工程的暂时性，但人类的活动有另外一面。人们回来，人们继续，一遍又一遍。那一艘艘穿越大西洋、入侵彼岸打破其平和历史的帆船是那么小。小船上的人那么少，他们的资源亦有限，他们如此不起眼。但是他们回来了。他们永远地改变了彼岸的世界。

虽然新的沥青路面被拖拉机轮轧得到处是沟，虽然从山上流下的雨水填满了所有裂缝，冲出石子间细碎的沥青，渗进松散的地面，虽然黑色硬路面和松软草地间不规则的裂口被细流冲刷（仿佛是我们山谷里大水道遗迹的缩小版），虽然这些事情让我觉得小路会回到一开始多石不平整的状态，它却一再被修好，经受住了那年凛冽的冬天。

圣诞节那天起了暴风雪，风从西北方刮来。下午早些时候我出门，风呼呼地把雪吹进防风林，堆成堆。小路边都是积雪，每个树桩的背风处，每根坚实的树枝，每个障碍物都有被风吹出的尖角，指示着风向。

雪堆的形状和质感让我想起与之迥异的气候景象：特立尼达岛海滩上浅浅的水流从热带树林流向海洋。淡水混着盐分，盐分随着潮汐波动。水流随着潮汐涨落。水时而从海洋流向林中的河流，时而流向反方向。每次落潮，水流在新铺的沙中划出水道，留下新鲜的痕迹，潮水再涨时，沙崖就利落地塌下去，融入一浪又一浪的水流中。这是一堂小型地理课。孩童时期，这些溪流总让我想起世界之初，人类存在之前的世界，人类定居之前的世界。（这是浪漫而无知的想法，因为岛上虽然不再有原住民，但他们存在了千年之久。）

于是，背风处与防风林中雪的质感和形状造就了广袤国家细微处的地形。一如陡峭草坡间的小溪流和小路上的新沥青路面。我把这种微观地形放在更广阔的背景下去看。低矮的山间是几百码宽的大河，曾在今天已无法想象的遥远过去流淌着：这一地形的规模否定了人的存在。有一条充盈的河从巨石阵（以及更远处的平原）流向杰克的农舍，沿着蜂箱所在的车道，流过大篷车、农场经理的石墙平房和市郊风格的花园。那里应该一直有条河，平静的灰色流水注入山谷间的河流，残留下来的、小规模的、有人情味的，就是我有时沿着散步的这条河。河边有养鱼人放鳟鱼，有人钓鱼。在微缩风光创造的广阔地形中，在把车道当成河道的想象里，没有人的位置，一番人类出现前的景象。

山顶那一侧风正劲，山丘或防风林不再能提供遮蔽。铅色的天空，灰暗却温暖的污浊，悬在辽阔的平原之上，坟头像是疙瘩。巨石阵消失在雪中，只剩模糊不清的轮廓，彩色靶子也看不见了。山脚下，旧农场建筑（在雪中看上去像是纪念碑）间是杰克死寂的农舍：雪铺在周围的地上（车道一向是污黑泥泞的）一派洁净，像是对世界的重塑。

积雪不方便徒步行走。但是山谷气候一向温和，我倒希望出现极端天气，虽然正是这湿冷带走了杰克。在潮湿的谷底，受损的肺部让他在夏天都得不到温暖。当然，若不是寒冷或潮湿，也会有其他东西把他带走。

初来时的散步中，看过巨石阵和坟堆后，我会在山坡上寻找野兔。在另一座山丘、另一个时节，我寻找云雀，拼命盯着它们不断地高飞。现在我寻找鹿。山谷里出现过几头鹿，一家三口，不知从哪里来，在我们精耕细作、适宜放牧的山谷里，穿梭在军事演习枪火的危险地带与繁忙的高速公路上，不知怎么在我们当中存活下来。

鹿也有自己的路线。抱着遇见鹿的希望，加之对雪和风的兴奋劲，我绕过农场建筑，走上车道，去往树林和未耕种的开阔斜坡，鹿有时在此吃草。难以置信的是，它们就在那儿，在雪地里。这是给我的圣诞节奖励！平常很难在树林中见到鹿。衬着荒地发白的绿色和棕色，它们是温暖的红棕色，但需要仔细寻找。现在鹿看上去是脏兮兮的灰色（像是我头一周看到的兔子，从我屋前草地的洞中钻出来），在雪的映衬下很容易被猎人发现。

我希望这些鹿能活下来。它们的确活下来了。晚冬，我在屋后的荒地里发现一只，在河边的沼泽地。这是一只小雄鹿，我在一个早上看到了它。它睁大了眼睛，在伏地的棕色芦苇丛中。后来连续几个早晨我都看见了它。我站在阴沉沉的小溪上方朽烂的桥上看。让它原地不动的秘诀是看着它的眼睛，身子保持不动。只要你看，它就看。你一动，它就跑开，跑过芦苇和高大的草堆，然后优美地跳跃，能轻松跃过栅栏和树篱。

春天来了。通向丘陵的小路的新路面还在。农场的新生活继续着。这是第二年无人料理杰克的农舍和花园。他的死亡，他的葬礼——正如几年前他岳父的葬礼——像是秘密地发生了一样。这是乡间生活的影响：黑暗的道路，散落的房屋，壮阔的景致。他的菜地杂草遍布，几乎分辨不出。他的果园和花园更加荒芜，篱笆和玫瑰丛疯长。屋后（其实是屋前）的温室也空荡荡的。

很多看上去传统自然、由一方水土生发的事，如每年的播种，养鹅，修剪篱笆和果树，如今被证明并非传统，而是杰克的方式。他不做，就没有人做这些事，只剩一片废墟。他们好像不在意自己住所周围的土地。或者他们看法不同，对生活有着不同的想法。

杰克生病的第一年，他的妻子假装一切如故，杰克的花园还是个花园。现在，她不再假装。她准备好离开，以实事求是的态度。尽管农舍里发生了种种事情，尽管这里留有她父亲的老做派和杰克的投入，她对农舍、对其中的生活和花园却不曾付出过什么。

如今，她与这农场或土地没有任何关系。当地委员会会为她找一间房子或者公寓，在山谷里或是周边镇上，埃姆斯伯里、索尔兹伯里、什鲁顿、大威士福德或是别处。她会遇见更多人，离商场更近。她期待搬家。这种“传统”生活，在山谷底，在农场边的泥泞和潮湿中，远离人群，若是没有车晚上便只能关在家里，这种传统生活不合她的胃口。

她仍觉得杰克这一生过得不错。

她说：“你知道，圣诞前夜，他起来去了酒馆。他知道自己要死了，知道这是最后的机会。”

她漫不经心地说着，跟我说一年多前的事。她只是在聊天。

她说：“他想最后再和朋友们聚聚。”

和朋友们聚聚，享用最后一杯酒，体味生活最后的甜美。这需要多大的努力！他肺里像是有冰块，暖和不起来，他疲惫虚弱，只想躺下闭着眼，在幻想中远航。尽管如此，他还是用尽力气穿好衣服开车到酒馆过节，在临终时。

他是不是沿着防风林边的小路从山丘上去又下来？或者他开过那条凹凸不平的大路，因为这样可以少用些注意力。沿着大路往返要轻松些。但是这会让他震得厉害，就像以前，夏季的周日下午，他因为喝了啤酒而大喊时的颠簸，但那时的心情不一样。最后一次去酒馆是为生命而行，除此之外没有任何目的，但他赋予这一遭英雄主义的色彩；充满诗意。

*

穿过我屋前的草坪，有一座老旧的燧石建成的房子。上面爬满茂密茁壮的常春藤，有鸽子栖息其中。房子呈方形，金字塔式的屋顶。屋顶开了一个口，其上竖着四根柱子，支着相同金字塔形状的小屋顶。听说这房子是有几百年历史的谷仓或仓库。现在废弃了，我从来没见人走进去过。它因为美，因为承载的历史而被保留下来。

不远处，也是在草坪边上，有一栋老农舍式样的房屋。它的墙由一块块砖石和燧石砌成，这说明一些材料是农民拼拼凑凑捡来的。它大约有五十年的历史，过去是庄园的附属建筑，大概是手球场或者壁球场，不过为了与环境协调而设计得比较美观。也许这里一度是用来打壁球的。但是，现在它的“前门”被永远关上了，瓦楞铁皮屋顶下陷，窗户的一些玻璃窗格脱落了。现在没什么用了，多年无人问津。就像河岸的船屋，就像繁茂果园中两层高的儿童屋。

庄园的生活变了样，组织构架缩小。曾经适应这大宅子的资源和组织的各种需求没有持久。庄园也出现了衰败的迹象。

在谷仓和农舍之间，庄园墙之外是教堂。我一开始觉得教堂就是教堂，有一定的式样，有一些形状特殊的窗户，这是特立尼达岛上维多利亚时代的哥特式教堂给我的印象。但是如今，这座乡村教堂每日都出现在我眼前；很快——这个新世界在我幸运的孤寂中自我塑造——我就看到这座教堂被修复，风格上显得和农舍一样做作。这一点但凡看到了，就看透了；教堂体现自己的情绪，维多利亚－爱德华时代修复者的情绪。我不把这教堂看作“教堂”，而是维多利亚－爱德华时代财富和安全的一部分。它像我小屋所附属的庄园，像周围很多其他的宅子。

早在中世纪以前，这块地就是教堂的所在了，大伙儿都这么说。不过那时的教堂荡然无存。现在，没有一块燧石，没有一块装饰哥特式窗户的石头是旧物。也许连信仰都没有留存下来。

很难想象这些费尽功夫建教堂的人有怎样的生活和宗教热情，他们把这片平原变成埋藏地，把它的神圣保持了几百年。虽然站在同一片土地上，经历相同的天气（现在因为常有飞机尾迹，黎明或日落是不同的），也很难体验一千年前此处第一座基督教堂建立时，信徒的精神以及他们对救赎的恐惧与需要。这座教堂离我那么近，就在草坪对面，在娱乐农舍之后。

娱乐农舍，翻新的教堂。翻新的教堂的宗教，是不是也是一种娱乐？翻新者是不是也抱有古老的恐惧？或者这信仰非常不同，它带着历史感，带着传承的保证与亏欠自己的感觉？

站在山上防风林的观景处俯视平原，你能看见西边的巨石阵，东边的埃姆斯伯里镇的一头。埃文河流过埃姆斯伯里。河宽而浅，有小礼拜堂和修道院依水而建。历史悠久的埃姆斯伯里现在是个军事小镇，有小型现代房屋、商店和车库。埃姆斯伯里有座修道院与亚瑟王王后格尼维尔颇有渊源。格尼维尔是圆桌骑士兰斯洛特的情人，当年圆桌骑士从卡美洛消失后，格尼维尔退隐到这座离温彻斯特二十英里远的修道院。从巨石阵去往埃姆斯伯里的路上立着路标，上面除了一个徽章外还有一个纪念小镇历史的日期：公元九百七十九年。

正是促使路标立起的历史感，促成了埃姆斯伯里小礼拜堂和修道院的修复。我屋前草坪那头的教堂也开始重建了：历史就像宗教，或者宗教的延伸，是人自身对救赎和荣耀的想象。

在公元九百七十九年——正如路标上所记录的——埃姆斯伯里建城之前，有一段不为人知的黑暗时期。那个时候距罗马军队撤离英国已过去了五百多年。巨石阵被建起，又沦为废墟，在罗马人来之前很早时候，巨大的埋葬地便已不再是神圣之地。于是，在这个充满了遗迹和重建的地方，历史仿佛是一片阳光普照的高原，偶尔出现山谷或黑暗的深渊。

我们仍活在充满历史之光的高原上。埃姆斯伯里建于公元九百七十九年。历史、荣耀和意在行正事的宗教——这些理念还存在于山谷里某些人的心中，虽然个人荣耀有所减少，但新房子和花园像是发生了小变化的上世纪和本世纪初的庄园。这些人中虽然有不少来自外地，却仍有着继承者的想法。这种传承历史的念头促使我们山谷中很多新来的人去重建教堂。教堂正是为这样的人而修复，它满足了他们的需求。

租车人布雷和他们不同，他一辈子生活在山谷里。布雷从不去教堂，还嘲笑那些去教堂的人的动机。和去教堂的人不同，杰克在山那边的那栋农舍中度过了生命中最好的日子，身体好的时候，他以自己的仪式庆祝时节。周日早晨，他在花园劳作，中午去酒馆，下午又在花园劳作。

*

教堂建在旧址上。我相信这点。在教堂墓地后面，多少被教堂挡住的是教堂上了年岁的燧石围墙，另一边是树木，以及乳制品厂的棚子和房屋。它们也在旧址上吗？我丝毫不怀疑。因为这个世界——在这样的地方——没有绝对新的东西，总有些过往。教堂前的神龛或是圣地，农场前的农场，在林中老浅滩上，先是“瓦尔登”，接着是“肖”，然后成了瓦尔登肖。一个在湿草甸和布满燧石的丘陵间的小村子，河道边众多村庄中的一个。

刚到山谷时，我在英国这个有历史遗迹的地方找到了近乎孤独的运气，很受感动。这孤独消除了我作为陌生人的紧张，我觉得放眼望去都是完美，完美的进化。当事物开始改变时，我几乎还没开始观察，这片土地和它的生命也几乎还未开始在我周围成形。我退回到先前的想法，现在还没怎么衰微的想法，自变化的流动性和常态，到对抗我于万物之中感受到的不幸——死亡、栅栏和离开——它们消除了、改变了或者威胁了我发现的完美。

可以说，庄园在四五十年前处于完美阶段，当时这座爱德华时代的宅子依然崭新，家族兴旺，附属建筑有使用价值，花园有人照料。但那存在于帝国时代的完美，没有我的位置。以房屋建造者和花园设计师的世界观，他们想象不到后来会有我这样的人住到庄园。我觉得我住在此地——农舍、草坪边空荡美丽的房屋、土地和野生花园——的巅峰时期，住在超乎预期的美丽中。我喜欢这衰败。它让我不想修剪枝叶、除草或是修复、改造。显然，它不能长久。但是它存在时是完美的。

我想看到覆灭的可能性、确定性，甚至在创造的时刻：这是我的性情。这些神经部分是我孩童时在特立尼达岛受家庭环境的影响而形成的：我们住着半损毁或是衰败的房子，频繁地搬家，总之生活在不确定中。也许这种情绪有更深的来由，是祖先留传下来的，伴随着造就我的历史：不仅是有着“世界超出人的控制”思想的印度，还有殖民地种植园或是特立尼达岛的庄园，我贫困的印度祖先在上个世纪被运到那里——我如今住的威尔特郡庄园，是其中典范。

五十年前，这个庄园没有我的容身之处，即使现在我的存在仍有点不真实。但是不光是意外将我带到此地。或者更确切地说，是一系列意外把我带到这座庄园农舍，这里能看见修好的教堂，有一条明晰的历史轴。在大英帝国内的迁徙，从印度到特立尼达，让我熟练掌握了英语，接受了一种特别的教育。这埋下了我想成为作家的种子，让我在英国追随文学事业长达二十年。

我所肩负的历史，以及教育和抱负带来的自我意识，把我送到荣耀已逝的世界。英国给了我最刻骨铭心的异乡人的紧张。如今讽刺的是——或者说巧妙的是——我住在萎缩的庄园，散步平息了我的紧张。在湿草甸边荒芜的花园和果园中，我发现了一种适合我性情的外在美，这种美回应了我孩童时在特立尼达岛对英国外表的想象。

我听说庄园曾经规模巨大。它部分是在帝国财富的支持下建造的，但后来一点点被疏远。这个家族在别处开枝散叶了。如今山谷里只住着我的房东，一个年老的单身汉，外加一些照顾他的人。几年前，疾病导致他身体残疾。一种我不确切了解的病，但我觉得像是倦怠症，僧侣中易出现，或是一种中世纪的疾病。这是他的养尊处优带给他的。疾病把他变成一个隐士，他只接触最亲密的朋友。于是我在庄园附近的丘陵上散步时，有着一种孤寂感。

我非常同情房东。我觉得我能够理解他的疾病，我觉得这是我自己的另一面。我不觉得他是个失败者。失败或者成功之类的词在此不适用。只有伟人，或者对自身人生价值有崇高想法的人，才能忽略他的庄园巨大的物质价值，满足地活在半废墟中。我对庄园的沉思无关帝国的衰落。其实我在想是什么样的历史链条把我们带到一起——他在他的宅子中，我在他的一间农舍里，他喜欢疯长的花园（我听说的），我也是。

我知道我在庄园的日子是短暂的，持续不了太久。未来显而易见：一家宾馆、学校或是基金会将接管这座大宅子，把破败的土地规整好。我兴致盎然地在这里散步，成年后第一次，随着知识面的扩大，感觉和自然世界相协调。我怕这里和车道会有所改变；这就是当我与苦难不期而遇时，何以培养了陈旧的，也许是先辈们的体察方式，已光荣死去的方式，并保持着世界处于不断变化之中的观念：上帝的右手中是创造之鼓，左手中是毁灭之火。

一个多星期后，我平衡了两者——焦虑和变化。我从教堂后的墓地里听到了推土机的声音。噪声穿过土地，震动着；这不是窗户可以屏蔽的噪声。

教堂墓地后的牛棚和乳制品屋正被推倒。我散步结束走下山时，视野中一向有大片陶土砖和红砖建筑，它们再自然不过，因而我没有怎么留意。如今牛棚被拆，地面显得裸露而平常，后面的湿草甸和河岸的树都一览无遗。房顶的陶土瓦片堆起，屋顶的木梁摞起（虽然房子在我看来有些年头，木梁却看上去那么新）。很快，开阔的视野又被阻挡，出现了一个宽敞的活动式牛棚，墙上镶着木条。造牛棚的人的名字印在屋顶下方的木板上（又像是铁板）。在之前一两个主人或是经理管事时，曾搭过不带木条墙面的牛棚。它在山后老农场的边缘，离杰克的农舍不远。它被用来储存干草，代替了车道边盖着黑色塑料布的屋形草堆。草堆开始腐烂，黑色塑料在风吹日晒中失去了光泽和张力，质地很像老人的皮肤，又像褪色的玫瑰花瓣。

改变！新的想法，新的效率。从前在路边，乳品厂入口的地方有一个木平台，放着搅乳器。搅乳器在容易被牛奶车提起的高度。现在没有搅乳器了，取而代之的是冷藏储奶箱，牛奶由罐车收集运走。

山顶的金属墙谷仓边又立起一个活动式牛棚；旁边是一个现代挤奶屋。这个挤奶屋或“挤奶厅”（奇怪的词）看上去是机械化的。混凝土铺在倾斜的地面上，看上去像是水泥平台。有管道、仪器和量表。在这里工作的人把沾着粪便的牛群赶进棚中，一脸工业时代工人的冷峻。

他们开着色彩鲜艳的车驶向挤奶厅（衬着丘陵柔和的绿色、棕色和白色色调，以及冬天那模糊的暗色落叶树木，那里的色彩显得很扎眼）。车停下后，挤奶厅、谷仓和新搭起的牛棚看上去像是山顶的小工厂。

牛奶厅机械地发出嘶嘶声。但新盖的牛棚散发出粪便的味道。为牛奶厅打地基而挖开的土地曾是牛棚和道路间堆垃圾的地方。这里曾是垃圾场，草长得浓密葱翠，其间夹杂着散落的小麦。

色彩鲜艳的车，挤奶机的嗡嗡声（甚至连沾满粪便的奶牛都受机器管理），紧张的年轻人对自己的风格很有意识，他们的牛仔裤和衬衫，胡子和汽车——这些都是发生在我们身边，新鲜而夸张的事物的方方面面。

奶罐车一天两次上山，沿着重铺的小路把挤奶厅的冷藏储奶箱清空。新来的工人开着农场拖拉机和汽车，让我像是在公路上而非在防风林边散步，需要小心过往车辆。

公路边粉红墙壁的茅草小屋和屋脊上的稻草野鸡失去了最初的

特色。我第一次看见这栋小屋时它是如此美丽，像一张明信片，让人觉得似曾相识。它有玫瑰篱笆和小而亮的窗户。我确信挤奶工一定也喜欢它。但是像我一开始那样，他把这美丽当作乡村自然景致的一部分。他像住在镇上一样，对小屋没有任何感情，对他和家人住的房子没有感激。他一辈子把房子，甚至他自己住的房子视为别人的财产。花园里堆着盆、罐、废纸片、罐头和空盒子，挤奶工一家离开后，有些东西还留在那儿。

如今部分篱笆和铁丝栅栏被拆掉，这样新来的夫妇就能把车停在公路边。车对新来的夫妇很重要，比房子还重要。他们是年轻人，没有孩子，以一种新的方式对待房子。这是一个庇护所，仅此而已：是一份临时工作的临时住所。妻子抓住一切机会在花园晒日光浴，也许这是前门总是敞开着的原因。敞开的前门总是让人非常不安。

房子是庇护所，不是你可以转移情感或希望（或者转移风险）的地方。新来的夫妇对茅草小屋的态度和大家对土地的新态度相称。对新来的工人而言，土地仅仅是工作的对象。他们使用机器，像是打算把自然中所有的不规则都变成直线或是梯级的曲线。

有一天，我看见拖拉机拉着一个重而宽的滚轴轧过一片嫩草。草长得挺高，看上去很鲜嫩。滚轴用以轧断草茎，达到一种两色草坪的效果。这有什么意义？听我这么问，那个年轻人觉得好笑。也许他没听明白。他咕哝着我无法理解的东西。他所有的风格在说话的这一刻土崩瓦解（让我回想起杰克的岳父卡在喉中的话语，像是嗓子里发出的咕哝声：“狗？狗。让野鸡发愁。”）。就算年轻人说的话我明白了，也没什么意义。他说，轧草是为了让草长得更结实。

另一天，另一个人说滚轴是为了把“威尔特郡燧石”轧进土地，这样割草的时候就不会损伤机器。他说："一块威尔特郡燧石能给机器造成好几千英镑的损失。"这令我每天散步所见的威尔特郡燧石有了前所未有的重要性和恶意。

我注意到一种特别的新机器。它能做出很大的稻草卷，像稻草做的瑞士蛋糕卷。这些卷大到人无法提起或打开，由另一种让人难忘的机器处理，它带着巨型蝎子尾巴似的铁爪。稻草卷有两层，像是为前所未有的严冬作储备。储存稻草卷的地方离农场建筑很远，在车道旁没有栅栏、满是碎石的山谷中，正好在有云雀和坟堆的山丘下方，站在那个山顶上能突然近距离地看见巨石阵。

存储稻草有三个地方：瑞士卷在这儿，金色的长方形稻草捆在老农场边的新草棚中，腐烂的长方形草捆在车道半途上。瑞士卷的意义何在？较之传统的草捆有什么优点？直到多年后，当我的这部分生活结束后，我才明白。用打捆机紧紧卷起的草捆需要用手打碎，然后散开喂牛。大稻草卷只需要展开；用机器几分钟就可以解决。

如此巧妙！也许对于农耕，这种规模是错的。也许日复一日，时间不该如此宝贵。也许当日常事务变得如此紧张，时间很容易扭曲。人类的冒险总是容易出错，一个破碎的链条能让整个系统崩坏。

新农场进行的一切都是大手笔。谷底挖出了一个青贮饲料窖，在防风林边的小道对面，离农舍不远。青贮饲料窖只有一个老式的特点。它覆盖着黑色塑料布，用来固定塑料布的正是我感觉一向作此用的东西：旧轮胎。它们被大批量地买回来，大量使用，用在谷底、用在车道上，就在杰克曾经养鹅的地方。

那些轮胎和深深的青贮饲料窖有木板加固墙，旁边是因挖洞而堆起的碎石。深棕色的饲料从底部滴漏，给车道那部分，也就是杰克曾经生活、鹅和鸭曾经游荡的地方增加了一些垃圾。

以前的农场工人对陌生人的态度是，一开始带着戒心，经过估量之后表现出笨拙的友善。独自在田间的拖拉机上待上好几个小时之后，这就是他们的社交。而新来的工人像是乡间的城里人，在大地方工作的城里人没有那种友善。他们来山谷不是要久住。他们把自己看作有新工作和技术的人；他们几乎都是迁徙而来的农业工人；他们是不断奔走的人。很多人来了又走。

杰克的妻子离开后，我再也没从农舍的住户那里得到过一个微笑。她说过新邻居势利，对草坪和马感兴趣，而忽视老式的屋前花园。在几番来去之后，杰克的农舍也住进了那样的人。

他的温室好像是通过邮购物品单买来的，曾经在悬垂植物的装点下绿意盈盈。现在它空了，玻璃蒙着灰尘和雨渍，木头框架饱经风霜。有一天它被推倒，露出混凝土地基。曾经费时打理的精致花园被夷为平地。剩下的不需要太多关照。现在没有人培育植物，没有人在山楂树下翻土，夏天没有飞燕草。花园被推平，只剩两三丛玫瑰和两三棵苹果树，以前杰克修剪苹果树的分枝，枝丫仿佛都是从中间粗直的树干上长出来的。地上满是草。曾经上紧密下破烂的带泥的篱笆是花园和崎岖农场路的隔断，现在树篱长成了树。

如今这些农舍越发分不出前后，仿佛立在一片废地上。这倒和人们及其对此处的态度很相称。它契合了农耕的新方式，符合那种推向极端的逻辑，土地最终被剥夺了神圣。路边粉红色的茅草顶小屋曾经有美丽的玫瑰篱笆，现在也被剥夺了家的气息。这些人只把它们当栖身的地方。

但这也许只是我个人的看法。很快，笔直公路的延伸部分开放了，没有篱笆了。我来这里的第一年，路中间竖起了篱笆，并一直保持下来，但是我记得更早时期的景象。我通过观察杰克的花园获得季节感，给从他花园能看到的河流与河岸庄园添加故事。但是有其他的看待方式。杰克如此关心一段无意义的篱笆——经过花园然后突然终止。杰克一定看到了其他事物。

也许住在杰克的农舍的那家人的孩子有不同看法。他们在索尔兹伯里上中学，下午搭公共汽车返回，在公路上下车，他们的母亲开车接他们回家。下午散步时，我常常需要在铺过的小路上给这车让路。她从来不感激，觉得那是一条公共道路，她的车有权开过。对我而言，她的性格只表现在车的颜色和形状中，车在山丘上高速行驶，上上下下，去接孩子们，或是载他们回家。

我怀疑那些住在农场小屋的孩子下了校车后不会像那样被接走。虽然他们在山谷待的时间不长，但这里的景象将永存心底！多么开阔的景象，多么空旷的回忆，沿着宽阔的车道下行，经过丘陵布满燧石的坡。

在山脚下铺过的小路上，穿过青贮饲料窖，有一条少有人走的狭窄小径，路上草木茂盛，几乎看不清路，经过一个坑会走到一栋废弃的农场小房子跟前。房子经历风吹雨打，不起眼，也许是上世纪的作品。孩子们不用去上学和坐校车的某个周六下午，我看见住在杰克的农舍里的孩子们在小径上玩。他们像是史前时期的孩子，看上去非常孤独。但是他们待在青贮饲料窖剩下的轮胎中间（某些轮胎成了他们的玩具，被当作充气筏），在泛白的河岸和野草堆中间，在浅绿明黄相间的花丛中，在建造房屋剩下的混凝土砖石间。

*

友谊有奇怪的一面。我想起了照看庄园的菲利普斯夫妇，他们四十多岁，不苟言笑，过着自给自足、与世隔绝的生活，满足于庄园的工作，私下里会找镇上某处的朋友一起消磨闲暇。但是后来他们在当地发展了一些友谊，有段时间我觉得这种友谊威胁了我在庄园的生活。

穿过我小屋前的草坪，对着壁球场的“农舍”墙——不是农舍，也不是壁球场——对着燧石、红色碎砖和碎石块混砌的墙，长着三棵老梨树。它们曾被精心修剪，甚至现在主枝都还固定在墙上，营造出一种刻板的效果，树看上去像枝状大烛台。四季以不同的风格装点这些枝干，我小屋外的景色总是丰富多彩的。这些树结了果子。总是给人惊喜，总是很突然。但是我觉得那些果子不是用来吃的，部分原因是果子属于庄园：它们是这幅风景画的一部分。

在庄园的鼎盛时期，有十六个园丁打理土地、花园和有围墙的菜园。这是我听说的。十六个！如今，除非开育苗场，否则怎么能雇十六个园丁，还付得起工钱？当时周围的小村落和村庄一定很不一样，这些小屋里住着多少事农的人啊！

我住的小屋曾是花园办公室。如今，不在庄园做事的我住在这里。这里只有一名园丁，他自有一套系统。他用气垫割草机修剪草坪，初春把草坪剪得很短，夏日里再修剪两三次。初春，他也在车道和小屋草坪边的石子路上喷洒除草剂，那些地方不会遍布杂草。八月末，每年一次，他会清除老果园里的深草和蔓生的草，以及春天未经照料的树的空洞中长的野草。树木兀自长大，适时开花，结果，落果，招引黄蜂。秋天，他把大堆大堆的树叶聚集起来。但是他一年中主要的工作是照料菜园和花园，花园在我小屋后的路边，由一堵高墙作隔。这一套系统行之有效。花园有野生的部分，湿草甸是沼泽，其他都受园丁的照料，他下的功夫不多却有规律和方法，看得出管理有道。

园丁名叫皮通。我一直都喊他皮通先生。

有一年，正是皮通谈起农场房子墙上的梨树，才使我对“进来”这个词的特定用法有了认识。梨子熟了。鸟雀在啄食。我对皮通提起这件事，想着他要做的事那么多，也许没有注意到。但是他说他看到了，他总惦记着梨子，想着某天去把它们摘“进来”。把梨子摘“进来”——我喜欢这个“进来”。我琢磨了好久，重复念着。虽然此后再也没听到皮通这么用这个词，但我从此把这个词和他联系了起来。

后来皮通被迫离开（读者在这本书后面会知道更多细节）。庄园雇不起他了。于是没有了固定的园丁——庄园一度有十六个园丁呢。再也没有人料理有围墙的菜园或者在路上除草，再也没有人摘梨或者把梨树的枝干固定在壁球场的墙上。

风把墙上一棵梨树上部的枝干吹了下来。树干向前倾，在墨绿色的墙上投下一个鬼影似的轮廓，其余的枝干下垂，整棵树看上去要折断了。但是并没有折断。树开花了。夏天的墙根下，在皮通曾经除草的小径边，大概是为了美观，种着长长的草：深浅不一的绿，不同程度的透明，大大小小的叶片。终于，娇柔的白梨花结出了果实。引来了鸟雀。现在没有人把梨子摘进来了。

某个周日，我从卧室的窗口看到一个着装古怪的人盯着梨树，估量着，然后试探地从低枝上摘梨。

经常有奇怪的人来庄园。皮通在的时候，会让一些人进来。庄园的菲利普斯夫妇有朋友和访客上门，还雇了些人做零活。偶尔有人来找我房东。这个着装奇特的人不同寻常。我不知道他是来偷梨的，还是经过庄园负责人允许来摘梨的。

他衣着特别：迷彩服，裤子、短外套、圆边帽。衣服不像是来自军队多余的物资，也不像是从剩余军用物资商店买的。草率冒失的剪裁，迷彩图案和暗淡的色彩，讲究中有一种几乎是伪装的元素，让这个人显得危险，像个入侵者。

他盯着树，手犹豫地扯低处的梨，身子不时转向一边（他的脸仍被迷彩服的领子和帽子遮掩着）。从庄园看出去，他像一个不愿被观察的人。他从壁球场边皮通的花园棚搬出梯子，把梯子靠着墙，从上到下规律地摘着，小心翼翼，不给鸟留任何果实。这个穿着迷彩服的人一桶接一桶地摘梨。很明显，他从老树上把梨子摘进屋，是经过菲利普斯夫妇允许的。

他一开始看起来躲躲藏藏的，踌躇着，仿佛期待有人出现在他身后。他上了梯子后这个人一定出现了，因为之后他看上去非常满足，专注地摘梨。

那是一个女孩，更准确地说是个年轻女子，我觉得眼熟。她走在草坪上，径直走过我窗前。菲利普斯夫妇从来不从我窗前走过；他们让我在开阔的草坪上保有隐私。他们小心地走远处壁球场和梨树边的小径。这个女人从庄园来这片草坪上散步，漫无目的。她个子小，臀部大，紧身牛仔裤凸显了她脚步的缓慢和细碎。她像是被授予了庄园土地上的自由，在那一刻开始体味新的自由。

她也穿着不凡。上衣非常讲究：衬衫下摆系在前面，就在胸的下面，腹部暴露在外，不太适合这个时节。

她让我觉得眼熟。现在我认出她了。就是那个一直在小屋废弃的花园晒日光浴的人。我把她和小屋、花园、汽车及敞着的前门联系起来，她在另一个更开放的背景中离我这么近，与此前判若两人。梯子上穿着迷彩服的男人是她的那个农场工丈夫。

周日的午后，他们在庄园的土地上。她在草坪上漫步，臀部紧裹在起褶子的硬牛仔裤里，几乎成一条直线，侧面看像是山峰。她丈夫摘着梨，那些老树上成熟的果子。当年设计墙的人把树种在墙边，这几棵树曾被精心照料，在多年受忽视之后，它们仍有些许受过照料的痕迹。

穿着露腹装的女人和穿着迷彩服的男人，一定有什么地方吸引了菲利普斯夫妇。也许是女人和他们相处得好，也许是男人和他们相处得好。菲利普斯夫妇要年长十多岁，这两对夫妇彼此间也许存在某种吸引。穿着露腹装的女人应该在这一关系中起到了重要作用，无论如何，若是没有她的支持或促成，这四个人不见得会有什么关系。

瞥见这个女人躺在花园里廉价的铝合金框架的安乐椅上，我开始对她产生好奇。她给我留下了一个印象：她处在激情的中心，她是痛苦的缘由，这个女人的美貌为获准拥有她的男人带来痛苦，而她清楚这点。

隔着距离产生的这种印象，因草坪上她更为清晰完整的形象得到增强。细腰，丰厚的嘴唇，坚实的大腿和上臂，饱满的胸脯，没有肌肉的、在她日光浴式的上衣下半露着的显得好看的身躯。这撩人之中又加上了不安定的浅色眼睛的注视，饱满的下唇和门牙间的缝隙显示了她的贪婪。对她而言，她的性感很珍贵，胜过一切。

她就在这里，在庄园的土地上。她像是徜徉在自己的公园中，虽然几步之外狭小拥挤的茅草屋是随她丈夫的农场工作而来（因而她不能把它当作一座真正的房子），但她找到了更适合她风格的地方。

她缓缓地在草坪上走来走去，仿佛让别人熟悉自己是一种新的乐趣。穿迷彩服的男人站在梯子上摘着梨，背对着她，不回头来找她，好像他现在满意妻子所在的位置，和他在一起。

也许他们和菲利普斯夫妇都是“镇上人”，因此才走到一起，在乡间工作，却脱离乡人的生活。虽是镇上人却都是仆人，这四个人带着各自特有的风格和骄傲，分享着庄园的土地和特权，提供和回报款待。

我说不出四人中谁从这种关系中受益最多。最危险的是莱斯，那个农场工人，他离妻子有好几小时的路程，独自一人待在拖拉机上，看着某项工作的枯燥在一大片丘陵间蔓延，那儿也许没有树或防风林，在缓缓地前后移动中，无疑他的思绪经常回到茅草顶农舍的女人那里。

宏伟的庄园、土地、花园、河流——这些是他现在能展现给她的乡间生活的另一面，作为她在山谷寂寥生活中的一点回报。尽管乡间在别人看来是美丽的，那栋茅草顶农舍在别人看来风景如画，但这仅仅是对过着另一种生活的人而言，他们的想法不一样。

布兰达让我有点紧张。她不怎么尊重我。应该尊重什么，她有主见；并且我的生活方式——一个中年男人住在一栋农舍里——以及我的工作（如果她已经发现）不在她尊敬的范围内。这方面她和菲利普斯夫妇不同，后者觉得我“有艺术天赋”，和他们的雇主属于同一类人，总是受袒护的。这是不同年代人的区别。但是这种不同（超出了共同兴趣）存在于他们四人关系的中心：年长的人为年轻人的风格和大胆而着迷。

布兰达是在菲利普斯夫妇度假或请假时来接替庄园工作的。菲利普夫妇寻找这样的人有一阵子了：要适应工作，是朋友，还不能造成威胁。布兰达在庄园轻松兼职，管理小小的荒蛮花园、果园，在河岸散步，这样的前景让这个年轻人和菲利普斯夫妇的关系紧密起来。

像布兰达和莱斯这样激情洋溢，如此在意自己的个性与风格、肤质和发质，如此骄傲浮夸的人，内心准备好低人一等去做仆人，是需要理解的。他们四个都是仆人。在这种境况下（这应该使他们变得中立）他们所有的激情都被耗尽了。但这也许是我个人的偏见，我过虑了。我来自殖民地，曾经的种植园社会，在那里，劳役是一种更绝望的状态。

莱斯有压力。来自他在农场的工作，来自他不确定这场大冒险会如何发展；如果这份工作丢了，他必须向前走，另找一份。来自他对布兰达的痴迷，她的美貌如此明显地折磨着他：拥有这个女人是不够的，这一直提醒他可能会失去什么。压力还来自他与菲利普斯夫妇日渐依赖的关系。

他希望保留自己在庄园拥有的位置；他希望布兰达——对他而言很重要——继续享受庄园的自由。为了这样，他必须把自己置身于菲利普斯夫妇的某种权力之下；在某种程度上需要在他自己的本分之外服侍他们。

他修剪不同的草坪，这是一项浩大的工作。他用锤子和锯子让自己在周六和周日忙起来，在湿草甸的小溪之上修桥，在河岸边收拾出一块空地。他甚至试图恢复有围墙的花园里的菜地——在小径间一片长满野草的荒地筛过的泥土里，多次翻土、施肥，但是花园原有的设计面貌仍在，正如梨树在多年的照料下保留了它的形状，他甚至修理了铁丝网、笼子、木结构和水池，做了皮通离开后人们遗忘了的各种零碎活。

在完成农场的工作之后，晚上莱斯在菜地里忙活。这精力！但是深夜菜地里的劳作让我厌烦。他用喷水器，水流在老金属水管中发出高频率的震动，经过我的小屋时，我的小屋也跟着响个不停。

皮通和后来接替他的人在白天用花园水管或喷水器，但是这动静被白天的嘈杂掩盖。而在夜晚的寂静中——在乡间的长寂里（周围城镇的天空灯光闪亮），这寂静是如此纯粹，有时走出小屋门都能听到六七英里外索尔兹伯里车站的火车进出的声音——嘶嘶的水管声清晰可闻，让人无法忽略。

我做了以前从未做过的事。我打电话给庄园的菲利普斯太太，抱怨夜间水管嘶嘶地响，很讨厌。我以为她会反驳，保护她的朋友。让我吃惊的是，她没有为难我。她认可了我的说法，说她会亲自去把喷水器关掉。她的确做到了；小屋突然的宁静——一开始像是头脑中的耳鸣，知了的鸣叫——像福音一般。

是什么事件赋予我在小屋的生活！又是什么事件保护了它！一点点差池就能改变这个地方的整体感觉，就能将我赶走！比如深夜喷水器的困扰，或者布兰达在我窗前过于频繁的走动，或者窗外草坪上太多陌生人的恣意妄为，或者庄园仆人的住所里太多的聚会和访客。

菲利普斯太太很合作。但是我料想这之后她会有些尴尬，一种更明显的尴尬——长久积累下来的——对布兰达和莱斯的尴尬。这便是我那时的心境，是我对不可避免的改变的接受，是我万物有时的观念，是我训练自己说“至少我拥有了它一年”“至少我拥有了它两年”取得的效果。我也准备好接受庄园的生活将永久改变。

但是菲利普斯太太或者先生没有觉得尴尬。莱斯也一点没有觉得尴尬。事实上，和我没有什么交集的莱斯对我是友好的。他第二天就表示了这种友好。

在喷水器可能开着的时候，从我厨房门口能看见在菜园的高墙，即我屋后小径旁的那堵墙上方，平行的拱门水扇催眠般出现又消失，在南边天空的夜色中盈亏不定——他敲了我厨房的门。严格来说，这是后门，但也是唯一被我用来进出小屋的门。

我透过门上的玻璃看到了他。我开门时他没有戴帽子，迷彩帽（迷彩服的遗迹）捏在手中。他带过来一盆蔬菜。送蔬菜是得体而传统的做法；他笑着。我总是记着这一幕：瘦削、晒黑的脸，两颊凹陷；一只手捏着帽子，双手端着装蔬菜的盆；微笑。

然而，显而易见的还有他的丑陋。这会儿很惹眼，是因为从他的身材、举止和衣着判断，我本以为他是个英俊的人。他下巴厚；牙齿不好，让笑容变得滑稽；他的皮肤有伤痕。尽管如此，他在自己的外形上花了很大功夫。头发才洗过，柔软，剪得时髦。我现在明白了他为什么总是戴特别的或者优雅的帽子。它们有用：从远处看，他戴帽子显得好看。我也稍稍理解了布兰达为什么让他感到焦虑，也更多地理解了布兰达的举止，那是一个被深深亏欠的女人的举止。

菲利普斯夫妇出门度假时，布兰达接管了庄园。她搬到菲利普斯夫妇的住处。莱斯还住在茅草小屋里。

那段时间我得离开几天。回来后第二天早晨，我去庄园拿信。我不在的时候信件留在那里；这是菲利普斯夫妇安排的。

我在庄园院子里按响厨房门铃。我听到了里面的音乐声。布兰达过了很久才来开门。

她一定在菲利普斯家。他们有雅致的房间，客厅的石头阳台连着草坪，草坪五十多年前就铺了，上面有巨大的树、花床、有年岁的玫瑰花丛和古旧的雕塑；远处是湿草甸的沼泽、河、河对岸的草地和丘陵。在外面的石头阳台上，菲利普斯夫妇设了供鸟栖息的桌子和悬挂的鸟食，山雀等鸟会来啄食。

布兰达小心地起身。她穿着牛仔裤和衬衣，丰满的嘴唇抹了口红，睫毛修饰过，让她不安的蓝眼睛更具神采；她的容貌同时暗示她在菲利普斯家无所事事。是仆人也不是仆人；此刻她对我不是特别在意。她说没看到有信件。

她身后是庄园的大厨房，听说是菲利普斯夫妇修缮的，或是他们找人修缮的。一个温暖而吸引人的厨房，有大炉子和很多橱柜；厚墙，小窗户嵌得很深，电灯亮着；门开向走道，大房间挨着大房间，有空间感和戒备感。

菲利普斯太太回来后不久打电话告诉我，庄园有很多我的信。我去厨房取信的时候告诉她，布兰达说没有信。菲利普斯太太听后看上去不高兴。没有解释，没有评论；仅仅点了点头。她像消化着一则新闻的人，把这加入她的已知信息中。

我觉得菲利普斯太太对布兰达改观了；又一次——就像她度假时找其他人替班一样——菲利普斯太太找到了一个不让陌生人用她的厨房和房间的理由。一开始，布兰达也许处在四人关系的中心。但现在，菲利普斯太太更重要。

当布兰达不再出现在庄园时，我没有吃惊。出乎我意料的是菲利普斯太太某日带来的消息。

"她和麦克·埃伦私奔去了意大利。"她说。

麦克·埃伦是个中央供暖系统承包工。他是做小生意的年轻人。他经营过一家老式的中央供暖系统和管道工程公司，曾经在大宅子里干事，口碑很好，但是受镇中心昂贵的设施和往日庞大的员工队伍所累。

我会认识麦克·埃伦是因为他来修庄园爆裂的锅炉。我问他小屋的水管为什么嘶嘶作响。他轻快地说，对付水管和庄园其他问题的唯一方法是换掉整个管道系统，换掉那些古老的金属管。我记得他的自信，他的步态，他走进我小屋的样子：他其实有点趾高气扬。他是个乡下小子，还爱吹牛。我们聊天的时候，他吹嘘了很多事情；他不问及我的情况。他说他雇了六个人；他打算四十岁就退休。

在大地方，比如伦敦，像麦克·埃伦这样的人不算有个性：他们的性格不会让人印象深刻，也无足轻重。他们或他们的雇员走街串巷地干活，然后消失；他们几乎没有名字，更多的是他们的电话号码和账单。在山谷这种地方，这样的人到你家来更像是一种社交。他带来了可读性更强的特征和更多接触点：他的村庄或小镇，有时候是他的邻居，他的教育，他的背景，他服务过的房子和人，他和你分享的服务和店铺。

麦克·埃伦爱说大话。他觉得自己充满精力和抱负，因而别人抱怨的经济衰退并没有影响到他。他觉得自己充满冒险精神，胜过那些没有勇气或精神自己做生意而满足于受雇状态的人。他长得还算过得去；他蓄着时下流行的小胡子。但是那次会面之后，我印象最深的是他荒谬的骄傲和吹嘘，他进小屋时大摇大摆的样子，像是来帮我忙的。

我有时会在索尔兹伯里看见他的货车。有一两次我看见他和货车在超市门口。麦克不喜欢被人看见把货车当成私车用。我看见过他的货车停在布兰达和莱斯的小屋外以及庄园院子里。但这并不让人吃惊。我习惯了看见他的货车（以及几个当地建筑工的货车）在山谷里上上下下；有些工匠永远不闲着。

但是意大利！什么样的老派浪漫念头让麦克和布兰达去了那里？什么电影或电视？或者更简单，麦克随旅行团到过那里，觉得去熟悉的地方更安全？但出国本身不就是激情稍纵即逝的象征吗？麦克怎么能抛下六个雇员，抛下在当地的声誉和两侧及背后绘有他名字的货车？多久以后他会想回来，不仅为了名声和事业，还为了他以前的生活？

事情就这样发生了。

布兰达再次出现。不是在庄园。那段插曲结束了。甚至早在布兰达离开之前，莱斯便不再来庄园，撇下了菜园、周末的敲敲打打以及庄园各种零碎活计。把事情做好的努力、全心全意的努力都付之东流；庄园把这番努力全部侵吞了。一切都浪费了。但是庄园给予了回报，给予了快乐，给了莱斯好几周在荒地上的自由。正如莱斯和布兰达住进茅草屋之前，乡间生活和美丽的风景给了从镇上来的挤奶工一些关于时光之美的体悟。

如今庄园成了过去，莱斯隐居在他的茅草屋中——这里对他而言从没浪漫过，现在无疑又是最让他伤心的地方；他隐退到拖拉机的孤独和噪声中，在无尽的坡地间上上下下，凝视着一会儿黑色、一会儿棕色、一会儿白色的土地和尘土，以及田野的荒凉。我见过他最好的时候：带着蔬菜出现在我门口，以经典的姿势送上，纯粹善意地微笑，这笑是从他爱的人身上获取的一点爱，又回馈一点给他周围的人。

对布兰达而言，回来一定很糟糕，不单是从意大利回来，而且是从意大利回到小屋。在庄园里俨然女王般我行我素之后，在菲利普斯夫妇那栋从客厅能看到草坪、雕塑、老树和河流美景的房子里过了整整两个星期女王般的生活之后。她已从自己的美貌上索取了太多；太多，然后继续索取太多。

菲利普斯太太说起布兰达：“麦克把她踢出来了。”再无二话。

麦克！用名字称呼暗示了菲利普斯太太对他的某种认同，某种或新或旧的同情，某种“镇上”生活的默契——酒吧、俱乐部或者酒店吧台——也许某次他们碰到了一起，菲利普斯夫妇、布兰达和莱斯，以及麦克·埃伦。

秋天正步步走来，这是好事。现在布兰达不恼怎么见人的问题，不用花心思证明她没有受重创、生活依旧继续。她能关上前门躲在室内；正如莱斯能开出拖拉机躲在车厢带斑点的塑料之后。

把这些镇上人带到山谷的农业组织开始衰退（它们以自己的方

式留存在山谷中），我不知道原因。这样的冒险和陆上或者空中的军事演习一样，我们经常经历：司空见惯，却知之甚少。

据说莱斯在找其他工作。我有三四次见到布兰达和莱斯在路上，开着那辆红黑色小车。他们拆除了部分篱笆，给车在花园里腾出位置。茅草顶小屋真的成了临时庇护所。在其中投入太多感情将是浪费，比莱斯晚上和周末在庄园工作还要浪费。

他们不再来庄园。之后我第一次见到他们在车里，莱斯一眼没认出我的样子，布兰达装作不认识我。也许菲利普斯太太关于我信件的事有些意见——那些信被她视为诱因——我没有得到原谅。后来他们再见到我就干脆面无表情。我们短暂的相识就此结束。

我也看到了麦克·埃伦的货车，神气地为中央供暖系统生意奔忙着。乡镇上的成功！麦克让我看到事情的另一面。但是意大利！谁会把浪漫和那辆两侧和后面绘有名字的货车联系起来？车的三面都写着名字。我一看到货车就想起菲利普斯太太的话："麦克把她踢出来了。"莱斯和布兰达在那些话中一定活得非常艰难，别人也一定都听说了！

白天变短。紫杉下从公路到庄园车道再到我小屋的路傍晚四点就变黑了。下午我坐公交车去索尔兹伯里购物，回来从车站走回家需要用手电筒照亮。

乡间的黑暗！在这里，大事几乎能静悄悄地发生。屋顶上有稻草野鸡的茅草顶小屋中就发生了这样一件事。

是菲利普斯太太告诉我这个消息的。

事件发生两天后，她说："布兰达死了。"

"莱斯谋杀了她。"她镇定地补充。

是“谋杀”这个正式的词，不是“杀”。讲述重大事件时，我们用正式的词，甚至空洞的词。

我想起他们两人摘梨子时的样子——两只披着华丽羽毛的鸟。我想起在厨房门口送蔬菜给我的那张满足的恋爱中的脸，一个快乐的人的礼物。然后我想起意大利和麦克·埃伦的货车，为了挣钱到处忙碌、传播名气，与此同时，莱斯开着红色小车到处找工作。

很难想象这行为、这背景、这定局、这尸体仅仅在几百码之外。我想起最不冒昧的问题：“在哪里杀了她的？”

“就在那座小屋。周六晚上。”

周六晚上！是喝酒发脾气的夜晚吗？我没想过他们会这样。

菲利普斯太太说：“她戏弄了他。”

我觉得“戏弄”是个技术性的词，跟“谋杀”一样。它带着性暗示。她，私奔到意大利，戏弄了他。她颜面扫地地回来了。她戏弄了他、激怒了他。意大利一事以失败告终，她要发泄，于是戏弄某人，她一定经常“戏弄”他！她一定知道自己激起的是什么。他用一把菜刀开始了毁灭，一旦开始就没有回头路，无论他心里有个角落多么希望一切没有发生，希望和解，但他一定是已经下手了，直到那疯狂和生命结束！这一切都发生在那个花园破败的茅草小屋里。

工蜂一直工作到死。它们死后，其他蜜蜂清理蜂箱，清理尸体。因为蜜蜂们工作而且干净。就这样，没有扰乱，没有惊动很多人，甚至公交车上的人也不知道，小屋被清理，清理了曾经珍贵的生命，曾经珍贵的激情。

她“戏弄”了他——这是裁决。所有人的心都向着那个活着的、幸存的男人；如果将两人的境遇调换，他们则会向着女人。警方很谨慎，几乎没人看见他们，像事件本身那样秘密。更多的消息来自当地周报，而不是邻居。他们没目睹什么，怕多怪罪了哪一方：这一刻所有人都跟布兰达和莱斯靠得更近，努力记起他们，几乎把这件发生在周围的事当成自家的悲剧。

当地有个习俗保留了下来。布兰达的东西需要被收走。几周后，在冬去春至前，布兰达的姐姐来没人住的小屋取东西，那辆红黑色的汽车已经不在了。

取亡者的遗物像是旧世界的习惯，有种神圣感，一种体面埋葬的感觉，是对逝者的尊重；似乎需要某种仪式。但是什么都没有。的确有人来取亡者的东西。要不是在庄园厨房和菲利普斯太太对账单，我不会知道布兰达的姐姐来了。

菲利普斯太太认识布兰达的姐姐。这是菲利普斯夫妇“城镇生活”的另一表现，是他们在庄园和山谷之外的生活。当布兰达的姐姐说明来意后，菲利普斯太太变得非常沉重。我都感动了。一番自我介绍后，我们都去了菲利普斯太太的客厅，从那儿能看见丘陵和河流，湿草甸和花园里巨大的白杨，古旧的石头阳台、罐子、苔藓、斑驳的石头、鸟食容器、晾衣绳——大宅花园和后院居家气息的混合。我来庄园第一天，对自己身处的地方与见到的东西都不清不楚，那时拜访菲利普斯夫妇，就见过这些。此后我只在圣诞节（我不在国外的那些年）拜访他们、送礼物过去时才会看到这景象。

布兰达的姐姐长得不是很像布兰达。她年纪大些，更胖些。臃肿的身材暗示了疾病，那是一种病症而不是粗鄙。布兰达臀部和大腿的丰满与此不同，那暗示着某种宠溺，暗示某些人觉得她的美貌应得奢侈的享受，觉得她的美当得起一定的自我放纵。但是接着，我开始从她姐姐脸上看到布兰达丰满的嘴唇和狂热的双眼，看到那些特征在臃肿的肉体中消失或改变；也看到少女时代曾让她自诩甚高的柔滑纯净的肤色，但如今已是人老珠黄。姐妹俩过得不是很顺心；美貌的馈赠对她们成了一种折磨。

布兰达的姐姐住在南边一座新建的小镇上，位于索尔兹伯里和伯恩茅斯之间，不是城市也不是乡间，是她想象不到的沦落之地。

在菲利普斯夫妇的客厅里，有那么一会儿，布兰达姐姐的拜访似乎是社交性的。但是突然她好像记起了来访的目的。

她说："你想保存所有东西。然后你想把一切都丢掉。"她的声音沙哑了，眼里充满了泪水。"她留下来的东西太少，只有衣服。"她努力挤出微笑，"她对穿着特别挑剔。但是衣服我能怎么处理呢？"

没有恶意，没有愤怒，没有复仇的愿望。

她说："她对他来说是个负担。他管不了她。"

菲利普斯太太让布兰达的姐姐继续说。

布兰达的姐姐说："她甚至觉得他怪，你知道吗。她告诉我他每天早上洗头，不是下班后洗，因为晚上他不想湿着头发睡觉。早上洗头。他像我儿子雷蒙德。我希望没人觉得他怪。雷蒙德是为了学校的女孩才这样做的。"

我本以为是布兰达鼓励莱斯精心着装，以为是她为他挑选衣服。这个洗头的故事让我看到了一个更孤独更绝望的男人。

布兰达的姐姐说："她对生活期许太多。母亲总跟我们叨唠她在战前吃了多少苦，住在军营小屋里，希望我父亲有所作为。那是我们的全部。我们住在军营一座小小的房子里。"

她告诉我们，她父亲，一个有点工厂经验的普通军人，在战争初期灵光一闪，发明了一种在飞机尾部架枪的方法，因此被政府重用了几个月。不光是他，像他那样有想法的人很多。

“他一直在向国防部迈进。国防部，国防部，我总是听到这个词。看到今天报纸上的广告，看到相同的词，我想起了过去。”

我不觉得她在把事情浪漫化。她说“国防部”时没有像一般人那样加上冠词，这意味着她明白她说的是什么。

但是她的父亲没有飞黄腾达。枪换代更新，飞机被改进或更换，这个军人又变得普通了。但是他的女儿们从母亲那里继承了一个荣耀之梦，也继承了一种悲观，对希望的渴求以及对希望的紧张。这造成了她们的脾气、挫败和自我毁灭。好像我们祖先所遭遇的意外后果都投射在了我们的性格中，好像在出生前我们的命运就被写定，我们人生的一半就已勾勒好。

布兰达的姐姐说：“我不能说什么。我自己也过得不好。”

当她最终逃离小小的军营房走入大千世界，她嫁给了一个建筑工。这个人在她看来无比的成功和时髦，但后来开始败落，再后来就破了产，时运不济，当他试图在德国做生意以转运时，情况更糟糕了。之后他开始和一个更年轻的女人偷情，对她着迷，一如当年迷恋布兰达姐姐的风采。他最终离开家，离开了妻子和孩子。

这也不是什么新鲜事；她是这么说的，淡化着悲剧色彩。“照例，傻瓜是最后一个知道的。”现在她在乎的只有儿子，他是她唯一关心的，她把自己圈起来了。

所以说，虽然她没明说，她的生活有一种规律。她父亲被她丈夫替代，她丈夫又被她儿子替代。她的生活一遍遍重复；她过着同一种生活或者同一种生活的不同版本。或者，换一种方式看，几乎一开始，她人生的选择和激情就结束了——正如她父亲、她母亲，也许几代先人那般。

布兰达的姐姐不需要鼓动就说出了自己的故事，她的歇斯底里变得明显。所以，坐在菲利普斯太太的客厅，在布兰达的姐姐起初的冷静甚至是拘谨过去后，伴着美好的景色，她很可能被看成一个病人，一个比布兰达受家族史影响更深的人，那真是缺少了一件大事的家族史。同时，我看到的不仅是相貌像布兰达，激情也如出一辙。如此多样的激情，如此多的根源，如此少的了解，甚至连这些激情的受害者本人都不甚了解。

接着，这个皮肤光滑、没有斑点的歇斯底里的女人记起了拜访的礼节。拜访到此结束。她去做了正经事：收拢妹妹留下的为数不多的东西。

我们离开了客厅。经过走道、厚墙、石头窗棂以及通向大厨房的门。在门廊边，菲利普斯太太道了别。

我们走出庄园的院子，走在粗糙多石的车道上，布兰达的姐姐说："我永远不会原谅菲利普斯太太。"在刚才客厅里那番坦诚的谈话之后，这样说未免突兀。

她非常痛苦。我开始和她往公路上走。到了紫衫下，她开始对我讲布兰达的意大利之行。

麦克·埃伦乘飞机去意大利。布兰达乘火车。在旅途中她听不到人说英语，很少和人说话，开始反省，然后害怕了。到罗马之后，她决定不去找麦克。她想待在一家旅店，然后给莱斯去个信，甚至想让他来找她。她带的钱只够维持几天。她在火车站附近订了间小旅店。她茅草屋的家里没有电话，于是她打电话到庄园，留了信息让人转达给莱斯。

什么都没有发生，莱斯那里没有传来任何消息。接着，她咽下了傲气（因为他们之间有些争执），打电话给住在杰克的农舍的人，就是那个每天下午开车上山接孩子放学的女人，她从没有对我笑过，也是她推平了杰克的花园。但是莱斯那里依旧没有传来消息。这时候布兰达的钱花光了。她做了已经决定不做的事情。她去找麦克·埃伦，和他住在一起，直到像传言中那样被踢出来。

她痛心而愤怒地回来了，一心想要戏弄那个她觉得或者假装觉得奇怪的男人，她觉得他不是个男人。浪漫的冲动曾让她在罗马火车站边的旅店里激动了一阵儿：这个女孩很无助，身陷危险，热切的情人在另一头。莱斯应该想尽一切办法，卖掉一切来找她。但是莱斯那里没有任何消息，她觉得受了这股冲动的嘲弄。

布兰达的姐姐说："菲利普斯太太一直没有把消息带给莱斯，四五天后才转达，那时候布兰达已经离开旅店和麦克住在了一起。她说她忘了。她说因其他事情耽搁了。她说以为没那么要紧。但我觉得她是故意的。"

布兰达的姐姐说，千万别指望那个住在杰克的老房子里的女人。但是这个故事赋予那个女人，那个下午开车上山去接下了校车的孩子的女人以新的性格，也使她的车的形状和颜色有了新的特征。

夏末的一天，我走过农场的老房子和杰克的农舍及花园，这片垃圾和废墟已不再是当年杰克眼里的世界，如今车道那边的废墟又多了一个焚烧工业垃圾的坑。火偶尔会烧焦多年前为了围住废地而种下的白桦树。某天，我走过农场和蔓延的垃圾，走上一个个变黑了却还泛着嫩芽新绿的稻草堆，听到小树林后面大火燃烧的声音——树林也有点年头了。

我听到了树林后面的声响；看到了烟，树桩间是黑色，田野里火光一片，热浪像块老式玻璃般扭曲了景象。我感到了热度，接着很快被噪音包围，嘈杂声演变为响亮的噼啪声。我想起了二十五年前在南美洲东北部的高地听到的声响：大瀑布的声音。水与火，它们发出同样的骚动声。在巨大的噪声中以飞快的脚步走在丘陵上，一切都好像是一个样。

火很快灭了，树林后的田野里一片灰烬。在我散步回去的路上，在空荡的茅草屋的天窗下，是一层厚厚的苔藓，一种不自然的翠绿，那绿色曾经是茅草的美的一部分，代表的似乎不仅是植物之美。

如今茅草屋这般安静；花园边曾经围着整齐的篱笆，夏天点缀着小朵的玫瑰，如今一派破败。

山的另一边如此安静，谷底是一片荒草地，荒地那头是一座废弃的农舍，农舍在一块凹地中显得黑而锈。我在周末的下午，在空荡荡的丘陵的静谧中看到如此安静的景象：住在杰克的农舍的孩子们在碎石和轮胎堆中玩耍，周围是一些野草和黄花。

*

也许在那里，杰克眼中作为一个整体的山谷会延续；没有我视野中的衰败；那是一种在成年人脑海中延展的孩童视野。

还有人也觉得山谷和车道不曾衰败。有一天我走过旧农场建筑，走过白桦树下新鲜的落叶和燃着火的白垩坑，朝新树林的方向走去，看到远处有个人影。

我习惯了独自散步。在这样的距离外看到一个人，也就是再往前走十或十五分钟就能碰上那个人，这可能会毁了我往返的散步（因为他也可能往回走，通常走到停在车道尽头和高速公路交会处的一辆车那里）。因此，要是看见有人走近，我宁愿转身放弃散步。

然而这次我没有。这个人原来是个中年女人。她个子很小。从远处看，尤其是映衬着天空，她让人难忘；人在空旷中容易凸显出来。我们迎面碰上时，她对我打招呼，大大方方地。我们停下来聊天。她在什鲁顿工作。她说她住在埃姆斯伯里时经常在这条路上散步。她说自己找到了鹿活动的路线，知道它们大概在哪里穿过公路。鹿一家生活在一小块三面环绕着高速公路的空地上，周围还有军队进行射击训练的靶场，活得很不容易。

老农场经理的眼里也没有颓败。某天，我看见他骑着马走在树林和草地间的车道上，后面是那座有云雀和坟堆的山丘。以前他开着路虎倒很少来这么远的地方巡查。现在他退休了，能随意溜达。他骑着马，更是休闲的表现。

这是一匹大马，毛色漂亮，带着灰白或红棕色斑点。他说这是一匹难对付的马，是女儿送给他的，他女儿结婚后在格洛斯特郡生活。他谈话的内容：他女儿（很会和马相处），以及这匹作为礼物的马（这匹马很听她的话）。

他郊区的房子在老旧的车道边，花园规整。女儿长大离家了，如今他的日子很空虚。他的时光飞逝！人一辈子过得如此快！事实上，正常情况下只能见证、了解连续两三代的生命。

我见到他时不是这么想的。一开始我觉得人们说得有道理：那些精力充沛的人退休后老得快。当时他发现座下的马很难骑，于是下马放松放松，正好和我说话。他变老了，背驼了，步伐僵硬。我第一次看见他走路，觉得那是农夫走路的范本，我见到了“农夫的步伐”。

我后来又有了另一个想法。一个人活跃的周期、做事的时间是短暂的。想到这一点时我已离开了庄园和小屋，当那一段生活结束后，我开始觉得精力和行动有时不听使唤。每个人的精力是一定的，用完了就是用完了。在我看见经理骑着马，看见我们之间年龄、精力和前景上的差距之后没几年，这些念头就出现了。但是，中年或者与之相随的衰退会突然降临在一些人身上；正如老年降临在老农场经理身上一样，中年猝不及防地降临在我身上。

我想听老经理讲讲新来的农场工人。我会说自己更喜欢他的作风。这更多是出于对他，对一个来自我的过去的人的敬意，而不是因为我了解自己在农场的所见。但是他不感兴趣。看来拉拢感没有传达到。这样也没有大碍。因为最后，经过两个严重干旱的夏季，新的农业创新神秘地（至少对我而言）失败了。那两个夏天异常干旱，我小屋前的老橘树都枯死了。

干旱时期我听到人们谈论——在公交车上或是从租车人布雷那里——不是水被引到牛面前，而是牛被运到有水的地方，也许运到威尔士！这是新农业的规模、风格和声誉。我不知道是确有此事，还是当地人过于激动地夸张了。然而很快，这些都不重要了。创新失败了。虽然它声势浩大，影响到那么多人，影响到数英亩田地最终的面貌，但失败从来都是静悄悄地发生的。

失败刚出现时我是不知情的。有机器，有奶牛，人们开着车上上下下，大卡车从金属墙的谷仓中运走粮食。但是渐渐地，这失败，这中心的衰退，开始显露。

谷仓边的活动式牛棚被打开，前后门都敞着，粪便和稻草打扫干净了。门大开而干净（虽然留有污迹）的牛棚空荡荡的。栅栏，带水槽的水泥地，带木条的墙面割裂了阳光，向不同角度反射着光，照得牛棚内亮堂堂的。新挤奶厅拆了。新建的水泥平台还在，从山上看过去仍然崭新。像杰克的温室一样，也只留下了水泥地。

这里的房屋规模太大，对人来说太大。需求被夸大，被分化，留下的是一片废墟。空牛棚最后可能会被拆掉，卖到别处。挤奶机无疑已经卖出去了，只留下水泥地。在这片开阔中水泥地显得如此小。地板上曾有挤奶机轰鸣，仪表盘检测着各种东西，而沾着粪便的牛在牧人的呼喊中（挤奶中唯一留下的习俗）被引到山上，在特定的时间排队走进由铁栏杆围成的通道，以一种古怪的安静等着机器来挤奶。

一头头奶牛最终消失了。有些被卖了，无论被卖与否，它们终将在一定的时间接受命运：成批地被带篷货车运到屠宰场。

我见过奶牛在山坡上映衬着蓝天，低头吃草，或者怯生生地好奇地看着路人。它们像是我童年记忆中特立尼达的炼奶商标上的牛：对我而言产生了一种极度浪漫的效果，那是孩子对美好事物以及他方的幻想，后来我在丘陵上见到奶牛，就觉得似曾相识。我见过牛的大眼睛，偶有几次见过牛群温和地四散。在草地上，它们会跟着路人，以为他带来了好吃的，或者会带着它们去好地方。我见过湿润的大黑鼻子，夹着袋装驱蚊剂的耳朵，它们挥舞起来有如沉重的扇子。人们看见所看见的。很难想见看不到的不真实的事物。

我过了些时候才知道，奶是母牛生过小牛后才产的，但除了生病的小牛之外，其他的你都见不到。小病牛像黑白或棕白色装着液体的袋子那样趴在稻草上，看上去一副刚出生的样子。没有母牛带着小牛。没有格雷[①]《墓畔挽歌》中的“牛群在草原上迂回，哞声起落”；没有哥德史密斯[②]《荒村》中的“清醒的牛群在晚间呼唤着牛犊”。

曾经美丽的画面和那些诗句符合炼乳商标上牛的样子。这种美很特别，因为我们岛上没有这样的牛群（虽然我很了解那种“清醒”——美好而聪明的词——知道晚上给牛群铺草的仪式）。我们那里没有适宜的气候和草场；岛是为了种植甘蔗而开发的。但是那里有牛群。我的家族里有些人就跟乡里人一样喜欢养牛，养了一两头，为了牛奶，为了爱，为了宗教。

我们处在古老雅利安人奶牛崇拜的晚期，崇拜给予奶的牛，若是没了牛奶，人们的生活会更艰苦，在某些气候和地形中甚至无法生存。这种崇拜是我们的祖父从农耕的印度带来的。我小时候，我们仍敬重这一观念，以及它和远古的联系。对我们而言，牛初乳几乎是神圣的。牛的主人用这种浓稠的牛奶制成糖果，分成小份送给亲友，就像宗教仪式上的供奉之物一样。

我们的几头牛（也许像格雷或者哥德史密斯笔下的牛一样），和草场上健康高大的牛相比显得可怜。但是草场上的牛虽然美丽，却没有神圣感，没有得到人持续的关注。我孩提时觉得这种关注是牛所渴望的。草场上的牛臀部印上了数字。出生时没有神圣感，死

①托马斯·格雷（1716－1771），英国18世纪重要抒情诗人。
②奥利弗·哥德史密斯（1730－1774），英国18世纪著名剧作家。

亡时也没有，仅仅被装在带篷货车中。有时，杰克的农舍布满青苔的后院会留下人工授精工作的残余物。有时候，畸形的牛被关在那里，和正常的牛隔离开。它们多出来的那块肉和毛发（带着弗里西亚群岛图案的黑白斑块）从中间垂落，像是材料从两半造牛模子的合缝中漏了出去。

现在，随着牛群的消失，农场周围丘陵的新旧小径出现了一时的静止和停滞（在游客眼里，农场的生活一成不变，且具仪式性）。一度有很多活动，如今有更多的残迹。

我生活的庄园里很多房间关着门。庄园的花园、果园变得荒芜；带锥形茅草顶的儿童屋的茅草开始腐烂，一堆潮湿的芦苇从一处铁丝网上滑落。壁球场和农舍疏于打理，带双层金字塔顶的旧谷仓无人问津。

在翻新的教堂后，旧农场建筑被推倒，取而代之的是活动式棚子，现在空荡荡的。牛栏入口的圆形凸面镜令人想起这儿曾经也有车开过。粉红小屋的茅草屋顶绿意点点，屋顶上的稻草野鸡碎成一块块的。花园已成了一片垃圾场。山顶上有新谷仓和半板条牛棚，松树和山毛榉防风林相比我第一次见到时已长高了很多。谷底，青贮饲料窖配厚木板的墙，对着被挖开的山坡，木板上有木焦油。到处都是轮胎，是管事的人运来的，这些轮胎被漫漫长路磨光滑了。到处都是挖出来的碎石、成堆的白垩和野草。

这一切都在先前的废墟中。老农场建筑，也许是上世纪建的，离左边山脚下植被丛生的路有一点距离。老，也许很老的农场建筑在杰克的农舍后面。沿着车道有蜂箱和房屋形状的干草堆，有只剩下几面墙的老石头房子和周围遮蔽了废墟的高耸的树，这些树距我第一次见到已有十年时间了。植物生长着，石头岿然不动。

在这条小径的反方向，远离之前农场经理的路虎的巡查路线，瑞士卷形状的稻草仍堆在树林中。树林如此茂密！云雀山顶立着一座座古坟，像小丘疹般映衬着天空，稻草卷如今黑乎乎的，显出泥土的颜色，和车道对面的旧草堆一样。它们在破碎的塑料布的遮盖下变成了泥土。草变成干草，回归泥土。

*

我在这里的时光告一段落，我在庄园小屋和山谷里的时光，我观察和学习的第二个童年，我的第二段生活，与第一段相差甚远。

我差不多一开始就让自己为结束作准备。河岸边的第一个春天壮丽而让人惊艳，初生的芦苇，清澈的河水（我学会了说“清爽”），但碧蓝幽深的水透着橄榄绿，倒映着河岸上葱翠树木的那片水看上去深邃得不真实，树下方的那片水尤其如此，在第一个春天过去后，我会说“至少我在这里度过了一个春天”，接着我会说“至少我在这里度过了春天和夏天”，然后是“至少我在这里度过了一年”。就这样，一年年过去。直到时间开始收缩，体验本身起变化了：新的季节不再新鲜，新的体验少了，更多的是对过去的回忆；你开始把年月堆积起来，数着它们，在数算和积累中获得快乐。

一个秋日下午，我走过杰克的农舍和废弃的农场，突然有点喘不上气了。我转过拐角，离开农场，走过山毛榉下的旧金属、扭曲的铁丝和废弃的木制品，呼吸又顺畅了。（不是火坑边的白桦树，它们在路的另一边。这些山毛榉树在农场的边缘，枝丫低垂，绿叶成荫，让我想起乔治·博罗[①]在《拉文格罗》和《罗曼·罗依》中的漫步。）穿过山毛榉和农场，在杂草丛生的路上熟悉的孤寂中，我开始轻松地呼吸。我觉得呼吸不畅是源于某种刺激，农场边的空气中有什么过敏源，回家后便没有做什么。晚上再次喘不上气来。这一次像是杰克的农舍边那一刻的延续，但却挥之不去，我病得不轻，过了两三个小时都没缓过来。

这场病带走了我体内留存的所有青春因子（本来留得还不少），削弱了我的精力，在痊愈的过程中，一周周，一月月，把我推向中年。

对我而言，这也是庄园小屋的终结。丘陵、高地、河流和河岸——这里的地形很简单。水从丘陵流向河中。雨后，我曾在防风林边铺筑的小路上凝视着流过卵石的小溪流在沥青和草地的夹缝中流向公路，流过路面和阴沟，流进河中。雨后，小溪流带着山毛榉果实（有的新鲜，有的不新鲜），经过我厨房的门，留下水流造成的残骸：一路上山毛榉果实都碎了。我的小屋冰冷。我喜爱的坚实的燧石墙——我尤其喜爱石头温暖的色调——保持了这阴冷。山毛榉树遮着小屋，挡住了阳光。这里即使夏天也暖不起来，甚至在干死了橘树的大旱天里，夜间我也需要取暖。

此处的美，以及我对它的钟爱，胜过其他所有地方，这让我在这里逗留过久。我的健康受到了损害，但是不论当时还是现在，我都不介意。总会有某种交换。对我而言，有了作家的天赋和自由，同时也要承受写作生涯的艰苦和失望，要背井离乡；承受了那种失

①乔治·博罗（1803－1881），英国作家，擅长写游记。

落以及没有属于自己的地方的现实，但也在威尔特郡开启了第二段生活，仿佛是第二个幸福的童年，对自然有了第二次了解（以成人的角度），亦有了儿时梦寐以求的林中小屋。但是这里有小屋的冰冷，美丽河岸的潮湿和雾气，以及生来或者后天肺部孱弱的人容易得的疾病。

过了一段时间我才又开始散步。我在写一本大书。这种劳动到了某个阶段，精力合而为一：脑力和体力用了一样另一样也变少。完全康复后，我把大部分精力都花在了写作上。

我也伤感地准备离开。仅仅几英里远，在一片干燥的丘陵上，我把两间废弃的小屋改成了一栋房子。农舍是八十年前建的，在有着古老名字的农村。古村落消失了；除了一些平地，一些彼此挨着的绿色小平台之外，什么都没留下。在我自己动手修缮房子的过程中，上世纪的老砖墙和砖地基、老式公共厕所的黑土被挖起，周围是平滑的绿色坡地。我之前以为这里只有白垩。

工人居所的墙和地基：几代农业工人曾住在这儿。我翻新的农舍建于世纪之初，建在旧村庄的地基和废墟上，几代的工人，或者别的什么人曾在此居住。现在，我一个异乡人，稍稍改变了这里的地貌，做了我所意识到的他人的所为，制造出另一片潜在的废墟。

（后来我搬了过去，有些老人过来看这栋他们曾经居住或参观过的房子。有个行将就木的老太太由孙子领着过来，她曾和做牧羊人的爷爷在这里住过一个夏天。老人对农舍的变化感到困惑，以为走错了地方。我感到羞耻。那一次我假装不住在这儿。）

我本该去别处重新开始。但是自从我把自己和第一段生活割裂后，经过二十年，意外而幸运地找到第二段生活，我不愿意搬得太远。我想留在我有所发现的地方。只要有可能，我就想重建在庄园小屋里找到的一切。

某一天，也许是那次得病九或十个月后的一天，我沿着以前的路线散步。现在与过往有了新的联系。像是为了配合我的情绪，我刚沿着防风林开始下山，便看到山谷闻所未闻的巨大变化。

曾经并排的三栋农舍正被改造成一栋大房子，其中一栋是杰克的。改造的基本工作就绪。从外面看，这三栋农舍成了一间很大的客厅，还有新的空间或房间加入这个巨大的中央房间。屋顶也在盖，是崭新鲜红的房梁。房子的设计不够典雅。但是它会变得宽敞而舒适，每扇窗户外都有绿意盎然的景致，能看到山坡、白桦和山毛榉林，或者田畔的黑刺李和山楂树。

多数旧农场建筑都消失了。但是有些靠后一点的还在，其中有窗户开得很高的老谷仓，挂着滑轮和绳索的铁支架，后者用来提起麻袋或马车上的草捆，然后把它们摇进屋里。

建筑工们在房顶上忙活，石板被迅速吊起。印着建筑工名字的货车停在车道上，这里曾是杰克的鹅游荡的地方。收音机在修了一半的屋子里大声播放着，空洞而有回响。建筑工们是镇上人，比那时候从镇上来的农场工人更不友好。

当房子成了建筑工地，当曾经熟悉的房间成了空间，它们显得那么的暴露，被剥夺了尊严。杰克的农舍（我直到现在才看到它内部的样子）缩小了——没有了外墙或是地板——以增加建筑空间。在这一阶段，房子仍是纯粹的空间，就像车道下面那依着一棵梧桐的废弃石墙屋内部的空间一样。在这个空间的某处，杰克曾做出他最勇敢的决定：离开病床和朋友们过最后一个圣诞节，相聚在离车道不远的普通小酒馆。他回来后就在这个空间中死去。这里有疾病、神志不清、屈从，也许还有和解。

我看到新房子在夏天建起，建在白蒙蒙的白垩粉尘中。但是在冬天，据我所知，建筑工地陷在满谷的泥泞和水中，烂泥水有好几英寸深。就是这种潮湿让杰克得了支气管炎和肺炎。现在潮湿问题得到有效解决。原先的花园和养鹅的地方、另两座小屋的花园和长草的区域都铺上了水泥，做了大房子的前庭。

屋后温室的水泥地不见了。这里被划入大房子的新客厅。

所以终于，正如这座大房子抹除了杰克生活和死亡的痕迹，他照料的土地也消失了。然而，在花园的水泥地下，会有种子和根系存活下来，等到哪天水泥被橇掉（总有一天会被橇掉，因为很少有什么住宅是永恒的），关于杰克的记忆，保存在灌木、鲜花或藤蔓中的过往，也许会再次焕发生机。

那栋大房子一旦建成，农场劳工居住的小屋也就完成了一个轮回。

这里一度有很多小村落，农业工人和牧羊人沿着河岸居住。小村落随着机器的到来迅速缩减。不再需要那么多双手，人们渐渐不再养羊，也就不再需要牧羊人了。

庄园的花园和果园一部分坐落在一个消失的小村落中。这样的更迭经常发生。村落重复的名字——瓦尔登肖，两种部落语言中同一个词（“树林”之意）的重复，两种语言都早早地被其他语言吸收——诉说着来自海那边的入侵，诉说着如画的河流和湿草甸一带古老的战争和驱逐。

历史一再上演，并向外辐射：维多利亚和爱德华时代的宅子，它的花园和附属建筑，这些财富都来自帝国的海外掠夺。庄园曾经覆盖了我下午散步时走的数英亩土地。但是它的荣耀只维持了一代人。家族搬到别处，庄园只剩下宅子和园子，失去了农场和土地。外来人在山村或者曾经住满工人的村落建了新的大房子。如今车道边最后的农用小屋被征用。曾经只适合农用小屋的地方——靠近农场，远离公路和设施——又变得炙手可热。农场消失了，和公路的距离成了一桩幸事。就这样，这里的特性变了，过去被废弃。

来到山谷后不久，我便抱着变化的观念生活，意识到我所发现的完美即将消散。这赋予了我体验到的美和季节的变迁一种酸楚。每个春天，每个秋天，我一次次向自己承诺弄一部相机（至少学会用手头的那部），记录车道，记录梧桐树下废弃的小屋，吉卜赛大篷车，农用房屋，杰克的农舍、花园和鹅场。但是散步时我从没带上相机。也许由于我没有切实地记录下这些事物，它们很快便仅存于我的脑海中，平添了一种酸楚。

我曾觉得，因为我缺乏安全感的过去——印度农民，被殖民的特立尼达和家庭的境况，殖民地的狭隘满足不了我的志向，我把自己连根拔起，追求写作事业，带着微薄的资源来到英国，如今我仍旧必须依靠这份微薄——我曾觉得正是因为这样，我对这个不通融的世界有着一份特别温柔或者原始的感觉。

我觉得杰克坚实地扎根于他的土地。但我也觉得他是过去的一部分，一种遗留，在被我的相机捕捉前就荡然无存了。我对杰克的看法有失偏颇。他不是遗留；他创造了自己的生活，自己的世界，几乎可以说是自己的大陆。但是他所享用的周围的世界是如此珍贵，不会不被别人使用。当他去世后，当取代他的镇上工人离去后，我才看到在此处生活和工作的人的脆弱。

杰克本人无视自己对土地的无力把握，就像没有看见别人之所见，在沼泽和废弃农场边创造出一座花园。花园里四季分明，夺人眼球。他的周围都是废墟，更深层地来说，他的周围都是变化，对生长和创造周期的简要提醒。但是他体悟到生命和人是真正的谜；他以宗教般的情怀把它们置于首位。他生命中最勇敢、最虔诚的事情是他死去的方式：在生命的尽头，他把生命本身而非身外之物置于首位。

*

我在山谷里的时光结束了，小屋、土地、时节特殊的符号以及在丘陵和河岸的散步，充满了韵律的独特时光。虽然我并没有走远，却感到我的第二段生活终结了。我翻新的小屋在同一条公交车线路上，车次越来越少，乘客越来越少，价格越来越贵。

有一天，一个中年女人和我说话。车上有人会和我说话，而有些人十二年来从没和我说过话。我不认得这个女人。

她说："杰克。杰克的老婆。"

接着我记起了她的脸和憔悴，那双狡黠的眼睛和她父亲的很像。

她总是用疏远的口气谈起杰克，像是说起不相干的人，某个她认识而不是一起生活的人。

她说："你没认出我是因为我的头发。"

她摸了摸头发。是短发。

她说："杰克喜欢长发。他喜欢我把头发盘起来。"

这是我对杰克新的了解。从远处看，他的胡子和直立的身躯让他显得像个浪漫主义者，像是一个早期社会主义者（我想象中的）。也许他是从一个老人那里模仿了留胡须。也许他是有意识地过着某一种生活。也许他以自己的方式搞专制，强人所难，包括长发和盘发。他过着一种让妻子觉得厌烦的生活。

她现在住在另一个山谷小镇的公租房里。她喜欢那个地区、房子和邻居。她觉得在她住了几年的地方建大房子很奇怪。她说："他们这么做不是很滑稽吗？"

对杰克的妻子来说，离开农舍是件好事。她觉得自己的生活小有成就，是个励志故事。父亲是护林人，某种猎场看守人；杰克是农场工人和园丁；现在她是半个镇上人。

对于我，在小屋和庄园是一个轮回；在农场和农舍间是另一个轮回；杰克妻子的生活又是另一个轮回。

旅程

要写下杰克、农舍和花园的故事，我有必要在山谷过我的第二段生活，对那里的自然世界第二次觉醒。但这个故事的另一个版本，出现在我到山谷的头几天，那时我才刚住进庄园小屋。

当时小屋里还有老住户的书籍和家具。书堆里有一个平装版小册子，比普通的平装书还要小，只有几页。这是“艺术小图书馆”系列书中的一册，介绍了乔治·德·基里科[1]早期的绘画，大约有十二幅超现实主义风格的画作。从技术角度而言，这些小小的画作显得无趣；它们单调而肤浅：随意的构图，半古典半现代的背景，没有关联的主题——高架渠、火车、拱廊、手套、水果、雕塑——带着偶得的一点儿简单的神秘感。比如在一幅画中，一个隐藏起来的人的巨大影子从角落走近。

但是其中一幅画吸引了我的注意，也许是因为它的名称：抵达之谜。我觉得这个标题以一种间接而诗意的方式触及我的经验。我后来知道基里科这幅超现实主义画作的名称不是他自己取的，而是

①乔治·德·基里科（1888－1978），意大利超现实主义画家。

出自诗人阿波利奈尔[①]。阿波利奈尔在战场上受伤而后患流感不治，英年早逝，令毕加索等人悲痛不已。

说来有趣，《抵达之谜》在我的记忆中发生了改变——也许还是标题的缘故。原作（或者“艺术小图书馆”系列的复制品）总是给我惊喜。古典场景，地中海沿岸，古罗马——或者我是这么看的。一个码头；背景中，在墙和通道（像裁剪的一般）之后有一艘古船桅杆的顶端。前部废弃的街道上有两个人，都包得严实，一个人也许刚到达，另一个也许是港口当地人。这景象荒凉而神秘：它传达了抵达的神秘。这就是它向我传达的信息，和传达给阿波利奈尔的一样。

在威尔特郡庄园灰蒙蒙的冬天，在头四天的雾和雨中，我能看清的少之又少，我突然萌生了有朝一日写写基里科那幅画中的景象的念头——这念头在我写作的时候轻轻地漂浮着。

我要写的故事发生在古典时期，在地中海。叙事者平铺直叙，没有试图用哪个时代的风格，或者用历史阐释他的时代。他将在那个古典的港口抵达，墙和通道仿佛是剪裁出来的。他抵达的由头我还没想出。他将走过码头边两个裹得严严实实的人。他将从静默和荒凉中走开，从空白中走向通道或门。他将走向一个拥挤的城市（我设想的是像印度集市的场景），被那里的生活和噪音吞没。他的使命——家族生意、调查、宗教启蒙——会带给他际遇和冒险。他会进入房子和神殿。渐渐地，他会产生毫无头绪之感，丧失使命感；他开始意识到自己迷失了。他的探索感被惊惶取代。他想逃跑，回

①纪尧姆·阿波利奈尔（1880－1918），法国诗人、剧作家、艺术评论家。

到码头，回到船上。但他不知道怎么回去。我想到在某些善意的人的引领下，他不知不觉参与到宗教仪式中，却发现自己是注定的受害者。在危急时刻，他走向一扇门，打开门，发现自己回到了抵达的码头。他获救了，世界回到他记忆中的样子。只缺了一样东西。在剪裁出的墙和楼房之上，没有桅杆，没有风帆。古船开走了。旅人只能继续待下去。

我不觉得这是个历史故事，更多是想象的自由驰骋，不做什么研究。我会从维吉尔那里得到有关海洋、旅行和季节的启发，从福音书和使徒行传中获得罗马帝国市镇或者行省组织的概念。我会从阿普列尤斯[①]那儿获得古代宗教的情绪和概念，从贺拉斯[②]那里获得军事知识，从佩特罗尼乌斯[③]那里获得社会背景的提示。

活在想象中的古罗马世界的念头吸引了我。一个美丽、清晰而危险的世界，和我身处的背景相去甚远。这个故事更像是一种情绪，与我当时正在写的书非常不同。后者很棘手，它已占用了我八九个月的时间，初稿还没有完成。

这本书中的故事发生在一个非洲国家，那里曾是殖民地，有白人和亚洲人居住，如今独立了。故事讲的是一场部落战争期间，两个白人一整天开着车的旅程，殖民地的秩序和简单突然以不可阻挡之势迎面而来。非洲曾给那些白人机会，让他们更高大，挖出他们的潜能。如今，他们不再那么年轻，这机会正消耗着他们。这是一本暴力的书——暴力的不是事件，而是情感。

---

①阿普列尤斯（约 124 年 – 约 189 年），古罗马作家、哲学家。

②贺拉斯（前 65 年 – 前 8 年），古罗马诗人、批评家。

③佩特罗尼乌斯（396 年 – 455 年），古罗马作家。

这是一本关于恐惧的书。所有的笑话都被恐惧消声。我写作的山谷云雾笼罩；夜来得早；我对身处之地缺乏了解——我把山谷中散发的一切不确定都转移到笔下的非洲。我没想到《抵达之谜》的故事——阳光照耀的航行结束在危险的古典城市——能够让我从自己创作的非洲故事的苛严和黑暗中解脱出来；我没想到这个地中海的故事不过是我正在书写的故事的另一个版本。

我同样没想到这也是一种尝试，为一个搅扰了我将近一年的梦或者梦魇寻找故事、提供连贯性。在梦中，一到关键时刻总是这样：我只能称其为我脑海中的爆炸。每个梦都如此结束，爆炸后我被扔下来平躺着，在人群中，在街上，在拥挤的房间，在任何地方，以尴尬的姿势被扔进站立的人群中，被扔成睡觉的姿势然后这样醒来。我感到我脑海中的这种爆炸如此响亮，震荡而缓慢，同时，奇迹般地，我的大脑还有一部分可以思考和推论，觉得自己挺不过去了，正向死亡靠近，虽然其他梦终究只是梦，但在这个梦中，爆炸是致命的，我觉得我正有意识地经历或者见证自己的死亡。醒来后，我感到头脑奇怪、颤抖、筋疲力尽；仿佛我的大脑真的爆炸了。

这梦或者梦魇抑或体内的戏剧困扰了我一年多。也许是脑中一时的骚动造就了瞬间的画面：街头、小餐馆、聚会、公交车，我在众人面前倒地。这是脑力不支和类似悲痛的情绪导致的梦。

我写得很艰难；自求学开始我便多少顶着压力工作。在开始写作之前，我在学习；慢慢地我开始写作。之前，我在牛津；更早的时候我在特立尼达的学校为争取牛津奖学金而努力。我的写作生涯有很长的准备阶段！接着我发现当作家并不是（如我之前所以为的）一种状态，并不是一旦当上作家，能力、成就、名誉或者满足就会常驻。从事这份职业要承受特殊的痛苦：任凭你为写作付出了多少辛劳，任凭它带给你多有创意的挑战和满足，时间总是能把它从你手中夺走。随着时间流逝，我觉得被自己以往的作品嘲笑；它们似乎属于精力旺盛的时期，如今那样的时期永远地消失了。空虚和不安又多了一点；有必要再次仅仅提取自己内部的能量，去写另一本书，让自己再次投入那个消耗的过程。

我终于衰弱了。我的精神破碎了；这发生在我去山谷前不久。两年间我在写一本有关我出生地的历史书。它发展成一本难写的大书（超过了一定篇幅），比短篇小说更费神，而我尽量控制篇幅。但是我开始对这个故事感到兴奋。历史学家从人类的事件中提炼法则。我的方式不同；两年以来我活在我搜寻来的文献中，以便尽可能重建人类的故事。

这是一项艰苦的工作。十或者十二份文件——从回忆录中搜集，几乎是私人的回忆——能给一个简短的段落提供细节。但是我受到自己所写的故事、它触及的主题的鼓舞：发现，新世界，发现的岛屿上人口锐减；奴隶制，种植园殖民地的建立；革命理念的到来；社会变革后的混乱。

那两年我接受了密集的教育。我相信自己所写的内容，相信存在于我故事中的宏大，我觉得能让读者看到我之前十二年的作品中所没有的东西。我表现得可笑。我没有等待回应，就拆除了我在英国的小生活，准备离开做一个自由的人。

在那个遥远的岛上，多年来我一直梦想着来英国。但是我在英国的生活索然无味，没有意义。我一直在发掘和书写那个岛上的人的历史。我把我的殖民地人的紧张全部带到了英国，那些紧张多少存留了下来，一开始它们很大程度上也是青涩，是肉体和性的不成熟，以及未及发展的才能带来的紧张。就像在家我梦想着来英国，在英国的多年我梦想着离开。现在，我来到这儿十八年后，我觉得时候到了。我拆除自己一点点建立起的生活，准备离开。我卖掉了之前买下并一点一点翻新的房子；家具、书和文件送到了仓库。

不幸发生在四个月后。我倾注了如此信念的书，让我精疲力尽的书，没能让出版商满意。我们误解了对方。他只知道我的名字，不清楚我作品的特点。我误解了他对我的兴趣所在。他用对待严肃作家的态度找到了我，但是他只想要一本给游客看的书，比我所写的简单很多；既要更浪漫又要不那么浪漫；既要更有人情味又要不那么有人情味。于是我发现自己悬在了空中。我只好回到英国。

归程——从我带着新视野打量的岛屿和大陆、从我所写的新世界的某个角落，到美国和加拿大，接着到英国——回英国的旅程和十九年前的那次旅行何其相似，那时一个几乎还是孩子的年轻人要去英国，去那个“作家”这一称谓有意义的国度成为一名作家。我不禁意识到这残酷的讽刺。

出于深深的、无法用泪水或愤怒表达的悲伤——通过梦中爆炸的头脑表现的悲伤——我着手写非洲的故事，三四年前我在非洲时就有过这一想法。

我作为作家每日忍受的关于非洲的恐惧；未知的威尔特郡；回到英国的残酷，对第二次失败的害怕；精神上的疲倦。这些汇聚到一起，压在那个走过杰克的农舍的人心头。他不仅仅是一个观察者，一个旅居者；而是一个被很多事情操纵着、不断工作的人。

正是出于这种情绪上的重负，《抵达之谜》唤起的那个轮船的故事，那个古老码头的故事，作为一种释放、一种田园生活来到了作家身边；这个想法的到来是无意识的，作家并没有去想这个遥远的故事（或者说一个故事的雏形）承载了他自己生活的多少成分与多少方面。但这就是某些故事或事件会启发或者影响作家的原因，是作家会受困扰的原因。

*

我每个下午都散步。我写完了那本书。修改过程中没有再出现创作时的惶恐。我开始康复。不光是康复。对我来说，我的小屋所在的山谷和庄园创造了奇迹。在那种不太真实的背景下，在英国古老的腹地，虽然是个异乡人，但我发现自己被给予了第二次机会，第二次生命，比在别处的都更丰富饱满。在这里，我起初只是寻找远离尘嚣的藏身之所，结果却写下了我最好的一些作品。我旅行，写作；出门探索，把经历带回小屋，然后写作。这些年过去，我痊愈了。我周围的生活变了。我也变了。

一个下午，我路过去世很久的杰克的农舍，突然喘不过气来。几小时后，窒息预示的重病袭来。几个月后，我恢复了，感觉自己一下子成了中年人。工作变得更加辛苦。我发现自己不愿接手新工作，希望从工作中脱身。

到达山谷后，我的梦——爆炸头脑的梦，死亡的必然——受到疲惫和不幸的刺激，死亡的念头来到我梦中。死亡不再是最初梦中的景象或故事，而是事物的终结，像是在脆弱的沉睡之时乘机占领人身心的一种阴郁。对死亡，对让人的生活和努力化为虚有的死亡抱有的这一想法，使我在一个个早晨醒来后如此乏力，有时需要一整天的日光才能现实地看这个世界，再次成为一个人，一个实干者。

曾经的枯竭之梦，如今则是“终归一场空”的想法引发的衰弱。这也是发生在那个在山谷散步、见证其中人事的男人身上的事情。

仿佛那召唤，作家的使命，能且只能提供暂时的满足。再一次，在我看见基里科的画作、故事的构思向我走来的多年以后，一切重现，我自己的生活就是《抵达之谜》故事的另一个版本。

*

很久以前的确有一场旅行——旅行催化了其他一切，间接地促进了关于传统世界的幻想。曾经有一场旅行，以及一艘船。

这场旅行始于我将满十八岁之际。之前整整一年我都在担心不能成行。甚至在出发前夕我仍陷在焦虑之中。这场旅行把我带出特立尼达岛，经过委内瑞拉北部海岸，来到英国。

开始是一架小而窄的飞机，过道狭窄，低空飞行。这带给我最初的启示：在离地面不算太高的半空中我看见了童年的风景。路边的景况是那么混乱穷困，净是屋棚和下水沟，前院荒芜、树篱凌乱，后院寒酸。然而从空中俯瞰是有逻辑的、开阔的图案。直线、规律化分布，编织地毯般经纬分明的甘蔗田如此广阔，只给人类留下了那么小的空间，除了一些边角。辽阔而未知的沼泽地出奇平静，红树林和绿树丛在奶绿色的水面上投下阴影。郁郁葱葱的山峦和山谷；一片格局和轮廓都明晰的风景，弱化了路边的杂乱，一片墨绿和深棕交织的图案像是一种伪装，像书上的风景画，像真正的乡村风景。所以，在起飞那一刻，在离开的时刻，我像是错过了童年的风景，像是从未见过童年的风景。

几分钟后，飞机到了海上空。海面皱巴巴的，像丁尼生[①]诗中的片段。海波光粼粼，呈灰色和银色，而不是蓝色。正如丁尼生的诗句描述的那样，它的确在爬行。这是我活了十几年从未见过的世界。

接着小飞机升空入云，在云层之上翱翔，直到抵达波多黎各。五年前我就从一个坐飞机去牙买加的人那儿听说了半空中看到的云有多美，他也许坐在更小的飞机中。那是我所预期的美和体验，我陶醉其中。云彩之上总是阳光！云如此坚实，如此纯粹。我只能目不转睛地看着；真正占有那种美，感受那种特殊体验的极限是不可能的。我看见了少有人看见的景致！我所看见的云上的世界，即便在没有被看见的时候，也总是在那儿；在空中（有时在地上看日落的时候），人的思想能穿行到过去或未来——穿行过无数年代。

我们到了波多黎各。那是傍晚时分。才过了几个小时，我们就到了另一个国家。旅行啊！这里说另一种语言；有黑白混血儿，但是与我故乡的混血儿有细微差别。

飞机棚里有个黑人。（或者在我看来是这么个地方。这里没有候机楼。虽然当时坐飞机是种奢侈的行为，但总有些简陋的地方。）黑人是从小飞机上下来的。我问他是不是特立尼达人。我当然知道他是，我在飞机上看到他了。但是我还是问了那个问题。为什么？为了交朋友吗？不需要。我意识到自己的虚伪。在飞机棚里，有个

①阿尔弗雷德·丁尼生（1809－1892），英国维多利亚时代诗人代表，代表作《悼念》。

从另一架飞机上下来或者在等另一架飞机的人，他在看当天的《纽约时报》。这个广阔的世界总是存在于我们小岛之外——像云朵之上的太阳，一直存在着，无论有没有被看到。这个广阔的世界如今触手可及！

八个小时，还是十三个小时？——我们在暗空中飞往纽约。几小时的路程之外是我的岛，那里没有什么值得品味，甚至连灯光都透出一种杀人的特质（我觉得）。我像是随便哪个初次进城的农民，置身于一个充满奇迹的世界。我一直知道这个世界的存在，但要接近它必得付出高额路费。然而正如在童话中那样，邪恶总是伴随奇迹而来。随着小飞机在夜色中飞行，想到纽约我就心生惧意。可怕的不是城市，而是抵达的时刻：我无法想象那一刻。这是我第一次体验旅行的恐慌。

坐我边上的是个英国女人，带着一个孩子。我只能这么看待他们：一个英国人和一个孩子。除此之外，我不知道把两人归于何处。

我要写日记。我带了个廉价记事本，封皮上有个口袋，里头装了几个信封。我还有一支淡紫色的“擦不掉”铅笔，是那时候的要人们——尤其是特立尼达的官员——使用的那种。舔一下铅笔，色彩就变得鲜艳；干燥时颜色暗淡。我随身带着本子和铅笔，因为我出门远行是为了成为作家，我需要迈出第一步。

我请空乘小姐帮我削铅笔。这样做有几分是为了体验乘飞机的奢侈。飞机小，但提供了不少小服务，航空公司的广告上是这么说的。我的要求是一种挑衅；让我吃惊的是，那个空乘小姐，一个白人，美国人，一个在我看来容光焕发、美丽动人且成熟的人，认真对待了我的要求，把削得漂漂亮亮的铅笔还给我。她称呼离十八岁还有两周的我“先生”。

于是我开始写日记。但是，它没有记录下很多值得记录的东西，多年后我会觉得很多没写下来的事情重要得多。我在飞机上所写的日记没有记录特立尼达机场家人的送别，没写机场楼像沥青跑道边带小花园的小木屋。

那次的家庭欢送是我最后一次参与大型的印度或亚洲家庭活动。这样的告别（来自另一个时代、另一片大陆、另一种旅行，旅行者极有可能再也不会回去，正如我们中的很多人和我们的祖父们从未回到印度那样）使人放弃一天的收入，走很远的路赶来。重要的不是告别，更多是让他们出现在一个宗族的大场面中，表明在宗族中的身份。事实上（或者正是因为这个事实），家族发展到后来，不同分支的差别已经很大，谈话间双方已有屈尊纡贵和紧张不安之分。

我没有用小飞机上优雅的泛美航空空乘小姐为我削的那支“擦不掉”铅笔记下这一场面。其中一个原因是这场面与我所写的魔幻神奇的背景格格不入。另一个原因是这种仪式化的告别场面——一小群人僵硬地游荡在飞机跑道边的木屋旁——和我想象中作家的日记或预期的作家体验不符。

我也没写到表兄和他在机场的建议。我一定会写到，不是在很多年后，而是当我开始理解体验的本质之时。

我的这个表兄不是蠢就是傻，十五岁左右就长出了将军肚，并且再也没有消下去。他不谙语法知识，也不懂英语或其他语言，莫名其妙就当上了记者。他不是要对我表示友好。也许他甚至怀有恶意；也许他本来确实能对我做出“扎小人”之类的事（并非出于什么明确的恶意，而是半心半意地，受他的性格和家庭成员间相互嫉恨的天性的驱使。)

但是他被这场面感动，或是感到他需要有所表现。在机场拥挤的送别人群中，有几个人（有的我不认识）甚至哭了出来。这个记者表兄走向我，仿佛是要传授一个从别处得来的秘密——来自最高层，来自机场经理，来自泛美航空的总裁，或者来自上帝本人。他轻语："坐到机尾，那里更安全。"旅行仍是一种探险，无论水路还是空路。也许表兄说的坐在机尾有道理。也许是的，尽管他的建议更有可能是基于儿童漫画里的坠机方式——飞机头向下俯冲坠毁——得出的。

在飞机上我没有把这位表兄和他的建议写进日记。因为这个无足轻重的建议——像家庭送别一样，是我生命中亚洲农民的残存——和我的工作不相称，我的工作是对这个世界更宏大的洞察，是更宏大的个人冒险。也许我甚至从未想起写一写这场送别或者表兄的建议；拒绝这个主题无可非议。

但是，由于个人冒险是我的主题，而我又无法写更重要的事情，旅行和孤独让我的个性发生了变化。这一变化的暗示非常细微。五年后，我很清楚地意识到那场家庭送别和表兄的建议是"素材"。但是这是多年后的事了，之前我先是看到了自己个性的改变或者改变的蛛丝马迹，它们是第一天冒险的小碎片，是会获得一定关注的。

波多黎各机场飞机棚里的那个黑人一直在。数小时后，傍晚时分，我们的小飞机第一次停下。光线已经变了，世界已经变了。对我而言，世界不再是殖民地。人们自身的价值变了，甚至包括这个黑人。他准备去哈莱姆区。几小时前在家，在他的伙伴中间，他还备受羡慕，他的旅行散射着难以言喻的魅力。现在他是一个黑人，穿着明显不是他自己的干草色外套，那举重运动员的肩膀（举重在我们那儿风靡）被勒得很紧。现在，穿着那件外套（在家这是旅行者去气候温和的北方的勋章），他正装腔作势，强调他的体面，强调自己不是一个美国黑人，不因乘飞机或者白人而紧张。

他没有受过教育，不是我在家时会结交的人。然而我已经和他结交，甚至和他攀亲。为什么？我觉得友情的姿态不无虚伪，甚至在我做出这一姿态的时候。穿着紧绷而体面的外套的他对我表现冷淡。我对此倒感到几分高兴，因为并不想和他有什么交情或攀谈。但是我做出姿态了。如果被问及是否觉得孤独而脆弱，我会说恰恰相反，我当时极度兴奋，见到什么都欢喜。我在那个重要日子的后半天，看见什么都觉得新鲜美好。

那个特立尼达人很冷漠，不说话，眼睛沉静，皮肤没有光泽，带着暗示紧张的暗淡或死寂的神情。我就随他去。我自己待着。天光变黄，变暗。接着我们又升到了空中。

小飞机飞行着。旅行中的这种重复是意料外的启示。虽然这是我经历过的最快速的旅程，虽然我知道和轮船相比用时已经非常短了，但我还是觉得“无聊”，这感受不夸张也不虚伪。

女人和她的孩子在我身边。正如我说过的，女人是英国人。我之前从未见过和她年龄相仿的英国人——事实上只见过一个英国女人——我无法判断她的性格、智商或是受教育情况。我对孩子不感兴趣，对带孩子的女人也不感兴趣。然而，对于这个全神贯注于孩子的女人，我发觉自己开始对她示好。

我带着些香蕉去纽约。它们装在一个纸袋中，也许就放在脚下。

出行带上吃的是农民的旧习，有的印度人先是不信任飞机上提供的食物，接下来不信任纽约的宾馆提供的食物。此刻，香蕉散发出气味，在温暖的飞机上加速成熟。我递给女人一根香蕉。她把香蕉给孩子了吗？我不记得了。实际上，我示好了。但其实我不想攀谈，对孩子也没有兴趣。

虽然对这一天充满期待，虽然实实在在地激动着，但我是否同时也怀着旅行的恐惧？这样去接近别人是不是对孤独的一种回应？这是我人生第一次独行。是因为惧怕纽约吗？当然是。这座城市，我抵达时的举止，我无法想见抵达时各种具体细节的无力，我如何过夜、在哪儿过夜——这些使我在旅途中越来越焦虑。

我见证了自己个性的这一改变，但甚至没有意识到这是一个主题，没有在日记里记录下来。于是，在写日记的人和旅行者之间已经产生了隔阂，人和作家之间已然有了距离。

这个人和作家是同一个人。但这是身为作家最大的发现。需要时间和大量的写作来达成两者的合而为一。

那一天，冒险、自由、旅行和发现的第一天，这个人和这个作家在对体验的热切中合而为一了。但是那天种种经历的性质促使我个性中的两种元素分裂。这个作家，或者说这个旅行中的想成为作家的男孩，受过教育；他受过正规的教育；他对即将献身的事业有着崇高的理想。而这个人，作家只是他的一部分（主要而强劲），但他在最深刻的层面上——作为一个社会人——是蒙昧的。

他深知印度社会乡间的处事作风。他对各种约定俗成的东西有着本能的理解和同情，比如那天早晨在机场的送别。他深知那个社会的风俗——和农耕印度脱离，在新世界的一个种植园殖民地落脚后仅过了两三代人之久。然而这个人有另一面：他不参与那个社会的生活和各种仪式。这不仅是因为他受过的正规教育，还因为他所持的怀疑态度。他在大家庭中生活得并不快乐，他不信任大型的公共团体。

但那个半印度化的世界，那个在时间和空间上都与印度本土割裂的世界，对这个人而言充满神秘。虽然对它的语言不甚通晓，也无法领会它的宗教和宗教仪式，但那半印度化的世界是这个人所知的唯一的社会。这是学校以外，书和电影培养出的想象生活之外，他的所有。那个乡村世界给了他偏见和激情，他对印度独立前后的政治有兴趣，但对特立尼达岛上自己的社区了解甚少。他以为自己属于它就会了解它，他以为社区的生活像是家庭生活的延伸。他对其他社区一无所知。他有的只是对自己所处的各种族混杂的殖民地背景下的时代的种种偏见。他极其无知。他没有去过餐馆，一想到吃陌生人做的东西就觉得厌恶。同时他又梦想有朝一日在异国有所成就。

他寻找冒险。第一天他就找到了。但是他也面对着他的无知。这种无知削弱、嘲笑了这个作家或是他的雄心，令作家原本期许表现出的个性——优雅，老练，波澜不惊——显得荒唐。（像萨默塞特·毛姆，或者——更真实的参照——像那个前往哈莱姆区的波多黎各飞机棚里的黑人，穿着借来的紧绷的外套，是对魅力的另一番阐释。）

所以，我深夜抵达纽约的那段记忆模糊不清。我现在努力回想，有些细节开始浮现：一栋灯火通明的建筑，小空间里的一小群人，一位女工作人员操着刺耳的美国口音喊着某些乘客的名字。

那儿有一封给我的信。本来有个英国领事馆的人来接我，但因为飞机延误了很久，他已经回家了，留下这封信，只写了他为我订的宾馆的名称。他本该保护我的，却把我丢到带我进城的出租车司机手中。司机骗了我，收了很多钱。然后看我这么顺从，他又把我身上最后几美元以小费的名义骗走了（我在箱子里还藏了一点点钱）。我觉得这是奇耻大辱，于是很快淡忘，这么多年来彻底将它从记忆中抹去了。

我愿意记起那个出租车司机很健谈，因为所有出租车司机都这样。我努力回忆他说了什么。“我们卖给日本佬烂金属，他们对准我们打了回来。”我还记得那个黑人（一定是出现在宾馆里）说起话来像是书上或电影里的黑人（“这是不眠城”或“这城市不睡觉，伙计”），而我不能给他小费，因为我身上已经没钱了。

健谈的出租车司机，说话古怪的黑人——我珍视他们，因为我感觉自己认识他们，我觉得他们肯定了我之前读过的书，肯定了我之前了解的信息。他们让我确信我是在旅行，而且已经在纽约了。他们身上我熟悉的方面提供了写作的素材，对作家很合用。但是与他们各自相关的屈辱又形成阻碍（司机的欺诈，以及当黑人期待我也有模有样地给他小费时我没法做到）；他们被驱逐出我的记忆达二十年之久。那晚我在宾馆用不可擦铅笔（已经有点钝）写日记时也没有提及他们（为了制造额外的戏剧效果，日记写在宾馆的信纸上）。

早晨几千里之外的家庭送别，是对我的过去，我在殖民地的过去和亚洲农民的过去的送别。很快，我便满心喜悦：我从未见过的田野和山丘；波澜起伏的海洋；空中的云彩；创世之初的念头，时间没有开端或结束的念头；对美的强烈体验。接着我有些惊慌，一种伪装的惊慌，然后是自我意识的缩小。一种压抑、恍惚而又强烈的真实感，在纽约惠灵顿宾馆黑暗的小房间里写下的日记。我已经产生了一种迷失感，因为没有完全面对真实，也因为一个我认识中庞大的世界在夜间变得很小。

我带着一些香蕉来纽约，在飞机上吃了点，把剩下的丢下了。我有负罪感，但这是正确的做法（否则过关的时候也会被拦下）。我还带了一只或半只烤鸡：我的家庭印度农民式的对食物的恐惧，害怕不干净，而这是远离不干净的一种方式，哪怕只有一天。但是我没有刀叉碟，也不知道宾馆哪里有这些东西。不知道怎么去问，尤其夜已这么深了。

我对着废纸篓吃烤鸡，意识到这气味、这油腻、这漫长一天的尾声的多余。我在日记里写下那些大事，那些对一个作家而言合用的事。但是这个作家像个农民，像个回到他的源头的人，于一天结束后，在黑暗的房间里偷偷吃着东西，过后还犯愁该怎么藏起这一餐强烈的气味。我把吃剩的都丢在了废纸篓中。然后我需要泡澡，或者淋浴。

浴室就在房间里，这可真奢侈。我怕去公共浴室。一个水龙头上写着“热”，这是我从未见过的周到。特立尼达气候炎热，我们总是直接打开水龙头用常温水洗澡。热水淋浴！我以为是温水，就像重要的日子里母亲为我准备的一桶加了芬芳、有药效的印度楝叶的温洗澡水。惠灵顿宾馆浴室的热水不是那样。热就是热。我差点被烫伤，闪出了淋浴间。

就这样，这重要的一天结束了。我倒在床上就睡着了，直到补足了觉才起来。这是我与生俱来的能力，近二十年来一直如此，帮我度过了很多危机。

我的记忆中没有保留宾馆房间白天的模样和我醒来时房间的模样。也许某些尴尬的事情抹除了这段记忆。离开我所属的地盘不到二十四小时，羞辱就堆积起来了：在我发达的自我意识之上又加了一层自我意识，一种生冷的神经和敏感，此后多年我的印象，哪怕是最让人欣喜的印象，都是建立在这样的基础上的。关于那个早晨的印象，我仍保留的印象，以及我（在前一晚和抵达时的耻辱之后）恢复了一些浪漫的印象，都是如此。

惠灵顿宾馆楼下的报亭是其中一样浪漫：一个小小的店铺，住着人。这对我来说很新鲜，很迷人。我买了一包香烟，卖烟的人高大，头发灰白，衣着考究，像是受过教育，我觉得他是个老师。（不像我们村里的印度店主，刻意穿得破破烂烂，越脏越好，以防自傲，也防着忌妒和邪恶的眼睛。不像糕饼小店里的中国人，总是穿着无袖背心、卡其短裤和木屐待在室内，虽然面露菜色，干瘦干瘦的，像有大烟瘾，却跟乐呵呵的黑人情妇或者面无表情且平胸的中国妻子一个接一个地生孩子。）

我从这个头发花白的高个子那里买了一包“老金子”烟。我不是烟草行家，品不出不同牌子间的差异，主要是看名字买。在特立尼达岛，店里只卖本地烟或英国烟。因为有美国基地，美国烟也有售，通常是地下交易，决不在商店买卖。能从一系列美国牌子中买一包美国烟，感觉好极了。价格也很实惠，十五分一包，还配火柴。简直是白送的！

美国烟软包装的质感了不起！玻璃纸，商标品牌名，烟盒包出的香烟的形状。盒顶上细细的红纸带指引你打开玻璃纸：味道就出来了。香烟对我来说一直是种艺术体验。我一向不喜欢烟草燃烧的味道，也厌恶烟瘾——来了就很严重。如果说我在家已经戒烟很多次，那也是因为在过去那忧虑的一年里，我数月都克制自己，放弃了很多东西，甚至有个阶段暗暗节制饮食，只希望不要失去我的奖学金，带我去英国牛津的奖学金。我并不是那么想去牛津，而只是要逃离特立尼达岛，去见见世面并成为作家。这种激情，这种渴望，融入了这次旅程，不足一天的旅程！

我还从那个像是老师的白发男人那儿买了一份《纽约时报》。我前一天在波多黎各看了当天的报纸。我对报纸感兴趣，知道这份报纸是全世界最有名的。但是第一次看这份报纸像是看一部已经放映了一小时的电影。报纸就像连续剧，要看明白，你得有点知识储备，最好是由这份报纸提供的知识。这份报纸让我觉得陌生。但是首页底部的一则故事对我有所触动，因为它讲述的是我能分享的经验。是关于天气的。显然，在七月末这样的天气是不合时宜的，以至于需要写一篇故事。

没有这份报纸，我就不会知道天气的反常。但是不需要报纸来让我看到光线的迷人。宾馆内的光线和室外的光线相像。室外光线有种魔力。我觉得那是高楼大厦发出的光，我有些难为情，但还是停下脚步抬头看那些高楼以感知它们的高度。室内的光流到室外的光中：这里的光合而为一。在特立尼达岛，从早上七八点到下午五点都是高温天气；出门热浪灼肤，令人不适。而这里灰色的天空和光线，不刺眼的光线，象征着有篷子遮盖的、被保护的世界：没有必要出门去拥抱热浪和耀眼。这座城市给人以安全感，街道高楼有着奇异而柔和的色彩。我没有意料到这些，没有在照片或书中见过。

要是在特立尼达，纽约街头的色彩就成了“死亡”的色彩，是死亡事物的色彩，干枯的草木，土地，沙子，死气沉沉的世界——几乎没有色彩。

我去散步。记忆里只有一次。但我现在觉得有两次，中间还搭了出租车（为了查下午带我起航的轮船的时刻表）。要不是箱子里的那点钱，我就身无分文了；至少预防措施发挥了效力。

我看见一家电影院在给雷姆出演的《马里尤斯》做广告。广告用了活动字母的形式。我一部法国电影也没看过，但很了解法国电影业。我读过相关书籍，从某种程度上说甚至“研究”过，好应付法国文化“常识”考卷。我所接受的教育大多如此，抽象的，对记忆力的测试：就像一个人被剥夺了游览著名城市的机会，只能硬背下城市的街道地图。我所接受的教育大多如此：僧侣式的，中世纪的，和日常生活无关。

《马里尤斯》，雷姆。若是不读“斯”，一个名字像是另一个的变位词。[①]这是我僧侣式的观察学习方式，方便记忆。要不是因为是下午，要不是要搭船，我就去看电影了。因为在家时，电影院是想象中我生活得最深刻的地方。除去那奇怪的文学抱负，我的性格的确有特别单纯的一面。我对自己的出生地，新世界农业殖民地了解甚少。在印度社区，一个自异国他乡移居而来的农民社区中，我只认得我的大家庭。我这一生，自打有了自我意识之后，就投入学习，学着去理解抽象。然后这种抽象学习的理念转化成了在异国过文学生涯的想法。这让我更投入，更孤注一掷，更费尽心神地学习，也

①电影名 Marius 去掉 s 后改换字母排列顺序就可以变成演员名字 Raimu。

让我进一步隐退。我真实的生活，我的文学生活，在别处。同时，在家时，我想象自己生活在影院里，提前尝试国外的生活。周六下午，在一点半假日特别播映之后（我们干脆叫“一点半”而不是常说的“日场演出”），在体验了黑暗的影院和鲜活了三个多小时的遥远国度后，回到自己的世界那鲜艳的色彩中是件非常痛苦的事。

但是我没看过法国电影，它们从来不在特立尼达上映。也许和英国电影一样，即使上映了也没有观众。它们来自某个国家，充满了地方色彩，不像好莱坞全球性的电影，能加速远方人群的想象力。我从书上，尤其是罗吉·曼威尔[①]的《电影》中了解法国电影，我认得那本书里所有定格的照片。他的文字充满敬意，他的热情让当时上中学的我觉得法国是文明国度。他让我在那些反光强烈、印刷粗糙的小照片中看到了出色的特质。

现在，在我的大冒险进行了不到一天的时候，看到《马里尤斯》和它的近似变位词雷姆印在电影院的宣传板上，我觉得我接近了按理说（考虑到我的教育、职业、训练、渴望和牺牲）属于我的东西。就好比《纽约时报》，当我买下它时吸引我的不是报纸本身，而是我只能填出一部分的填字游戏。

我发现了一家书店，然后走进去，产生了类似的感觉，对我本该拥有却不曾拥有的事物的失望。大城市有书店，正如它们有上映法国电影的电影院。如我故乡那样的殖民地没有书店。在西班牙港古老的殖民地主广场，有古老的屋顶和瓦楞铁皮的篷顶，曾经漆成红色或者红白相间色；老式木结构，带尖顶的格纹三角墙，装饰性

①罗吉·曼威尔（1909 – 1987），英国电影史学家。

的维多利亚时代风格的铁艺；建筑向我诉说着出口木材、铁艺和瓦楞铁皮的港口的遥远。在这个古老的殖民地广场上有商店出售教材，也许还有童书和填色书，或许也还有一两个小书架的企鹅丛书，少量书的有限几本，以及几册科林斯经典丛书（看上去像圣经）。商场非常无趣，就像殖民者的仓库，进口了必需品（也有少许特殊产品，比如蚊帐和科林斯经典丛书），摆放方式只讲实用、毫无美感。

在这里，纽约，有一家书店。一个我应该进去的地方，仿佛我旅行就是为了去书店。我喜欢看书，是个爱阅读的人——这是我在家里的名声。但是我知道的书非常少。有我父亲书架上的那些："人人"系列书，宗教书，有关印度教和印度的书。这些书是从西班牙港一条小商业街上的印度书店买来的。买它们是印度民族主义的表现，我父亲没读过几本，而我一本都没读。有我在学校学习的书，有我在中央图书馆见到的书。事实上，我只知道那些经典的或者声名远扬的作品，我在学校学的法国、西班牙和英国的书，以及父亲向我介绍的名著。

我走进这家纽约书店，发现自己置身于没有光环的名字中间。我远行是为了成为作家，但是这个摩登的写作和出版界是我没有接触过的。在这些陌生、没有光环的名字中间，我寻找熟悉的、经典的、成套的书。我在西班牙港昏暗的殖民地商店（透着一种匮乏和不可触及的感觉）看到的那些书埋在纸张和一堆堆练习本中，挨着大批量的进口物品（衣服和煤锅），熏染上了周围香料、潮湿的原糖的温热香气，熏染上了南方码头——有驴车、马车和手推车穿梭在货车间——批发来的各种烹饪油温热的香气。

这是一家美国商店，英国书不是很多，我对英国书更熟悉。我找到“现代图书馆”系列，买了《南风》[1]。一位知晓我有写作抱负的英语老师向我推荐了这本书。在特立尼达买不到这本书。这里，纽约的一大财富就是这本书，触手可及。我付了一块二十八分。大概比我大十来岁的店员称我为“先生”。

《南风》！但是我一直没有把它看完。我第一次尝试去读，后来又一次次尝试，正如对阿道斯·赫胥黎[2]、劳伦斯之类我父亲或老师推荐的当代作家的作品那样。这本书中有个叫丹尼斯的年轻人和一个主教，一座叫忘忧的岛屿，这些都遥远而陌生，超出我的一切经验与了解。书中的陌生感虽然阻碍了我阅读（我从未读过《南风》第一章之后的内容），却没有阻碍我仰慕。这种陌生，这种不可触及，像是浪漫的承诺——一种日后成了作家就能得到的奖赏。

我接受了这么多抽象的教育，因而我能这样生活，这样思考和感受。比如，我学了古典戏剧，却一点不了解孕育它的法国或者法国宫廷。我无法把握法国历史，觉得简介或者教材中的国王、大臣、情妇和宗教战争都是童话，默默产生了抵触情绪。这些事物不在我的经验之中，我无从把握。我只知道我所在的岛屿和社区，以及我们殖民地的情况。我通过读书和论文写了关于法国和苏联电影的小论文。我用同样的方法记住了艺术和建筑界大名鼎鼎的人物。

现在，在纽约，我是个自由人，但这是我在一座大城市买的第一本书，因而这一时刻对我来说重要、有历史意义且浪漫。我带去了我所接受的学校教育的抽象姿态：聪明的男孩，拿奖学金的男孩，现在不再代表老师或者家庭，只代表自己。

---

①英国作家诺曼·道格拉斯（1868－1952）发表于1917年的小说。

②英国作家，著有《美丽新世界》。

伴着头二十四小时的旅程中的羞辱，伴着在这个伟大世界的头二十四小时里越来越深的孤独感，我意识到（现在没有家乡的观众，根本就没有了观众）自己没有感受到愉悦。在书店里我被称为“先生”，这真是出人意料而友善。但是我觉得这是一种欺骗，我觉得自己被推挤到不曾有过的卑微角落。

奇妙的地形、甘蔗田、郁郁葱葱的山丘和山谷，还有波澜起伏的海面、阳光照耀的云朵，距离见到这些不到二十四小时。但是我已经感到自己的两部分彼此分离，人和作家分离。我已感到自我怀疑的刺痛：也许作家只是一个接受了抽象教育的人，有专注和记忆的能力。我为了这一天和这次冒险曾如此拼命学习！带着我孤独的新的沉默，带着我对这场大冒险未曾预料到的孤寂，我看见自己的两部分彼此分离，在一天内同时缩小。

在纽约的那个下午，我从码头开启了一场长达多日的航行。那个码头的编号我牢记多年，如今却遗忘了，那个和羞辱及迷茫相关而和浪漫无缘的编号。乘飞机从西班牙港到波多黎各；乘船从纽约到南安普顿。

*

长时间的海上航行——好几周，好几个月，对一个十八岁的男孩来说是很长的时间——成了我最珍贵的写作材料。或者我是这么想的。很长一段时间，在伦敦伯爵府的寄宿处，在牛津大学学院的沉闷中，在假期更加沉闷的卧室和客厅里，我用不可擦铅笔或者钢笔或者十英镑买来的旧打字机，写了一篇叫《狂欢夜》的文章。旧打字机花去我一周多的生活费，但当时处于战后不久，新打字机还不容易买到。

这是我第一篇大都市题材的文章。有见地，使人联想到经验和旅行者：也许是一个见识过很多狂欢夜的人写的；作者知道它是做什么的，明白这个名字中蕴含的价值。文章轻易地用了伟大的名字——纽约，大西洋，哥伦比亚游轮，美利坚航线，南安普顿（这最后一个名字尤其美丽）。

这不是一个故事，而是一篇描述性的文章，为它提供素材的狂欢夜发生于我们在大西洋最后一整日的船上。早晨我们到了爱尔兰的科夫，下午停泊在南安普顿。多数乘客在南安普顿下船，其他人第二天早晨在勒阿弗尔下船。狂欢夜是晚餐后在游客舱一个厅里的舞会。我看见性冲动像酒精一样麻痹扭曲了我认识的男男女女，这让我觉得心烦。我仿佛在远处观察，像是在研究一种动物行为，因为我没有经历什么船上的艳遇。对于当时还是以纯洁天真的方式去爱慕女人的我来说，看到自己有所了解的女人异常的举止尤其让人不安。

船上有个娇小的女孩曾和我谈起诗歌。现在看见她和一个并没有什么特殊涵养的男人在一起，看见她眼眶湿润，仿佛被外部不知名的力量操控了，我觉得很奇怪。现在她一副认不出我的样子。之前那些热忱专注而友善的男人变得如此遥远，和我谈话时变得如此不耐烦，但之前类似的对话分明是受欢迎的。有个来自旧金山的亚美尼亚人，曾上欧洲战场作战，我们聊起过战争和士兵的生活。他告诉我唯一真实的战争电影是《白昼进攻》。现在他的心思在别处。

麻烦还在于狂欢夜是喝酒的场合，而那时我滴酒不沾。为了得到奖学金，我用学习来惩罚自己。我希望一切顺利，因而很克制。

我所写下的记录了我的无知和天真，我的匮乏（节制是虚伪的表现）和挫败。在十八岁男孩的写作意图中，《狂欢夜》是世故而无幻想色彩的。因而在写作中、在这个人身上，存在着断片。在一个真正世故的人眼中，这篇文章会露出破绽。

我在文章结尾着墨于轮船守夜人。他站在跳舞的休息室外，开始和身边忧郁不幸的人聊天。在如此肆无忌惮的场合，当优雅的姑娘变得梦幻而狂野，这个人却没有任何艳遇。他和我一样没有参与，也许那些在听守夜人说话的人也一样。他们的静默中有一种酸楚。守夜人很热情，谈吐像是见过世面的。他四十出头，身材算得上壮实；一副讲课的样子，两手伸出，抓紧倚靠的栏杆。他每说一句话就略停顿一下，好让人充分理解他描述的邪恶；先是眼神放空，抿着嘴唇；接着，又仿佛自言自语般说起话来。

他说在船上，人心三天就变样。忠诚的妻子和女友变得不忠。总是在三天之后。男人变得暴力，随时准备为女人打架，甚至包括一些刚刚和自己深爱的年轻妻子告别的男人。他说（或者在《狂欢夜》很多版本中我让他说）："我见过一个船长在这个地方试图杀一个家伙。"

"试图""杀""家伙""这个地方"——除了他说的这些以外，他对男女缺乏幻想（一方面令人欣慰，它表现了幻灭和残酷的判断，但同时也令人非常痛苦，这几乎全体的放纵却没有我们的份），守夜人说话的腔调像是电影里的人。这是他何以对我而言是很珍贵的写作素材。这也是不可擦硬铅笔一次次留下浅色的字迹（湿润后会变亮变紫），记录下他说的话的原因。

我在狂欢夜寻找大都市的素材；我盯着那些看起来有相关特质的人。有个出身中东的人。现在除了穆斯林的名字外他的全部都美国化了，他说自己是演艺圈的人。他侃侃而谈地讲起明星，那些我在银幕上见过的影星。我从没去想为什么这个人会坐游客舱。三天后，他给我读了一些他的材料。“材料”（这是他的说法）是一些打印出来的短小简单的笑话。这让我称奇、印象深刻，在我眼里这一行为是“美国化”的：这么微不足道的“材料”需要打印出来，需要给人正式的感觉。他谈起他参与动画片制作的时候也让人印象深刻。他说：“我们制作了它们，我们让它们能。”“能”，我觉得这个词好笑，它这么世故、这么随意又这么专业。正如他的“材料”被加入我的材料中，他的语言也成了我写作素材的一部分。于是他对我有了两种作用：借他大都会的世故来写作，适当使用，但又让自己和他保持一定距离（不是在船上，只在“狂欢夜”）。他只是个跑龙套的（乘游客舱），是个可疑的美国人，是丑角（在我努力的写作方向中，这样的人应该成为丑角），相较远涉重洋、只受殖民地抽象教育支撑的我，还是我站在更坚实的土地上。

两个救世军女孩也进了我的写作素材储备。她们去欧洲某地参加会议，但是乐意调情。信教女孩的轻浮姿态让我觉得奇怪。匮乏的经历让我总是大惊小怪。还有个南方来的年轻人，和那个演员住同一个舱室。他长得胖，脸上有麻子，戴着眼镜。他在《狂欢夜》中出现，穿着背心和短裤，坐在上铺，在昏暗的灯光下边剥皮边吃橘子。他还谈论女孩们，也许谈论那两个救世军姑娘。我总是写起这一场景，以致他永远存留于我的想象中。

他低头盯着橘子，说：“我很勤奋。我知道自己想要什么，也一定会得到。明白吗？”

这就是我的写作素材：通过这样写作、这样观察，我能让这个世界知道我对它的了解。我能有效地说：“我也见识过这个。我也能写这个。”

但那是另一段回忆，和第一段不相关。我在《狂欢夜》的某些版本中使用它。在其他版本中忽略它。

那个年轻的南方人谈论起“有色人种”。他说：“现在他们想上你的床和你睡觉。”

我大吃一惊：他竟有如此强烈的种族情绪，能对我这样说话，仿佛他看不见我也是有色人种。但是这个种族话题——虽然是熟悉的好素材，能证明我认识世界——没法写进《狂欢夜》。它离我的不安、我的脆弱和分裂的自我太近。这不是作家想要呈现的个性，不是他会处理的素材。

因此，虽然我为了写作旅行，关注体验、渴望经验，但我把自己抽离，将体验从记忆中抹去。抹去了在机场讹诈我的出租车司机——那种羞辱尤为强烈；抹去了宾馆的黑人。

身为作家，我也不能承认那天在纽约萦绕在我心头的可怕的焦虑。在横穿大西洋的邮轮上应该是纯粹的浪漫；那个下午在纽约登船也应该是纯粹的浪漫。但浪漫只是我脑海中的一部分；其余的是其他东西。我对和别人共用船舱感到紧张。好几个月，我都在担心横渡大西洋旅程中的这部分。我担心要忍受好斗的、讨厌的或者性变态的人。矮个子的我觉察到自己体格的弱小。我害怕被攻击；我害怕招惹别人的恶意。

这对我来说是极其严重的焦虑。但登船后，焦虑神奇地消失了。

然而要成为我理想中的作家，在《狂欢夜》中就不能写这种焦虑。

英国驻纽约的副领事为某个人定了舱位。很明显他不是英国人，当他从纽约码头上船时他令事务员不解。我现在才记起来这事，《狂欢夜》删除记忆之成功可见一斑。到了现在，我才把《狂欢夜》的素材放到一边，记起他们花了几个小时才决定把我安排在何处。我也许会没有位置，也许会一直站着，我担心自己的几件行李，甚至在轮船离岸时还在担心。纽约港口的景致和著名的天际线会因等待而变色。然后有人做出了决定，问题得到完美解决。

他们给了我一间完全由我独享的高级舱。我拿到了一把将那个舱和游客舱门隔开的钥匙。我白天在游客舱吃饭、打发时间。这真是好运气。很快，我的焦虑几乎烟消云散了。我觉得这是未来的好兆头。我觉得有"旅行者的好运"伴随着我。

但是那晚在睡梦中，我被一阵骚动吵醒。舱顶灯亮了，传来人的声音。然后我知道要发生什么了。有人要和我共用舱室。游客舱有人拿到了钥匙——之前几个小时里，我觉得那是自己独有的秘密空间。点亮的顶灯和抬高的嗓门是那么不体谅别人。我闭上眼睛，像个孩子，像个在施展魔法的人：如果我假装沉睡，假装一无所知，那么什么都不会发生，进来的人就会离开。

当然，事实并非如此。被带进来的男人在找麻烦。他不愿住这间舱室。他的嗓门越来越高。他说："因为我是有色人种，你就把我和他安排在一起。"

有色人种！他是个黑人。所以我是被赋予了一点少数族裔的特权。但是我不希望那个黑人或者其他人和我共处一舱。我尤其不想和这个黑人待在一起，原因和他说的一样。

而他不会和我共享舱室。顶灯熄灭，舱门关闭；进来的人出去了。那个黑人无疑被带回了门那边的游客舱，塞进三四人一间的拥挤客舱，和白人共处一室。他是满意了；但这是怎样的代价，在横穿大西洋的整个旅程中都紧张兮兮的代价。瞥见另一个人的狭隘和动机让人恐惧。然而我为他们把黑人带进我的舱室而感到羞耻。我羞耻的是，我满腔抱负地投入这次探险，而人们眼中的我们却仅此而已，这与我的自我感觉、我的追求相去甚远。也是这羞耻，让我在他们进来时闭上了眼睛。

那个黑人第二天早上在游客舱的休息室找到了我，向我道歉。他高而瘦，衣冠楚楚，精致的夏装让他显得瘦骨嶙峋：多骨的膝盖和尖锐的胫骨。他谈吐优雅，比在那间高级舱时安静多了。他以为事务长办公室的人带他穿过游客舱的门，是真的要给他找一个更好的不拥挤的客舱。但看到我他就不那么想了。他知道我成了少数族裔保留地的核心。他说他了解美国人。他还告诉了我什么？除了种族热情之外，他还有什么？他这么狭隘吗？我都不记得了。我好像没再见过他。

一个女人——年纪不大，但比十八岁的我年长——某天在船舱里跟我讲了更多他的事：明显他给一些乘客留下印象。这女人说，他厌倦了美国的偏见；她带着理解和仰慕谈起他。她说他要去德国生活。他的妻子是德国人；他在德国军队服役时遇见了妻子。他渐渐地喜欢德国人了。真是奇怪的经历！

在波多黎各出现过去哈莱姆区的特立尼达黑人，穿着紧身外套。这会儿是个去德国的黑人，来自哈莱姆区或者美国其他黑人区。他们都有与我相像的一面。但是我的亚洲背景抗拒和他们作比较；而且我远行是为了成为作家。我因害怕而不愿接受或面对其他事物；不论作为普通人还是作家，这点都不太可取。种族问题不是我理想的作家的写作素材，我尘封了自己的经历。甚至当我成为作家多年以后，我都没有找到应对那种困扰的方法。

我用不可擦铅笔写作。我记下了对话。这个“我”是超然的，是个记录者，了解世情。

一个人日夜站在船头，盯着前方灰色的大海。当终于在南安普顿上岸时，我有一刻感到一种愉快的错觉，脚下的大地在移动，就像过去五天船的移动一样。

我乘船到了英国。旅客终点站是新建的。有着美丽名字的南安普顿，战时被炸毁。新终点站展望未来，但是轮船很快成为过去的事物。

*

在大西洋的黑暗之后是色彩。去往伦敦的火车上能看到鲜艳的色彩，傍晚的光线。这是延伸的黄昏：对习惯了热带日夜等长的人来说颇为新鲜、迷人。光线，黄昏，这个时间在家里会是夜晚了。

但我们到达滑铁卢车站的时候已是晚上了。我喜欢车站的格局，规模大，有很多站台和高大的屋顶。我喜欢那些灯。在家时我习惯了公共区域——或者那些我知道的学校、商店和办公室——只在自然光下工作，我喜欢火车站夜间这种繁忙的骚动以及灯火通明。在我眼里，在灯光下工作的车站工作人员和乘客仿佛是戏剧中的人物。车站灯光映照出（正如纽约街道给我的印象）一个有天篷的世界，一个巨大的内室。

在轮船上待了五天，我想出去。我尤其想去影院。我听说伦敦的影院不间断营业；在家我习惯了固定时间放映电影。“不间断”的概念非常吸引人——这正是大都会做事的方式，暗示了人的忙碌。但这会儿即使对伦敦，对伦敦这个大都会的人们而言，都太晚了。我直接去了伯爵府的家庭旅馆。我在这儿订了两个月的房间，然后去牛津。

小房间长而窄，庞大的黑色家具让它更暗，墙上光秃秃的。整个房间比我在哥伦比亚号轮船上的客舱还要空，比我在纽约住的惠灵顿宾馆的客房还要空。我心头一紧。但看到窗外的风景我又有几分喜悦，这是几层楼上，能看到街灯明艳的橘黄色亮光以及投射在树上的光影。

从温暖而充满橡胶味的轮船中走出来，告别密闭的船舱和走廊上空调的气味之后，这里的早晨尤为清新，弥漫着一种甜腻的牛奶味道——鲜牛奶我鲜少见到：我们都吃克林姆牌的奶粉和炼奶。浓郁的牛奶味混合着烟灰味，又被不通风处蟑螂似的陈灰味道盖过去。这是早晨的味道。

屋后像是花园、院子似的一片土地，连着一面高墙。高墙之后是地铁站。浪漫！总是有地铁的声响，从清晨起就不绝于耳！这是纽约宾馆的黑人直接对我说的：不眠城。

浴室和厕所在每层也许是每隔一层的尽头。下楼时，我从一个亚洲小伙子身边走过，他小个子小骨架，脸色浅黄，戴着眼镜，身上精致的亚洲浴袍的袖子太宽大，刺绣的袖口盖住了他的双手。他哼了一句“早上好”，快步走过。他是泰国人，缅甸人还是中国人？

他看上去背井离乡，一副可怜相——而我还充满了对伦敦的惊奇，沉浸在到达这座城市的胜利之中，没有把自己想成和他一般。

我去地下室的餐厅。旅馆提供住宿和早餐，我下楼去吃早餐。餐厅在房子前部，听不到地铁的噪声，只会震动，坐了两三个人。有很多棕色的直背椅，墙和我房间的一样空白。这里牛奶和烟尘的味道很强烈。这是早餐时间，室外是亮堂的，但这里有一个微弱的电灯泡亮着；墙泛着黄色，闪着光。墙、灯光和气味——这些是伦敦美妙早晨的组成部分。我的视线随着陡而窄的台阶延伸到街头、地铁和人行道。我之前从未到过地下室。这是我们家乡没有的建筑；我只在书中读到过地下室。电灯在明媚的日光中亮着，显得浪漫。我像是一个进入小说世界的人。我进入了真正的世界。

我后来去看了上面的楼层，那里对客人开放。前面的房间摆满了椅子，直背椅和宽而矮的软垫椅，墙和别处一样空白。这是休息室（在楼下时别人这么告诉我）；空气停滞。烟尘味从深色的地毯和高悬的旧窗帘上散出，我觉得这个房间没人用。我觉得房子没有按照建造者或者最初的主人的意图使用。我觉得也许在战前，这里曾是私宅；我对伦敦的建筑一无所知，但我感觉它衰落了。这是我对伦敦的柔情，或是我对伦敦的想法。我见到越来越多的房客，从欧洲大陆和北非来的欧洲人、亚洲人、非伦敦本地的英国人，住在便宜地方的朴素的人——我觉得我们都是这栋大房子里野营的人。

对伦敦进行游客式的探索之后，我每晚回到空荡荡的房子，受到相应情绪的影响。我把这种情绪带到所见的食物中。我不会欣赏建筑，在家乡没有什么建筑训练眼光。在伦敦我见到人行道、商店、商店的百叶窗（几乎每隔一扇就在底部印着“制造商J. 迪恩，帕特尼”)、商店招牌、千篇一律的楼房。我游历探索时寻找宏大的气势。我来自一个小岛，气势是我旅行中要寻找的。我在霍尔本高架桥、堤岸和特拉法格广场周围发现了气势和权力。在这宏大之后才是伯爵府的寄宿房。我开始觉得宏大属于过去；我在错误的时间来到英国。我来英国寻找幻想的帝国之心（而我置身之处像是帝国偏远的边陲），却来得太晚。

我对才到达的城市做出如此判断！但是那是我由衷的感受。我们特立尼达的亚洲－印度社区的老人，尤其那些穷困的人，他们永远不会说英语，也不会去习惯其他族裔，只是回望着记忆中越来越辉煌的印度。他们生活在特立尼达岛，也准备在那里入土，但对他们而言那不是该待的地方。这种感情多少传递给了我。我没有向印度看去，我无法这样做；我的抱负让我向前看向外看，看向英国；但到底还是感到一种类似的谬误。在特立尼达岛，每当感到格格不入，我就克制自己，去关注眼前的生活。我童年的背景助长了那种等待和疏远的情绪。

我们生活在特立尼达，生活在因战争和运输困难而不再供应的物资的广告中。（那些美国杂志中克里斯游艇和斯塔特勒宾馆之类的广告属于另一个遥不可及的世界。）特立尼达很多广告是老派的药品和奎宁水，它们印在镀了一层釉的锡板上，挂在商店作为装饰，和出售的商品不相干，渐渐成为买卖的象征。后来在战时，当一座座简陋的小屋开始在西班牙港东部沼泽地建起，这些镀了釉的锡板广告时不时地被用作建筑材料。

于是，我习惯了在一个标牌失去了意义的世界生活。标牌和我所接受的教育一样带着抽象和武断的性质，如我没看过一部法国或者俄国电影却“研究”它们的能力一样，如我所说，这种能力就像是一个人试图仅通过街道示意图来了解一座城市。

特立尼达的情况也适用于其他地方。在西班牙港殖民百货商店的图书区有一两个书架的战时企鹅平装书（狭窄的页边空白，装订粗糙，书钉在潮湿的气候中迅速生锈，但是纸张的颜色、质地和气味都很好），企鹅丛书的封底有时印着英国商品的广告——巧克力、鞋子、剃须膏，我没有觉得奇怪。这些商品从未在特立尼达出售，当时也没有生产（广告上说是因为战争的缘故）。这些广告先前被制造商投放，为的是在战时保持品牌知名度，希望战争能有好结果。这些广告——其商品和现实的可能性相去遥远——我从不觉得它们奇怪。对我而言它们是我所追求的世界的浪漫，是承诺中的承诺，非常浪漫。

于是，我准备想象我此刻身处的伦敦并不是我所追求的那个完美世界。我孩提时在特立尼达，把这个世界放在远方，也许就放在伦敦。如今在伦敦，我能够把这个完美的世界置于另一个时代，一个更早的时代。这种精神或情感上的转变过程是一样的。

地铁站还有老式笨重的自动贩卖机，带有凸起的金属字母。里面已经没有糖果和巧克力，但十多年来没有人把它们拖走。它们像是房子里破损或者废弃的东西，却迟迟没被丢弃。离伯爵府两户远的地方有一片轰炸后的废墟，路上的一块裂口，此处的砾石原本是地下室所在，是房子的餐厅，就像我住的地方一样。这种废墟布满了整座城市。一开始我能看见它们，后来就不再留意了。圣保罗大教堂边上的主祷文街几乎不复存在；但它的名字依然作为很多出版商在伦敦的地址出现在书的扉页上。

我在伦敦的游荡无知亦无趣。我期待这座伟大的城市扑向我并占有我。我那么渴望身在其中。很快，在一周甚至更短的时间内，我变得很孤独。如果不那么孤独，如果过着类似船上的生活，我也许会对伦敦和住所有不同的情感。但是我孤独，没有能力找到在穿越大西洋的五天中所经历的社会。

英国文化委员会为我这样的留学生组织聚会。但我第一次去的那个晚上，发现自己和一个百无聊赖的女孩说着说着，就谈起了身体的疼痛。这是让我感到害怕与困扰的话题，随着战争的推进变得更加可怕（这进一步解释了我在各个时期对自己的严厉）。我开始谈论折磨，虽然知道这不对，还是一直谈论下去（这比我在飞往纽约的路途上的行为还要扭曲，先是对波多黎各的黑人，接着是坐在我边上的英国女人）。我羞愧难当，没有再去那个地方。

我只有寄宿处和那些奇怪、混杂而沉默的房客：英国人、流亡的欧洲人、几个英语差劲的亚洲人。如果我当时看过更多当代英文书，寄宿屋的生活也许会对我有更大的意义。比如说，我读过的《醉汉广场》[①]中的故事，就发生在仅仅十一年前的这里。这样的书总是会把这一区域变得浪漫，吸引来不少人。而我，总需要书中的证据，某种更尖锐的自我感知。

我虽然受过教育，但是阅读量不够。我对伦敦了解多少？学校课本里有一篇查尔斯·兰姆的随笔，讲的是去剧院的事。另一本教材里有两三个关于筑堤的妙句，来自《亚瑟·萨维尔勋爵的罪行》[②]。夏洛克·福尔摩斯的贝克街只是个名字而已；萨默塞特·毛姆和伊夫

①英国剧作家、小说家帕特里克·汉密尔顿（1904－1962）发表于1941年的小说。

②爱尔兰剧作家、小说家、诗人奥斯卡·王尔德（1854－1900）所著短篇小说。

林·沃之类的作家无法在我的脑海中创造画面，因为他们假定读者有足够的知识储备。我了解的伦敦或是想象的伦敦来自狄更斯。狄更斯和他的插画师给了我有关这个城市的幻觉。因此不知情的我，像我即将听说（并为此惊奇）的那些俄罗斯人一样，仍然相信狄更斯的那个伦敦。

几年后，当我以作家的身份审视狄更斯，我觉得自己更多地了解了狄更斯描写伦敦的独特能力，以及他和其他书写伦敦的作家的区别。我还是个远在他方的孩子时读了狄更斯早期的小说，能够跟随他进入伦敦这座黑暗的城市。这部分是因为我把自己的简单交给他，把自己的幻想带入他的幻想中。他对一百三十年前的城市一定和我一样陌生。作为成人，他天才地从孩子的视角来描述。他不卖弄建筑知识或者品位，不炫耀技巧，只用简单的“老式”之类的词语来描述整条街，不用会干扰不成熟抑或没知识的读者的词语。他没有用会让一个远方的孩子不安的词语，在那里屋顶是瓦楞铁皮，墙是木头的，顶上悬着百叶窗挡雨水，让阳光和空气进来。狄更斯只用简单的词语和概念，为光影创造了简单的层次和表面。他就这样创造出一座城市或是幻想空间，每个人都能用自己的材料重建它，用自己所知的材料来重建描述中他未知的事物。

对于狄更斯而言，用想象去丰富一个人所熟悉的周围环境，是小说的美好之处。我本身就有孩子的思想，受过抽象的教育，对自己的职业有浅薄的理解，狄更斯模仿儿童的视角大约给了我一些幻觉，让我误以为我完全了解这座城市，并期待写作生涯在那里得以发展。想象的部分归想象，同时还留下空间体会维多利亚时代的伟大工程，我对于十九世纪晚期的格局和帝国之辉煌的理解，并非源自白金汉宫、西敏寺或白厅，而是帕丁顿和滑铁卢车站，霍尔本高架桥和堤岸。

我来到伦敦，本以为对它很熟悉，却发现了一座陌生而未知的城市——房子的风格，甚至区域名都陌生；和我的寄宿处一样奇怪，这点非常出人意料。这座城市和《南风》中的英国气息一样陌生——我未曾读过这本书，在纽约时因为它的文化内涵才买下它的。面对这样的陌生，我内心的烦扰非常强烈，比我初到纽约迈进那家书店时更甚，那时我本以为进入了理应属于我的地方，结果发现完全不是那么回事。

抵达后头几天发生了一些别的事。我失去了多年以来我所拥有的宝贵之物。我失去了想象的天赋，对未来的梦想以及我将去的远方。我在家时几乎生活在电影院，我在那里打杂，在固定的放映时间前，关上双层门、松开高大木窗的绳索以阻挡天光或街头的灯光。在黑暗的放映厅中，我梦想着别处的生活。如今身处那些年里的“别处”，我丧失了进一步做梦的可能。我在伦敦的第一晚就想去影院看不间断放映的电影，去体验大都市的繁忙。很快，影院的概念和进入黑暗的放映厅看电影的念头变得压抑。

我曾觉得看电影这一消遣是我对成人生活的预先体验。如今充斥在我脑海中的羞耻感，让我觉得这是幻想。我没有读过《醉汉广场》，甚至不知道这是一本书，但是我看过电影。好莱坞式的伦敦在我脑海浮现（也许是由名字联想到的），继而转换到《房客》中的伦敦。现在我知道那个伦敦是凭空想象的，对我毫无价值。我曾深深地觉得电影是一种享受，是我进行抽象学习的贫乏岁月里的巨大支持，如今这种乐趣仿佛被生生割走了。当我十或十二年后回到剧院，我所熟悉的好莱坞已死，它繁荣的条件已不存在。美国电影变得和法国或英国电影一样本土化，我和电影间的距离与我和书籍或者绘画一样远。不再可能幻想。我去影院不再做梦或幻想，而是有了评论者的立场。

我没有什么值得记录。我在伦敦的流浪没有产生历险记，没有提高对建筑或是人的鉴别力。我的生活局限于伯爵府的房子。那里有一种特别的生活，但是我不曾发现。因为虽然感到才思枯竭，我却仍把自己想成作家，以作家的身份，不断寻找合适的大都会素材，这很讽刺。

大都会——我的定义是什么？我只有一个模糊的概念。我设想中的素材能让我和某些作家一比高下或是平分秋色。这种素材也能展现我的写作个性：比如J. R. 阿克利的《印度假期》，也许是在印度的餐桌下记录的素材；毛姆，不论何时都是疏远的、超然的，又洞察世事；奥尔德斯·赫胥黎则见多识广，包括两性的体验；伊夫林·沃是那么优雅自然。我想成为这样的作家，而在伯爵府大楼里的流亡者身上，我找不到素材。

*

我到伦敦不久，收到哈丁夫妇周日午餐的邀请。哈丁先生是寄宿房的经理，但是我没怎么见过他或他夫人。我更常看到的是安吉拉，我鲜少称呼她的姓，因而最终忘记了。安吉拉是意大利南方人。她二十多或者快三十岁的样子，具体我说不上来，只知道她比我年长，至少大十岁，我觉得她非常成熟。她战时待在意大利，像她的很多朋友一样突然就来到了伦敦。

安吉拉在这座宅子里有一间房，也有一定职务，不过我不确定她是做什么的。她有时在地下室的餐厅提供早餐；有时晚间在那里。有些晚上又在一家“威尼斯”之类的意大利餐馆做招待，离伯爵府不远。她提供两先令六便士或者三先令六便士的晚餐。我在那里吃过几次饭。认识就餐餐馆的女招待带给我难以言喻的快乐，虽然我读不懂菜单，也不太喜欢意大利菜。

除了家人，安吉拉是我了解的第一个女人。打一开始她就容易接近。我觉得她很迷人——我仍是个处子——几乎爱上了她。和安吉拉的结识带给我短暂的大都会的激动，让我觉得自己远离家乡，身处欧洲的一座大城市。寄宿房，房子后的地铁，街角通向很多站台的车站的人流，意大利餐馆，我认识的女招待。我喜欢这背景和道具，它们是戏剧的一部分，给了我片刻做大都市人的感觉。

安吉拉给了我一定程度的鼓励。她告诉我她喜欢我；她说我的肤色和她祖国有些人的肤色很像。但是她的生命中有个男人，一个战时在意大利相识的英国人。他粗俗，有暴力倾向。我从未见过他。安吉拉描述她的情人的方式，会让你既谴责这个男人，同时又同情她，她口中的这段恋情似乎注定有如此的命运。

她说有一晚他们争吵，他变得异常暴力，以致她跑出房间，身上除了逃出来时抓过来的一件大衣外一丝不挂。之后她决定独自生活，于是搬到了伯爵府的房子里。她的情人不在；至少我从未见过他。他是在国外吗？我从别人的谈论中推测他在监狱。但是我没有和安吉拉提起这件事，她也没有说起。我应该问她的，但是因为我对她有好感，也就不想问。尽管如此，她还是忠诚于那个男人。奇怪的是，她对我的鼓励是纯洁的。她的房间任由我出入。我能打趣她，但是只在有别人在场的时候——仿佛这样我的轻浮就合理了。我们俩独处的时候，她会比较疏远而谨慎。

正是因为安吉拉——事实上是作为安吉拉的朋友——我被邀请去参加经理哈丁夫妇的周日午餐。我几乎不曾和哈丁先生打照面。这顿午餐是我“大都会”素材的一部分，我痴迷地写了几个月，不光夏天在伦敦写，到了秋天在牛津也写。我做了改动，让它成为恰当的写作素材。甚至在这顿午餐之后，在这些写作之后，我对那个人和他妻子的相貌依旧没有什么印象。

午餐在一楼的一个大房间中进行。房间前部很少使用，堆满了棕色家具，是“休息室”。后部家具没有那么多，但是墙面和其他房间一般空白，仿佛战争光临过此处，发生了一些灾难和掠夺。我觉得房间后部是哈丁夫妇作为经理而享用的。

高大的窗户冲着花园，更准确地说是冲着疏于打理的土地。花园通向地铁的高墙。那里有棵树，还能看见附近土地上的树。地铁站砖墙的阴影投在地上，那块地更显得光秃秃的。这还算合我意，我喜欢那种色彩，喜欢封闭且荫蔽的凉爽空间。

哈丁的午餐桌上还有其他朋友。哈丁先生是餐间的明星。我觉得他醉了。他酒量不好，却一直在喝。哈丁太太——我也不记得她的容貌——和安吉拉负责上菜。哈丁先生负责说话。他不仅是明星，也是喜剧演员。他深知自己是谁，同认识的人说话带着自信。那些人会对他的笑话报以大笑，非常欣赏他的举止。

他之前是在家里哪个房间喝酒了还是去了酒馆？我对伦敦的酒文化没有了解，没有人可询问，也不知道该作何猜想。我对酒馆一无所知。我不喜欢酒馆的概念；我不喜欢人们去一个地方只是为了喝酒。我把它和家乡朗姆酒店铺的耍酒疯联系起来。普通人觉得伦敦街头的醉汉好笑而不是可恶，这让我惊异。同样，哈丁先生在餐桌上的醉意没有遭到客人鄙夷，反而得到容忍甚至尊敬，这让我有点惊讶。大伙儿听他说话。我分不清他操的是哪种口音，我觉得听上去不错，像是电影里的。

午餐最难忘的一刻是哈丁先生讲故事。我记得哈丁先生说话的时候安吉拉咯咯笑，还记得哈丁太太面无表情。

我不记得哈丁先生讲了什么故事。但是有一刻他缓缓地说，刻意的醉酒的口音充满了房间："我的一个老婆——奥德丽，对了奥德丽。"然后他直接对哈丁太太说："你记得奥德丽吗？"哈丁太太没有大笑，没有微笑，没有直视哈丁先生，她面无表情，说："我喜欢奥德丽。她那么甜美。"

这对话让我着迷。对我而言过于复杂，是大城市才有的对话，像是电影、戏剧或者书里的内容——正是我到伦敦来寻找的东西，正是那种助我成为作家的素材。后来，不论是在伦敦的寄宿房，还是在牛津大学的学期或假期里，我在写很多篇文章的时候都带上了那个片段。虽然我因缺乏社交知识而无法对此加以渲染，简单来说，我不知道哈丁先生那天早晨做了什么，不知道他去过哪里，下午要去何处；虽然我没怎么见过这个人，也无法判断他说的话；虽然我甚至从未想过打听一下他是否上过战场，或者是否一直在伯爵府喝酒打发时光。

我为哈丁先生和那段对话设了个背景：伦敦一栋大房子里的周日午餐。在我写的有些篇目中，我有意改善了每个人的处境。我也改善了自己的境况（没有明显吹嘘），因为听到并且记录那段对话让我觉得自己像个我所认为的体察人情世故的作家。那段话给了我，一个作家，极大的乐趣，丝毫不输于当时哈丁夫妇所得的乐趣。

但是哈丁先生是个怎样的人？我还有其他线索来还原一个更完整的人吗？他真的从我的记忆中消失了吗？我除了记得一个中年秃顶的白人，一种慵懒做作的讲话方式之外，还记得什么？他知道这桌客人中这个十八岁的人是个作家，知道这个作家珍视他的话，还回到房间记下来了吗？他无从知晓。这世故，这表演，是为了桌上的人；这是哈丁先生可以挥霍的东西。事后看来，那点推理令他比我当时记录下的更有趣。我搜集大都会经历和素材的激情，打造自己作家声望的激情，对解读从其他作家那里获取的一知半解的素材的过度热情，以及全身心的投入，这些阻碍了我记录事实。如果我的脑子不是那么满满当当，如果我没有受那么多教育，我会将事实看得更清晰。

在写哈丁夫妇的对话时，正如我所言，我经常改善每个人的处境。但是现在，因为我在庄园和菲利普斯夫妇的交集，以及和租车人布雷的接触，我把伯爵府的午餐看得比当时更轻了。我把参与者视为出身卑微的仆人，那些受仆人服侍的上流人士因战争而离开，留下一栋被洗劫的房子，如今里面净是外国人。因而很有可能，哈丁先生字斟句酌的演讲不仅是酗酒者酒后的刻意表现，也是仆人对文雅的精准模仿，他的元音发音会在行家面前露出破绽。但在午餐中，哈丁先生是安全的。对他的英国朋友来说，他的世故和机智是熟悉和受喜爱的表演。他的英国派头在外国人面前，在安吉拉和我面前，完美地取得了预期效果。

如果说哈丁先生的形象远不是我笔下描绘的那个样子，那么也可以说我捕捉的还不够。为了让他在我的文章中突显地位，和他的机智相匹配，我压下了住所的背景，更回避了不少事实：我抑制了回忆。直到我开始为了写这个章节而努力回想那顿午餐时，我才记起它其实是有意安排的。我从未在文章中提起这个原因。那是哈丁夫妇在那座房子里的最后一顿午餐：他们被解雇了。被安吉拉顶替。这饮酒，这机智，“我的一个老婆”的逢场作戏，以及哈丁太太的“我喜欢奥德丽”，有让人佩服的虚张声势。但这不是我寻找的素材，不是我记下的素材。

关于安吉拉，我重点写她在夜间逃离暴力的情人，除了一件皮毛大衣外一丝不挂。我知道那件大衣。我说不上来它的质量如何，直到现在也不能。但是它在我眼里演化出一种诱人的性感（倾诉近乎赤裸的夜间逃亡的安吉拉本人无疑也这么认为）。谈论有关性的细节暗示了两性知识，掩盖了作者的单纯。但是对这一素材我没法作什么处理。身为作家，我不愿编造自己一无所知的事情，觉得这是一种冒犯，很快安吉拉的素材就没什么好说的了。

同样地，我不知道安吉拉从何而来。她在伦敦的过去，她在伯爵府寄宿房之外的生活对我来说都是谜。初到伦敦，我甚至想象不出有关她的情人的事情，比如房间或是公寓的装饰，他的家庭背景，他的地理背景，更不必说言谈举止了。安吉拉在意大利的时光也一样神秘。有一个办法可以一探究竟：直接问她。但是我从没想过问她。我还没到那个地步。

她是如何遇见情人的？战时意大利的生活是怎样的？她的家人呢？那么多欧洲血统的人，意大利人、马耳他人、西班牙人和摩洛哥人去过她的房间，是她的朋友——他们有什么样的故事？这些人在英国和在伯爵府所在地区有怎样的感受？

可怕的战争结束后不久，大批欧洲游民住进了伦敦的一栋楼房，这座宅子对这些人来说足够大——这是寄宿房真实的素材。但是我没有看到。也许我觉得身为作家不该提问；也许我觉得身为作家，一个敏感而世故的人，观察对我而言足够，或者应该足够。但是那里还有一个关于我自己的主题，我本可以用我的不可擦铅笔写出点什么。

自一九五〇年起，也就是二十世纪下半叶，在伦敦上演了一场超越美国的移民与文化融合运动的运动，其实是欧洲人对新世界的运动。这是一场跨各大陆的运动。我在这一运动的初始阶段来到伦敦。十年内，伯爵府将失去它战前或战初在《醉汉广场》中的面貌。它将成为伦敦城中的一块飞地，一块白人殖民地，一个小澳洲或一个小南非，混居着各个种族的人。像伦敦这样的城市将改变。或多或少地，它们将不再是某一国的城市，而将成为世界的城市、当代的罗马，在我这样的岛国人乃至语言和文化更边缘的人看来，它们是伟大城市的模板。它们将成为全球野蛮人、丛林人、沙漠人、阿拉伯人、非洲人和马来西亚人前来求学、获取精美物资、体验礼仪和自由的城市。

离家两周，我想的是这里没有什么值得一个作家记录的东西，但倘若当时就有发现的眼睛，那么十八岁的我便已找到了伟大主题。小闹剧中最能挖掘出好的主题。在伯爵府安吉拉的客人或者朋友中，至少有十个从欧洲和北非漂泊至此的人。这些男男女女任我观察，有的人在战时目睹过可怕的事情，如今在伦敦过着平静的生活，他们是孤独的异乡人，有时游手好闲，有时做点见不得人的勾当。这些人所拥有的就是他们的故事，它们经常被轻易吐露出来。但是我什么都没有记下来。我没有提问。我对他们不屑一顾。他们的样貌、衣着、姓名、口音都消失在我的记忆中，不可能再回想起来。

如果我的观察直接一点，再少一点成见；如果我仅仅记录所见；如果那些日子我拥有后来（通过写作）获得的自信，能够对眼前的男女感兴趣，能学会和他们交谈；如果有那么一点点的自信，如实记下我眼前发生的事，什么样的素材是我得不到的！很快，我会为写一本关于我在伦敦那段时间的书而专门去找素材，却发现所获不多。

存留在我记忆中的，是我在头几天痴迷地写下的那些东西，绝大部分是关于安吉拉的性感：在她房间里她或坐或躺在我身边时她乳房的感觉，当时我们背靠着墙，屋里坐满了她奇怪的朋友们，她允许我把手压在她胸口。她的嘴形，嘴唇上战时流行的鲜红色，她皮毛大衣的触感，以及在餐馆我激动而意外地看到的她围着围裙的样子。

我没有记下安吉拉的过去和她在意大利的时光，也从没想到问问她。我只记下了她抱怨意大利南方的牧师，她说战时人人挨饿，牧师却变胖了。我现在想起来，我记下这一内容是因为这是“反教权”的表现。“反教权主义”是我学到的抽象的欧洲史的一部分，是从特立尼达女王皇家学院的教师笔记和推荐教材中得知的。历史对我而言和法国或俄国电影一样抽象，但我能写有关它们的论文，正如能够在没有掌握法国历史，不了解其国王、侍臣和宗教教派，不了解这个历史悠久而伟大的国家的政府和社会组织的情况下，写出有关法国历史的论文。

我十八岁时对世界的了解，不过是奥里诺科河入海口附近的那个殖民地小岛，是岛上的亚洲－印度社区，是社区中我的家族：小世界中的小世界；我对世界的认识怎能不抽象。我连对自己生活的社区都一知半解，更遑论其他社区。我对历史没有概念——很难把历史这么宏大的概念和我们的小岛联系起来。我对政府没有概念，只知道有殖民总督、立法委员会、执行委员会和警力。所以，我读过的有关历史和其他社会的内容都带着抽象色彩。我只能将其同我的所知相联系，因而我阅读的每一份资料都带给我幻想。

一九五〇年，我像是向新世界进发的西班牙旅行者，像是带着崇高信念的中世纪人：远行是为了见证上帝创造的另一部分世界的奇迹，但是很快觉得奇迹稀松平常，只保留了一种探寻，探寻他们离开西班牙前就知晓能淘到的东西：黄金。真正的探险出现在有所发展的后期。我当时在英国恰似处于前期的中世纪西班牙的阶段，而我的教育、文学抱负和学业求索恰似西班牙探险家的信念和旅途的磨炼。像西班牙人一样，费大劲儿到达后，我见到的很少。像西班牙人沿着奥里诺科河或者亚马孙河，完成了一段漫长而艰险的旅行一样，能作为素材让我记录下来的很少。

我能记录的安吉拉的情况有很多，却单单记下了她“反教权”的态度。这是对抽象知识的证实。我感到激动，因为这正是我之前期望找到的东西。

战后欧洲人的流亡是我错过的一个主题。还有一个错过和它相关。

安吉拉从哈丁夫妇那里接手工作后不久，某个周六下午她带我去了一个房间，说给我看“一些东西”。看她的表现，这“东西”似乎是她刚发现的，是被解雇的哈丁夫妇应该负责的东西。虽然这不会是真的：安吉拉在这栋楼里住了有段时间了。

她带我去了三楼或者四楼的一个房间。这房间大而暗，比我的大多了。窗帘紧闭，房间里散发出尘土、尿液、经久不洗的衣服以及经久不洗的衰老身体的气味。仿佛这气味就挂在房间的黑暗中，仿佛黑暗是这气味的表达。有个老人躺在床上，他是气味的来源。有一根拐杖平放在床上。安吉拉对床上的人说：“我带人来看你了。”

他恍若未闻，开玩笑地拿起床上的拐杖掀起安吉拉的裙子，逗得安吉拉笑起来。她让我看个老人和他怪异的调情癖好；这是我的理解。她没有告诉我老人的其他情况，我也没问。现在我才萌生了疑问。他是不是战前就住到这里了，那时休息室还是休息室，餐厅也许是个真正的餐厅？战时他一直待在这里，然后老得搬不走了吗？之前哈丁夫妇给他送食物，现在由安吉拉代劳？他完全依赖这里的经营者吗？

我觉得他八十岁左右（虽然十八岁的我判断不出人的年龄），这意味着他出生于一八七〇年。他出生在狄更斯逝世那年，阿尔弗雷德·道格拉斯[1]出生那年，普鲁士人打败法国人那年。换个角度来看，是莫罕达斯·甘地出生一年后。他年轻的时候可能认识可以忆及十九世纪初期的人；他可能活在那些刚经历了印度叛乱[2]的人

①阿尔弗雷德·道格拉斯（1870－1945），英国诗人、作家和翻译家，曾是英国文豪王尔德的恋人。

②指1857年到1858年在印度北部和中部，英属东印度公司服役的印度士兵发动的反对英国统治的民族起义，英国人则称其为印军哗变或印度叛乱。

中间。如今在两次破坏性的战争之后，在甘地和尼赫鲁之后，他在伦敦维多利亚时代建的一栋大宅子里终了人生。如今这栋逃过战火的楼房对住户来说太大；黑暗房间里的老人对现在的住户而言是陌生人。这栋楼房引来一批新住户——我、其他亚洲人、安吉拉和其他地中海人，这些人仍然不知自己身在何处。

后来我又见过这个老人。那次他拖着脚在楼梯上走，脸上有一种古怪又有点好笑的不安。这一定是他脸上的肌肉长期维持某种状态而导致的；仿佛他的脸随着年龄轻微地抽动。他没认出我来，脸上保持着笑容。他专注于台阶，他要走很长一段路到大厅，然后到街上。那是夏季，八月末，但是他穿着大衣。大衣是深蓝色的，看上去很重，也许是以前定做的。他个子高，用来保暖的外套仿佛压得肩膀不堪重负。他拄着拐杖，身上的气味萦绕着他。我觉得他是要出门去散会儿步，这需要他准备很久。

有人来探望他吗？他的收入从哪儿来？我从未问起过。牛津大学第一学期结束后，我在圣诞节期间回到这里，也从未问起这个老人。安吉拉从没说起他。之后我从未见过他。我觉得在我那次看见他穿着厚重的蓝外套下楼梯后的这段时间，差不多十二周，他在某天死去了。我需要寻找过去，而这个人是一条线索，对我而言如此珍贵。但是我没有问起这个老人。

*

究其原因，不光是我当时太稚嫩，不知道该写什么。主要还是因为我所受的教育（其中最有“文化”、最美好的一部分）赋予我一个想法：作家是拥有细腻情感的人，记录或者展现内心的成长变化。于是，虽然看似荒唐，我在特立尼达岛被传输了十九世纪末美学运动和布鲁姆斯伯里[①]的观念，从帝国、财富和帝国安全中滋生的观念。成为那种我理解中的作家，我需要虚伪，需要假装自己是别人，是另一种背景孕育的人。通过把出身于殖民地的印度人的自我隐藏在写作者的人格之下，我损害了素材也损害了自我。

为了提出问题，为了让真正的创作好奇心保持活跃（创造力，而不是对过耳即忘的绯闻那种心不在焉的好奇心），有必要梳理一下我已经掌握的知识。一九五〇年，我的知识仍无章法可循。因为我对作家的有限理解，我觉得所见的一切都理所应当。我觉得自己早就知道，像个聪明的学生。我觉得身为作家，我只需要找到读过的和已知的。很快，写完《狂欢夜》以及哈丁夫妇和安吉拉之后，就没有什么值得记录的了，我只好停下。

有的东西很耐用。我带着泛美航空的小笔记本——特立尼达五分店里的廉价货，廉价的带横线的纸夹在一个夹子里，内页夹着信封。我一直带着这个小笔记本，还有那支不可擦铅笔。但第一天过后，纸页上没有记录真正的兴奋事，而是记下了鸡毛蒜皮的小事，虚假的事；可以说本子上什么都没记下；后来被放到一边。铅笔幸存下来，一直在用。写作工具，无论是钢笔还是铅笔，那时候都没有丢弃。那支遇水颜色变亮的不可擦铅笔越来越短，在文学任务之外还用了很久。我用它写信，在书的扉页上写自己的名字。我买了很多《南风》之类的和英国“文化”相关的书，要么是我在特立尼

① 20 世纪初英国艺术家、作家、学者等组成的知识分子团体，代表人物是弗吉尼亚·伍尔夫。

达时就读到过的，要么是老师向那个要去英国当作家的男孩推荐的。

从特立尼达到纽约的长途航班上开始的那种人和作家的分离，最后变得彻底。人和作家都缩小了——多年的准备好像在几周内变得无用。接着，非常缓慢地，人和作家又走到一起。将近五年后——我从牛津大学毕业一年后，当时安吉拉和伯爵府早已淡出我的视野——我才得以摆脱抽象教育带给我的幻想。我一直渴求找到自己作为一个作家需要的素材，五年后突然有一天，我豁然开朗。

我简单而迅速地写下记忆中最平常的事物。我写西班牙港的街道——在那里我度过了部分童年时光，那段岁月我带着对自己家庭生活和居所的安全感与距离感，曾专注地研究过那条街道。在写作过程中，我迅速地理解了。带着这样的理解、这样的自我认同（之前如此艰难，后来变得如此轻易），我的好奇心飞快成长。我做了其他工作，通过这种具体的方式，它轻易地降临，因为它本就唾手可得。我对自己有了明确的认识，我的主题不再是感性或者内心的成长变化，而是我自己的世界，是我置身其中的世界：在我还不知道的时候，我的主题就已经悄然降临，那时我离家两周，来到伯爵府的寄宿房，发现自己在一栋过大的楼房里，身处战后流亡的欧洲人之中。

直到那次顿悟后，我才知道了自己是什么样的人，是普通人还是作家——两者其实是一样的。简单地说，我是滑稽的还是一本正经的？对于同一个素材，有那么多语调和态度去表现。在思想的浓雾中，我想起了那条街道。突然，几天之内，素材、语调和写作技巧连在了一起，开始齐头并进。

我终于及时获得了第一个灵感。一九五六年，离家六年后，我可以回去了。六年！这符合人们对漂洋过海的旅行的时间想象。出国的确是道别。在特立尼达机场的大家庭送别，虽然很多方面都很传统，但的确暗示了我将展开的旅程的性质。在英国待六年！

如今我频繁出行，旅行变得稀松平常。然而每次回家之旅、每次返英之旅，都在修正上一次的旅行，一个回应覆盖另一个回应。

一九五六年，我直接从英国出发乘汽船回去，为的是体验天气的缓慢变化。我惊喜地意识到起风时没必要戒备，因为风和煦温暖。我体验着船上生活的日常和印刷奢华的菜单，看着工作人员从暖和的黑制服换成了单薄一点的白制服。在大西洋上漂了十三天后，我在清晨的寂静中醒来。十三天来汽船引擎的轰鸣声日夜不绝于耳，此刻四下里一片寂静。

我们停在了巴巴多斯。每个舷窗都框起一幅美艳惊人的图景：蓝天白云，植被郁郁葱葱。这是我第一次回家途中的第一次停留，我暂时像个游客那样欣赏着通过广告宣传被期待的美景。这情况正如孩提时我被教着画下我们岛屿和当地景致并上色，正如西班牙港弗雷迪克街和海事广场的黑白混血小贩卖假古董，正如骑楼地板下方的人行道上摆摊的人为下了摩尔·麦考马克号游船、在镇上逛上一个小时的游客画当地的景色。

我不相信以这种方式观察到的东西。我觉得这是美国杂志中的广告宣传惯用的方式。的确，当和美丽的舷窗图景无关的我们上岸时，这座岛向我展示了它自己。巴巴多斯岛是平坦的，由于甘蔗田和人群而显得破败。虽然人们在这座岛屿上生活、耕种了数百年，这里仍道路狭窄，木房子非常小，仿佛轻轻地坐在平坦的地面上，显得脆弱。岛上到处都是小孩子。

孩子们是黑肤色。不是特立尼达岛上的那种混血肤色；巴巴多斯没有印度人或亚洲人。但在英国待了六年之后，在海上漂了十三天之后，突然遇见这样的巴巴多斯，我觉得眼前的与其说是风景，不如说是清楚地看见了自己和本以为已经埋葬的过去。过去的渺小，渺小的羞耻：它们不是身为作家的我可以轻易承认的。它们是写《狂欢夜》《安吉拉》和《伦敦生活》的作家以为永远抛在了脑后的事物。我很高兴早晨（与人合搭一辆出租车）的游览结束，我得以回到船上。

仿佛船是一个庇护所。第二天早上船把我带回我自己的那座岛。上岸后，我发现一切都缩小了，和巴巴多斯一个尺寸。但是比巴巴多斯更沉重的是，我看到的鲜少是风景，而是个人旧痛。六年前（在那个年纪，成年人的六年可以算是半辈子），西班牙港的一切都染上了告别的光华：弧形街道，木屋，大叶子树，低矮的商店，北部山岭在清晨和下午的光线中一成不变的风景。一切都染上了离开的兴奋，以及长途旅行去胜地的兴奋：纽约、南安普顿、伦敦和牛津。一切都染上了写作生涯和大都会生活的希望和幻想。如今时隔六年，我想到曾被抛下的生活正等待着我。它缩小了，我觉得自己也随之缩小。

我已经开始了写作生涯。但是我写的两本书都还没出版；我看不到前方的路，看不到其他的书。六年前，我只是个男孩，追随着梦想，没有背负什么责任。如今我父亲已去世，留下了债务和家庭责任。但是我没有办法帮助任何人，我连自己都很难扶持。我只有一种新发现的才能。我唯一能做的事，唯一能照顾自己的方式得在英国才能实现，英国也不再是一个充满幻想的国家，而仅仅是一个作家能糊口的地方。我在等待书出版的同时，写电台文稿和新闻。

六周后我离开了。一九五〇年带我去英国的奖学金给了我回程船票。第二次去英国的旅费是我自己付的，从我微薄的存款中取出的珍贵钱。我乘另一艘香蕉船离开，经过牙买加。我从金斯顿下船，三天后在安东尼奥港上船。船在港口装运香蕉——记忆中海岸线是绿色的，深绿的植物仿佛在悬于墨绿大海的潟湖之中。我的心痛起来，因为担心自己的安全以致无法欣赏风景。接着船带我北上，驶向英国冬天正日益变短的白昼。

空荡荡的船航行在冬天翻腾的灰色海面上，我并没有介意这环境。其实我还算喜欢冬天，喜欢这戏剧性，喜欢它和我热带童年的对比。是另一端的不确定性让我不安；知道自己在两端的“地盘”都不一定靠得住也让我不安。没有了奖学金；旅途结束时没有了模糊而温暖的牛津和写作；没有记笔记。没有了安吉拉和伯爵府的住所；没有了带着地铁噪声的大城市中心的感觉。我不再住在宏伟的伯爵府，搬到了基尔伯恩工薪阶级的房子里，那儿灰蒙蒙的几乎泛黑。我住在一套两居室的公寓里，和其他人共用厕所和浴室。

船上有一个英国酿酒商，魁梧的老人。我知道他是酿酒的，因为听到他对别人说起。当他在香蕉船上的小图书馆借书时，我也听到他向事务长报上名字和头衔。虽然船上就我们几个人，他还是报上了头衔。酿酒商、三四个英国女士、一个牙买加黑白混血儿和我。女士们一起打牌。

若是六年前，我一定会仔细观察酿酒商和那几位女士。但现在不会了。不是因为他们陌生，离我的经历太遥远；而是我已经知道作为作家我要写哪些主题，我不再对纯粹的英国人感兴趣，不再寻求事实去肯定书上的内容，不再寻找那些放在一九五〇年我会觉得是大都会的素材的事物。船上有一位女士是英国南安一家供膳寄宿处的管理者。她给了自己一趟加勒比邮轮之旅！我听见她在谈话中用这个词，在她眼中看到这个词，能想见她回去后和朋友们说这个词：体验本身似乎不如她要做的描述重要。这个词的价值对我们两个来说多么不同！虽然我们有可能乘坐了相同的几班法伊夫香蕉船，卡维纳号、戈尔菲托号、卡米尼托号，但我们经历的旅程如此迥异！

四年后，对我而言，一切都改变了：这个世界、我的情绪、我的眼界和大西洋。我回到英国的那个冬天，内心惊惶，于是那四年我拼命写作，完成了一本自认为重要的书。这是一种全新的安全感，一种终于实现了抱负的安全感。在我第一次离开那座岛的十年后，我又一次回去了。

这次我看见的、感受到的一切都带着庆祝的色彩：山丘、散落的棚屋、热浪、电台节目、电台广告、噪音和出租车。这一幅幅风景——连带它的殖民地或假期的主题：海滩、赶集的女人、椰子树、橡胶树、太阳、大叶子树——从我认识它们开始，就是焦虑甚至惊惶和牺牲的风景。塑造了我的那种教育总是像一场竞争，一场赛跑，身在其中的人视失败如毁灭般可怕。我是个孩子的时候，从未感到过自由。如今在一九六〇年，在这样的下午，我能开车转转或者悠闲地去吃午饭，换作以前只能埋头看书。在这样的夜晚，我能游览或是聊天，不再为了拿奖学金而被迫学习或背诵至深夜。我抽象的学识便是在如此的代价下获得的！

在我职业生涯的这个阶段，如果说有什么地方正好可以庆祝我的自由，庆祝我成为作家并过着作家的生活，那么非这儿，非这座岛莫属。是这座岛滋养了我的惊惶和抱负，滋养了我最初的幻想。正如一九五六年第一次归来后，我从一处地方走到另一处地方，看到我自幼熟悉的地方缩小，现在我从一处地方走到另一处地方，则带着庆祝的心情，并抹消了我在这里不同时刻因种种原因体验过的恐惧。在遥远的英国，我在书中重建了这景色，书中的景观并没有那么准确或是完整——虽然我假装是那样的；但是现在，因为我的创作加工，我珍视这里本来的模样。

当时，在我取得一定成就、终于告别了某种特殊的恐惧之后，我脱离了和这座岛的关系。因为那之后我再也没有需要特意回岛的愿望了。当我出于这样那样的原因真的回去时，我发觉自己也没有了恐惧或是庆祝的愿望，我对这座岛的兴趣在一天之内得到了满足，甚至产生了厌倦。早晨到了机场，回家路上我也许为夺目的色彩所震撼，心想愿意待上几天甚至几个星期。但是一天一夜过后，在倒了时差后的第一个黎明，头一眼看到花园中的蜂鸟，我变得坐立不安，盼着离开。

这里的人没有什么好打听的；他们太快地暴露了自己。他们曾经能打动我的强烈的种族情绪，让他们成为简单的人。我孩童时期发展出的对毁灭的恐惧和这种情绪有一定关系：害怕被任何一派，我的一派或者非我的一派吞下或者消灭。

说来奇怪，这地方本身、这座小岛和岛上的人不再能吸引我。但是曾经，这座岛不但唤醒了我对广阔世界的好奇心、对文明和古老的理解，还在我身上施加了焦虑——它给了我作家的世界，给了我在二十世纪下半叶的重要主题，还让我变得都市化，不过这种

“都市化”和我最初对这个词的理解截然不同，我是指写下《狂欢夜》《伦敦生活》和《安吉拉》的时候。

一九六〇年，怀着庆祝自己当上作家的心情（正如我所描述的），我开始写第一本游记。不论从心理上还是地理上，我都是从小小的殖民岛开始写。这本书其实具有使命的性质：我将经过加勒比和南美圭亚那的殖民地，也就是帝国残存的碎片。我很高兴地意识到我是从欧洲出发的宗主国人士。这是我仅有的范本。但我跟他们一样是殖民地人，他们离我很近，我不可能成为那种旅行家。即使我也许具备那种旅行家的教育和文化背景以及探险精神。尤其我意识到自己并不需要向某个宗主国的读者汇报。我想象中游记作家的光鲜，在各殖民地间旅行的殖民地人的紧张和生疏，两者之间产生了冲突，令写作困难重重。旅行结束后，我带着笔记和日记回到伦敦写作，问题仍悬而未决。我以幽默回避，不论在写作还是在生活中，经常用喜剧效果、玩笑和讽刺来掩饰困惑。

为了更多地进行这样的写作，我需要多认识自己。很快我有了这种机会。写完第一本游记不久，我去了印度写第二本。这次从英国出发。印度对英国而言是特殊的，两百年来滋生了不少英国旅行家的游记和小说。我成不了那种行者。我去印度，是去追寻一个非英国人的幻想，一个在印度的印度人所不知道的幻想。我去我的印度祖辈们努力在特立尼达岛上重建的农民的印度，部分意义上也是我成长其中的印度，它像是我脑海里未了结的一部分，我们的过去在那里突然中断了。在这场探索中我没有范本；福斯特、阿克利或是吉卜林都帮不上忙。为了在写作上取得进展，我首先需要清楚地认识自己。

所以，我的知识和自我认知是以特立尼达为起点发展的。我度过部分童年的西班牙港街道；我的印度家庭在特立尼达的重建；去加勒比和南美殖民地的旅行；后来去印度的寻根之旅。我的好奇心向各个方向发散。每一次探索、每一本书都增长了我的见识，修正了我之前对自我和世界的认识。

但是作为起点与中心的特立尼达自身无法再留住我。在我心里，它不再和这些事情相连：横穿大西洋，为时两周的海上航行，船上的生活，天气的变化，每隔一个早晨就把钟表拨后一次，海天的色彩，浪花和漩涡，溅起的水花中的彩虹，海豚和飞鱼。一旦进入加勒比水域，夜间就有飞鱼冲着轮船的灯光飞，早上有时会在滑溜溜的甲板上看到它们窒息而死。载客的轮船不再去特立尼达或者周边地区。特立尼达是航空中转站，机场一幅起飞、降落的景象。偶尔，当我向往童年故地时，我的脑海中会浮现真的回家后的情绪，而后马上打消这一念头，因为回家后不过一天我就会感到乏味。

然后我接受了一个美国出版商的邀约，他们要出一套城市系列的书。我决定写自己的城市西班牙港，因为我觉得这大概很简单，也因为觉得可说道的地方不多，特立尼达自被发现和原住民灭绝后，直到十八世纪末期才有人定居。我觉得这项目只需花上几个月工夫，写成报道形式，精装本出版。接着我发现找不到什么参考资料。我本以为，图书馆里应该保存了一些史料，这些书卷应该由专人负责保管。我觉得这种想法不少人都有。但是书是有形物品，创造或生产是为了满足需求。这里没有关于特立尼达历史的书卷。我不得不去找档案了。这真是可恶。但是后来档案开始吸引我，翻看越多越不舍得放弃这个项目。

这本书背后的想法和叙述轴，是把这座位于奥里诺科入海口的小岛与大人物、大事件联系起来：哥伦布，寻找黄金国，沃尔特·罗利爵士。此后两百年，奴隶种植园开始发展。接着是革命：美国革命；法国革命和受其影响爆发的法属殖民地加勒比地区的海地黑人革命；南美革命和革命中的伟大人物：弗朗西斯科·米兰达和玻利瓦尔。从未被发现的大陆到具有欺骗性的革命及其引发的混乱；从哥伦布发现新大陆和一四九八年他在南部见到那些印第安原住民繁茂的“花园”（沿着我熟悉的宽阔海滩向下，一条条淡水溪从树林里流出汇入大海），从哥伦布这个来自中世纪欧洲的人的发现，到十九世纪西班牙帝国的消亡——这里的故事将牵涉到这些历史。收尾处特立尼达已和南美、委内瑞拉和西班牙帝国分离，纯粹是英属西印度殖民地，一座蔗糖和奴隶（原住民被灭绝和遗忘）的岛屿。接着几年内，奴隶制被废除；糖不再值钱；在新世界的这个小角落，所有期许都被抛弃，它沉入了十九世纪长久的殖民地的麻木死寂中。此时革命的委内瑞拉不再从属于西班牙帝国，开始了长达一个世纪的混乱。

从这些后期的档案中，我能看到自己成长其中的世界的轮廓。印度移民正是在十九世纪涌入的。上中学时，我以为这种麻木死寂是一种常态，和岛的地理位置、气候和光照有关，没料到这乏味是人为的，是有很多原因的，这里曾有其他视野和其他风景。

我读到了一份西班牙治下时期一个黑奴谋杀另一个西班牙港黑奴的判决记录（完美地保存下来），梳理出房屋、后院、黑人院子里的争风吃醋等细枝末节，轻松地想象出自己置身于两百年前西班牙港街道上的情景。我能看到人群，听到他们的话语和口音。在那条街上，我能看到自己童年时期的西班牙港街道的起源——这条街上的人和生活正是我第一本书的主题。

我专注地研究过西班牙港的街道，因此在一九五五年，我到英国整整五年后，在写出《狂欢夜》《伦敦生活》《安吉拉》等“大都会”作品后，它仍旧能启发我，至今，这一启发在某种程度上仍伴随着我，我仍在创作中努力阐释在档案里发现的种种深意。但是发现我写的街道有这样的过去，我吃了一惊。我孩童时见证的街头生活原来早在一七九〇年的西班牙港就存在。当时特立尼达仍是强盛的西班牙帝国的一部分，奴隶制要到四十四年后才被废除，那时法国革命才刚开始，海地黑人革命一年后才爆发。

这些关于西班牙帝国和海地革命的档案，是住在那条街上的我不会想到的。甚至在学校学习了这个地区的历史知识后，也没有获得任何想象的助力。鸡窝、后院、佣人的房间、密集的小房子和垃圾坑，这肮脏、琐碎和污秽看上去和历史毫无牵连。西班牙港的一切都看似新近合成的，没有古旧或是过往的痕迹。再加上孩童的无知，以及这个印度孩子特殊的缺失。他是移民的后代，那些移民与过去突然中断了联系，突然坠落在安的列斯群岛和印度之间的鸿沟中。

一九五〇年，泛美航空飞机起飞的时刻，我看到了令人惊异的一幕：棕绿相间的田野让我的小岛展现出航拍照片的效果。如今在伦敦阅读有关这座岛的文献、发现它也有悠久历史时，我同样感到惊异。就是这么简单！意识到这座岛是地球的一部分，意识到它与地球一样古老！然而这些简单的事情对我而言却是启示。我曾经对特立尼达的一切习以为常，不管是路边的风景，还是在地面上看到的农业殖民地，一切都理所应当，是大萧条的尾声和恒常不变的殖民地的死寂。我写这本书时，脑海中的风景已和之前作品的感觉及风景非常不同。

起初觉得是六个月的工作量，最后变成了两年。打一开始，我就明确了一些主题，在书中综述造就了我的世界和文化。另一种写法，也就是把两个世界分开来写，要简单些，但这又与我的实际经历相悖。我觉得在这本书中我已经做到了一种综述。但这让我疲倦。

写完这本书之前好几个月，我觉得要结束在英国的时光。为了消除疲倦，不仅是写作的疲倦，还有身在英国的各种疲倦：作为外国人不时萌生的生疏感，安全感的缺乏，社会、种族和经济上的压力。我想终结离家第一天就产生的性格扭曲，结束这场造就了分裂的旅行（尽管中间穿插着各种往返和其他旅行），那一天泛美航空飞机把我带到生活了多年的岛上空几千英尺的地方，向我展示了那种我从未见过的田野和色彩的格局。

我卖掉了房子。再有几星期就能写完了。住在新搬的房子里，我觉得非常疲劳，一度每天泡两次澡。第一次在早餐后，用来洗去让我夜里头脑安静的安眠药的效力，安眠药让我停止处理文字，解决了我写作期间各式各样的问题，使我不至于为它们汇聚成无从解决的惊人威胁而焦虑。我知道到了白天写作问题就能一个个解决。第二次澡在一天工作结束后。于是早晚各一次，我泡十到十五分钟的温水澡。有天早晨，我觉得自己像具躺在河底或者溪底的尸体，在水流中摆动。我停止了早上泡澡。但是尸体的念头挥之不去，会在每次泡澡时潜回。

书稿终于上交，我能离开英国了。我没有做长期计划。我只能想到前方的自由，不用写书的自由，随心所欲过日子的自由，从一处搬到另一处并告别的自由。我想游荡一段时间，住在宾馆。我也终于打算在美国待一段时间。在此之前，还得写些报道：关于加勒比的圣基茨岛和安圭拉岛，以及英属洪都拉斯的伯利兹，后者是我第一次写中美洲。

我先前往我自己的特立尼达岛。我想看看过去两年我在想象中以一种新方式生活其上的岛，我将其以本来的模样还原到地球上的岛，我如今对它怀有深深的柔情。

我看到了一座充满种族间紧张情绪、濒临革命的岛。于是，就在我对这个地方有了新的理解时，它已经不是我的了。

通过写作——知识和好奇心互相哺育——我形成了新的对我自己和我的世界的想法。但是这个世界没有静止不变。在一九五〇年伦敦的寄宿处，我发现自己处于战后大规模的移民运动之中，整个世界连同旧文化、旧观念都处于动摇之中。我自己的旅行带给我改变，让我去追寻新想法，追寻超乎西班牙港女王皇家学院的聪明学生想象的世界。同样地，很多人，包括那些我觉得已经被我抛在身后的人，都蠢蠢欲动，被驱使着去重新认识自己。

波多黎各那个肌肉发达的特立尼达黑人，穿着扣扣子的紧身夹克，在去哈莱姆区的路上。哥伦比亚号船上的那个黑人措辞小心、举止谨慎，他要返回德国，和美国的生活相比，他更喜欢德国。在这些人中（不情愿地，我是印度人，信仰印度教，内心充满了印度的悲剧和荣耀），我看见了自己、自己的旅行和旅行背后的渴望。一九五〇年，这些人孤立而脆弱，紧张而生疏。

他们那样的人为数不少。他们出远门不是为了自我实现或磨砺。

我重返特立尼达时，黑人之间的那种紧张生疏仿佛是一种流行的溃烂病，让人无法忽视。二十年的写作让我以一种浪漫的视角看待这个地方，当我回到奥里诺科人海口的这座岛上时，像是回到一个不再属于我的地方，我孩童时从没考虑过它是否属于我，而那时它是我的。

那种浪漫情怀现在是一种私人财富。小岛对别人有别的意义。回应对世界的理解或对过去的想法，有不同的方法，自我肯定的方式也有很多。波多黎各飞机棚里的黑人和哥伦比亚号船上的黑人端着姿态，他们想活在旧秩序中，他们希望得到与他人一样的待遇。二十年后，特立尼达的黑人追随美国同胞的脚步，主张独立。他们以简化的感伤的方式看待过去。他们不像我那样为了其中的浪漫而去占有过去。他们换了发式。过去，头发是他们尴尬和耻辱的来源，像奴隶的烙印，如今头发成了他们好斗的标志。为了保留我的浪漫想法，我需要有选择地看待——就像早先在特立尼达时那样，不过现在用一种新的方式。

（在伦敦也有这样的必要。在我刚写完的历史中，有一部分涉及了岛上第一任英国总督的一桩事，他被指控非法下令折磨一个未成年黑白混血女孩。一八〇三年，案件的所有证人被带到伦敦，此后待了好几年，开销都是政府出的。有个人被安排住在苏荷区的杰拉德街。门牌号被披露出来，房子依旧在。但是我写那本书的时候，杰拉德街上满是中国香港人，他们的餐馆、食品店和扔在人行道上的包装盒。我能在那儿看到过去吗？我能，我就站在平地上抬头看唐人街，二十世纪帝国影响力的余波。在它上面，在平坦的表象外，我能看见十八世纪末的残余，能想象出房间的样子。我对伦敦建筑的了解已不再局限于对狄更斯小说中描写的建筑的想象。)

如今在特立尼达岛——撇去人和疯狂的愤怒不谈——为了看出过去两年里脑海中想象的风景，为了寻找哥伦布到达之前原生态的岛屿，我需要无视几乎一切跃入眼帘的事物，无视我们的旅游海报上美景的一部分——椰子树、甘蔗、竹子、芒果、九重葛和一品红，我一向以为它们是本地的热带植物，因为我就是被这么教的，但它们实则都是后来的移民和种植园引进的。过去的地形只存在于碎片之中。西班牙港城外干涸的红树林湿地就是这样的碎片——肥厚的绿叶、黑色的根须、黑色的烂泥。同时也要无视丢满垃圾的高速公路、弯曲而磨损的中央铁轨、燃烧的垃圾堆，以及公路那边灰尘飞扬的棚屋和北面山岭上的棚屋。在拉文泰尔山顶，在棚屋之间，往下看是永远不是蓝色而是沉闷灰色的帕里亚湾，如果我有选择地看帕里亚湾和海湾中的小岛，我能想象自己身处创世之初。

我让自己看到的风景是私人的，这浪漫情怀也是私人的。我对历史的看法与年轻黑人的看法不同，他们在街头示威，威胁要发动又一场错误的革命。在我的书的结尾，故事并没有结束，仍在继续。我认为，两百年来，另一个海地在准备着：希望摧毁一个腐朽痛苦的世界，抛弃它，而不是改造它。在写完这本书之后，在两年的兴奋之后，我从两方面看到这种愤怒。从黑人这边，留那种发型的人这边；也从印度社区这边，主要受到威胁的人这边，他们不是黑人也不是白人。

两周后，我去圣基茨和安圭拉岛，继续写作。圣基茨很小，只有三千人。这里没有印度人，因此对我来说没有私人纠葛。我对这里的黑人而言只是个陌生人，一个一头直发、不是黑皮肤的人。判断就是可以这么简单。排除了私人情感，再加上这座岛的规模很小，地理简单，让它的过去显得尤为生动。

圣基茨是加勒比地区最早的英国殖民地，是西班牙人撤离后英国接手的一块地区。它的轮廓除了尾部之外是圆形的。中央有一座山，山顶是一片丛林，山坡上挤挤挨挨地种着甘蔗，一直延伸到海边。小岛边缘是狭窄的沥青路，路边有工人住的小房子，他们是奴隶的后代。糖业和奴隶制造就了这份简单，造就了植被和风光的不自然。

离滨海路不远有条浅浅的、现已干涸的小溪，溪中有大圆石。这些圆石上刻着粗略的人形，出自印第安原住民之手：在久远的过去，这是让奴隶胆寒的警示。现在圣基茨没有原住民了，三百年前他们被英国人和法国人赶尽杀绝。这些圆石上粗略的雕刻是他们留下的唯一纪念。英国教堂墓地是可以接近的过去——背景是热带环境。这里没有紫杉，有的是名叫皇室棕榈的棕榈树，挺拔粗壮的灰色树干，带着隆起的颗粒，像是愈合的伤口，隆起处都长过叶子。（在殖民地环境中，英国教堂墓地和英国本地的墓地令人产生的联想是多么不同！）过去的时光也能从十八世纪的小镇的帕尔马尔街主广场上看到一二。从非洲新贩来的奴隶在奴隶收容所休息之后，被安排在这里出售。在圣基茨，一百五十年的过往一直处在休眠之中。现在，在模仿特立尼达、美国等地之后，回忆复苏了。这时回忆不再显得耻辱，而是成为政治上的激励，成为感伤而愤怒的种族辞令。

安圭拉岛比圣基茨还要小，植被少，生产力更低。这个有三百年奴隶史的地方有着另外一面：这里的人不是纯粹的黑人。他们有自己的过去，他们和圣基茨人的过去分离。安圭拉岛有大约六千人，主要是一些有着英国名字的混血宗族。他们对自己的历史一无所知，不知道自己是如何来到加勒比海这个平坦而荒芜的地方的，离大陆如此远，甚至离其他岛屿也很远。有人说是船只失事的缘故。

我在自己写这本书的魔力中看到这一切，远在英国时从档案中发现了这段过去，感觉我几乎是在创造这段历史，正如我创作小说一般。在同样的魔力的召唤下，我后来又去了趟伯利兹。我要先去牙买加，那儿每周有一趟航班去伯利兹。

我在危地马拉城停留。飞机降落在参差不齐的灰色火山口后面。那儿就像是巨大的蚁丘或是童话中奢华的塔，地平面上房子一簇一簇的。在黑暗的机场建筑里，我看到柜台后面一群矮小结实的女孩的脸，看到玻璃柜里新鲜的蔬菜或者新鲜的辣椒调味菜。我记得这绝对是我第一次到中美洲，第一次踏上柯帝斯[①]和他的后继者们摧毁的土地。女孩们是中国人的长相，但不是中国人。那种恍惚的熟悉感让她们显得奇怪而陌生。那些玻璃柜中的辣椒调味菜有着与之相称的奇怪。食物区分了文化甚至历史时代。（古罗马的食物该是什么样的？）我记得在某处读到过蒙特苏马宫廷，他们喝罐装巧克力是冷着喝的，不加糖而加香料。

看到奇怪的食物，看到柜台后奇怪的长着中国人的脸却不是中国人的女孩，写着西班牙语却不是西班牙菜的菜单，外面童话式的火山尖顶，在新鲜空气中长得大得不自然的蔬菜和花朵。我感到了新世界的奇迹和西班牙侵略的悲剧和悲情。

飞到伯利兹路程不远——伯利兹，英属洪都拉斯，英国入侵西

①殖民时代活跃在中南美洲的西班牙殖民者。

班牙帝国的海岸，英国的红木殖民地，危地马拉对伯利兹宣称主权的起源（我文章的主题），伦敦拍卖行绝大部分乔治王时代家具的原料产地（但是现在伯利兹没有红木了；它们被砍光了）。海岸边住着砍红木的黑人奴隶的后代。内陆有玛雅人和宏伟的玛雅遗迹。在一处遗迹的阴影处，我试着和一个玛雅男孩谈论这处古迹，他咯咯地笑（不管他个人有何情绪）。他笑着捂上了嘴，一副不好意思的样子，像一个在为很久以前的荒谬行径请求原谅的人；红木殖民地没有英国的殖民建筑，所有的遗迹都是玛雅人的。北边，靠近墨西哥边境，有一整座玛雅古镇还未被挖掘。它在西班牙人到来前就已经废弃了几个世纪，如今被森林覆盖，台阶陡峭的高耸的庙宇都成了绿色的山丘。

从伦敦到特立尼达岛，到圣基茨和安圭拉岛，再到危地马拉和伯利兹：一个想回到过去的人特意安排的旅行，好看清他的历史的具体模样。于是在写完书很多周后，我一直浸淫在它的光环和得意之中——证实了我梦中的和从档案中创造的世界。

我给自己一个过去，以及一种过去的浪漫。我脑海中未了结的部分消失了，小裂口填平了。虽然海地的混乱状况似乎要威胁我的小岛，虽然我从身体上不再归属于此地，然而如与我在别的小说作品中虚构的世界那样，我仍旧通过这种浪漫，将这个地方同外面的世界联系起来。

美国的出版商或代理商那儿还是没有任何消息。我必须进行下一步了。我坚持原有计划：去美国旅行一阵子，花销就从这本书我预期会得到的预付款中支取。

我从牙买加出发。这是二月。北方天气恶劣。飞机在飞过牙买加之后，又一次在蒙特哥海湾降落。我们在那里待了好几个小时。

宾馆一个自以为是的黑人侍者端上午餐，他习惯了服侍游客和讨厌他们。（十二年前，也是游客的我在焦虑和几乎悲痛的时候，在岛的另一端乘一艘香蕉船从安东尼奥港去英国。）傍晚我们再次出发，飞机起飞，然后驶入夜色，跟着夜晚西飞。我们飞了好几个小时，直到燃油耗尽，在巴尔的摩降落加油。乘客不被允许下机，因为巴尔的摩不是正式停靠站。我们再次起飞，继续航行。我们仿佛被劫持了，像十九年前那班泛美航空小飞机一样缓慢行进（我每小时都在廉价的本子上记录下素材）。现在我们在空中盘旋，因为降雪无法降落。于是我们飞到可以降落为止。凌晨才终于落地。

没有硬币，没听过由美国电话制造的不同的声音。在寒冷中降落后，当天或是第二天，我又得知委托我写书的出版商认为我的书不适合出版，这个决定是几周前定的，当时我正被自己眼中的浪漫情怀（这是我长达二十年的职业写作的成果）鼓舞，做记者式的旅行。

从一九五〇年在纽约过了一夜以来，我在这儿还有两次短暂的停留。但我后来看到的这座城市和第一次所见很不同，这座雷姆、《马里尤斯》和《南风》的城市，天空灰蒙蒙的像是罩着穹幕。到了现在——这段时间的焦虑一如我初到时的焦虑——我才想起去寻找这座城市。现在我才开始承认出租车司机的讹诈让我受辱，我无法给宾馆的黑人小费让我受辱。

我记得那家宾馆的名字：惠灵顿。我记得那里的信纸，我到达的那晚为了营造戏剧效果在上面写过日记。纸上有斜体的宾馆名字的拼写，旁边是宾馆大楼的画。这家宾馆还在吗？我的朋友罗伯特·希尔维斯说："这是音乐家下榻的宾馆。"希尔维斯在他办的报纸《纽约书评》上发表过我写圣基茨和安圭拉岛的文章。

然而有一天，我居然碰见了这家宾馆，在繁忙的街道上正常营业中的宾馆。这里若是一个考古遗址，才符合我脑海中对它的构想。虽然信纸上的宾馆是摩天大楼，但在人行道上的这家宾馆却如此不起眼。我记不起门和大堂之类的东西：这个宾馆存在于我的想象中，跟我童年记忆中的那些事物不同。我记得抵达时是清晨，周围一片黑暗，我又累又紧张。黑暗中获取的更多是知觉而非画面：对着废纸篓吃鸡，在淋浴间躲滚烫的水。这像是梦而非回忆，却契合这场合，对我来说，那天的空间与时间合而为一。那天结束时，空间和时间把我和过去分离；那天开始的作家的旅程到现在也没有结束。

我原本打算在美国花那本书的预付款。我没有得到预付款，却坚持按计划行事，于是就花自己的存款。这像是看自己流血。最终我往西边去，到了英属哥伦比亚的维多利亚，在一座崭新的带家具的出租公寓里我又开始伏案工作。这就是作家的生活：无论心情如何，总是得振作起来重新开始。

我开始写一系列关于自由和失去的文章。这个想法是三年前在东非时产生的。在肯尼亚内罗毕和乌干达坎帕拉一整天车程的下午，灵感突然到来。我很习惯在非洲的那一片地方开长途车，这是个顽皮而滑稽的念头，与长途驾驶的路边风光及高涨的情绪相映成趣。眼下这个想法是我作为作家拥有的所有资本。它附着了我写的那本历史书的情绪，附着了我的失望以及我施加给自己的漂泊。我仿佛成了我笔下的一个人物，就像以前经常发生的那样。

几周后，最初的冲动消失，我无法写下去了。我对自己所做的事丧失信心。在维多利亚，写作时日子过得很快，现在竟觉得漫长起来。接着我面临一个简单的事实：依靠英语写作过活的人没有美国读者，我只能回到英国。我本渴望摆脱英国的沉闷，但没有如愿，我在一九五〇年离开小岛——意味着无家可归、漂泊和憧憬——就是结局。

从维多利亚到温哥华。个头很高的空乘人员穿着很短的裙子：可怕的轻佻。多伦多；伦敦。飞机引擎嗡嗡作响，一个小时又一个小时，上演着我不情愿的回归。二十年间我不断模仿第一次旅程。若是二十年前，我还能觉得自己是个作家，一个崭露头角的有才华的人，出了书，我会觉得自己幸运。我仍然觉得这是幸运。但是——正如爱与痛苦相伴相随——和幸运一同到来的失望让我感受到了可怕的孤独。

我在伦敦没有房子，租了一间海豚广场的公寓。它稳定地消耗着我的存款，每周都是那么多。账单是一个女人的笔迹：圆而简单，字的下部线条是一种规律化的扇形图案，暗示她是个平和的女人，肉体的欲望得到了满足，没有焦虑。我羡慕她的平静、没有野心。我去办公室付账时想看看是哪个女人。她就在这些从我身边走过的薪水奴隶、在这些女性雇员当中，也许并不知道写下我凶猛而虚弱的开销是多么幸运。

夏天过去了。十九年来，我头一次在英国觉得冷，觉得穿得不够多。此前我在夏天和冬天穿一样的衣服，不觉得需要穿套头衫或者保暖衣，甚至不穿外套。我一直期待严寒的天气、短暂的日光和下午的灯光。现在却需要添衣服，且越来越觉得冷，我感到了冬天真的是冬天，充满黑暗。

某天，我的窗下来了几个工人。他们开始聊天。听着就像是一出戏剧：不同的声音，小心的对话，任务，句子，想法，炫耀，装腔作势，风格。我在英国从没听到工人彼此间这么说话，在室外长时间地这么大声说话。像是在一个未知的国度偷听，我心生害怕。我知道英国的另一面：牛津，广播中的人，作家。我在这个国家生活了这么久，从没和这类人有过交往，也没在书上读到过或在电影里见过。

我最后在格洛斯特镇上一座私宅落了脚。这是潮湿的一天。火车站湿冷，想必离塞文河很近。格洛斯特远离它宏伟的大教堂，是一座平庸的小镇。我并不想选择这样的地方，但它提供了房子、庇护所和款待。

房子在小镇边缘：简陋的房子建在简陋的田间。截去枝梢的柳树，窄而脏的小溪里漂着工业垃圾，柳树和小溪像是城市贫民窟的特色。这不是我会选的房子。但这是一个人的家，装饰得像个家，有家的气氛。它欢迎我。

第一天午饭时，房子还生了煤火。法式窗户对着长而窄的花园——为了过冬小心地修剪和翻过土。远处是铁路货运编组站的声响——在这个距离听来不知怎的还挺舒服。这座房子的一切都友善而美好。我在这淡泊的环境下觉得受到了保护，孑然一身，远离我所知的种种会带来伤害的事物。多个星期以来，我第一次感到自在。

那个下午，在房子的前屋（里面家具虽旧但打理得很精心），我几周来第一次寻找在维多利亚时开始写的书稿，关于自由和失去的系列。现在再看，我感觉自己写得还不赖，我甚至看出一个句子已经鲜活起来——我专注于词语营造出的情绪之中，句子就这样流淌出来。我在维多利亚时不曾抓住这种关键的创作时刻，也许是因为我对如何往下写感到焦虑，也许这焦虑源自我担心维多利亚之后我要去哪里。

如今，意识到那个好句子的有效性，我沉浸在文字创造的图像与联想之中。我再次振作，沉浸到当初在非洲时的情绪中，那个句子也是在这样的情绪中写下的。我听到——或是创造——故事不同阶段的对话片段，这个故事充满对话。我简单地作了记录。直到我从情绪或专注中走出来，我才意识到自己追溯的回忆有多遥远。

作家的才华初露头角时，我培养（或是发觉）了集中注意力的能力，能在干扰之中创作。这种能力（需要一两个小时，短时间内无法奏效）甚至能快速使我抽离或躲避严重的焦虑，就像引擎负荷过重停止工作，我把世界推到一边，进入写作状态仿若走进一座带围墙的花园（这是经常出现在我脑海的画面）。写作让我坚强，它平息了焦虑。现在写作又让我重整旗鼓。我的书回到我手中。我开始缓慢地写作，日复一日。

我在冬天回过头来写夏天动笔的那本书。若是没有那本书和每天的创作，我真不知道要如何度过那段艰难的日子。我的一切都始于写作。写作将我带到英国，又把我送出英国；给了我浪漫情怀；使我几乎在失望中崩溃。如今又是写作和这本书，每天给我滋味和希望，让我度过一个又一个夜晚。

我本打算在格洛斯特待上一周左右，最终住了三个月，不说别的，此地的魅力让我恋恋不舍。

离开格洛斯特前往威尔特郡，我的书按我最初的构想还剩几个星期的工作量。头四天阴雨绵绵，雾蒙蒙的，我几乎看不清身在何方。这是从格洛斯特的住所过渡的好办法，那栋房子对我以及关于非洲的创作都是友好的。对这本书也有好处，因为书仍在容易动摇的第一稿。当一本书处于这种状态时，周围的事物都可能被写入书中，情感也可能融入叙述中；一旦成文，就很难再删去。所以在构思阶段我尽量避免被打扰。威尔特郡山谷的雾正合我意。

在我的想象中，故事的那个阶段我生活在一个虚构的非洲：那里的地形出奇美丽，（出于我的需要）多雨的卢旺达高原和乌干达西部基盖济被开辟成梯田的潮湿山丘交相辉映。

在特立尼达的孩童时期，我把在书里读到的一切映射到特立尼达、特立尼达乡间和西班牙港街头。我甚至把狄更斯和伦敦融入了西班牙港的街道。那么人物是英国人和白人？抑或他们变身成了我认识的人？这样的问题有点像问梦是彩色还是黑白的。但是我觉得我是把狄更斯笔下的人物安到了我认识的人身上。不消细想，我知道狄更斯的人物都是英国人，然而我脑海中的人物是多种族的。那种把所读的内容映射到特立尼达岛和热带多种族殖民地这个我唯一知晓的世界中的能力，随着我年纪的增长而削弱。这多少是我个人知识面扩大、自我意识增强的结果，也是我自己捉襟见肘的想象力导致的。作家们也有一定关系。很少有人像狄更斯那样洞察儿童的心理。那种幻想的天赋随着我一九五〇年来到英国即刻失去了效力。当我被现实包围，英国文学失去了普遍性，不再是幻想的主题。

如今在威尔特郡的冬天，我作为写作者而非读者，以另一种方式演绎儿童的幻想。我把我的非洲的孤独、空虚和危险投射在周遭这片土地上。四天后雾霭散去，我出门散步，我笔下的非洲与眼前的土地在某种程度上连接起来。

我在山毛榉和未修剪的老紫杉间散步，周围是浓密的绿；我沿着公路经过燧石砖块和茅草堆起的小屋（不过还看不清），走上防风林边的山丘，走到山顶的谷仓。我从防风林间看到巨石阵：地面很开阔，突起的坟头星罗棋布。我走下山，来到山脚的农场建筑。我问一个男人去巨石阵的路，他说经过农场建筑，然后右转，沿着宽阔的土路一直走。农场边路面泥泞，有拖拉机的辙印。水和水潭映出灰色的天空。土路上的草沿着坡地伸展到坟间，巨石阵近了，草丛高而湿润，缠绕在一起。

又有一天，我沿着公路的另一个方向散步，那是去索尔兹伯里的方向。我走到一段危险的小径上。满是泥泞，泥很深，两三百码后我掉头了。（四年前在乌干达的基盖济，一个下雨的午后，我下车来到一个有一座座小山丘和茅草屋的烟雾蒙蒙的村落，希望置身于那迷人的景色之中，却发现自己陷入了动物的排泄物中，非洲人的凝视和不断接近让我困扰。他们不时问我为何进入他们的地盘，我只好转身，回到车里，继续上路。）

打这之后我没有在公路上做太多的探索。我不再涉足危险的小径。我继续在丘陵上漫步，周围是长满草的车道和谷底农场周围的小道。我就在那创作和散步的节奏中轻松地前行。非洲出现在早晨的写作中，威尔特郡出现在午餐后的一个半小时里。我把非洲嫁接到威尔特郡。威尔特郡——我走入的威尔特郡——开始将非洲显露或者说返还给我。于是，人和作家合为一体，这个轮回变得完整。

我想象中的非洲不光有作为素材的国家——肯尼亚、乌干达、刚果和卢旺达；它也是特立尼达岛，我带着浪漫情怀回到那儿，看到黑人留着恐吓性的发式。它现在也成了威尔特郡。它也是我的痛苦和疲惫所创造的土地，是在头脑爆炸的梦中显现的土地。一年多前，在那本写新世界的书的结尾，我幻想自己是一具尸体，在河底的芦苇中摇动（那像是前拉斐尔派画作《溺死的奥菲利亚》中的河，再现特立尼达岛小学所用的《尼尔逊西印度读本》中的插图。这会儿那条河好似威尔特郡我屋后的河)。如今每晚某个时间，我的头脑在一晃即逝的梦中开始爆炸，让我相信这次我必死无疑，这回我无法再从这惊醒我的持续巨响中幸存。

在我安全的小石屋中，在每晚有炉火取暖的小石屋中，我幻想着非洲如此暴力！我幻想的非洲加入了太多东西。作为休整和释放，我让自己稍微发挥古地中海的幻想，向基里科的画作《抵达之谜》寻求帮助。

空旷的码头；古老轮船的桅杆；走道；两个穿着斗篷的人走向邪恶的使人恍惚的城市。

> 他们航行两天靠近了海岸。第三天，船长唤醒乘客，指向海岸的城市。“那里，你们到了。你们的旅程结束了。”但是这个乘客看着晨雾中的城市，看着浮在海面的其貌不扬的城市废墟，觉得这城市名不副实——腐烂的水果，新鲜的树枝，碎木块和浮木——他恐惧地抽搐起来。他一口口抿着船长给的苦蜜酒；他假装把东西收到一起；但是他不想下船。

但是他必须上岸。探险在那仿佛裁剪出的阳光照射的城市内。那座城市从船上看来如此古典；城里却如此奇怪，它的神明和崇拜如此奇异。我的主人公会成为一个奔跑的人，迫不及待地逃向空气更清新的地方。他在绝望中走过一个门廊，发现自己又到了码头。但是堤岸上没有桅杆。没有轮船。他的旅程——他人生的旅程——就这样完结了。

这原本是个愉快的幻想，没料到它竟真的发生了，还是我自己的经历。

我并不知道我身处其中的环境其实是温和的，我是第一次体验有如此特性的风景。我将在这里痊愈，并将在这里获得如第二次生命般的东西。最初四天的雾——我到丘陵上散步之前——像是重生。在英国生活二十年之后，我终于在这里了解了四季，（类似小时候在特立尼达岛）我将通过大自然中的一些事物比如树上的叶子与花、河水的清澈去认识月份。我发现自己以最不可能的方式，在有了些年纪的时候，在异国，和周边的环境协调一致，而我在特立尼达岛或是印度（它们是不同痛苦的源头）时都不曾有这种体验。我写作中将要达成的一切和解与坦诚，与我身处环境的平和相伴相随；我的心灵和脑海都得到了净化；后来的十年间，我都将这片与我的故土相距如此遥远的风景，这片低矮、有石丘起伏的风景，当作我全身心投入写作时的背景。

这个走过杰克的农舍的人仿佛是初见周围的一切。他自然地想起各种文学象征，但也开始用眼睛观察。很明显，二十年前他无法这样看；看见之后，他也许无法找到描述的话语或者调子。他花了很长时间才学会简单直接；他有必要经历很多。

很长一段时间，寻找总是我的素材、我的世界、我发展的观察方式的结合，后来我想到写现在的这本书，回到过去的生活状态。在写第一章节的时候，我记起了初到伦敦的第一周，当时我住在安吉拉的那栋楼里。我作家的抱负、社交的经验不足和焦虑，沉重地压迫那段空虚的时间，抹去了我那么多的记忆。

我曾出门观光，像个游客那样。某天，在伦敦市中心某处，也许在堤岸边，我看见一个从哥伦比亚号轮船上下来的人坐在一座雕塑下的长凳上，像是雕塑的一部分。他小个头，穿着深色西装，那是在八月份（月份和天气是后来被作家缝合在一起的），想起来觉得热。他很疲倦。他也许在观光，也许和我一样不知道自己在做什么：旅行是想起来非常快乐的事，更多是为了日后的讲述。

我觉得哥伦比亚号上的这个人是个管家。这也许是他在船上时告诉我的，也许是我凭空想象的，因为我觉得他的样子像某部电影中的管家。他对我有点冷淡。就像轮船上狂欢夜的守夜人对着跳舞舱外的人宣讲人类行为的离奇。他说在轮船上待三天以后，人人都背信弃义；上了岸人们又变回自己，忘记了船上的韵事，甚至也忘了相熟的人。

这个管家要去法国，在那里待一周——无疑是在巴黎观光——接着另一艘船会带他从勒阿弗尔或者瑟堡回到纽约，然后游荡的假期生活结束。他会回家，远离宾馆、每日的车旅奔波、疲倦和奇怪的食物。我渴望和他一起去。不是想和他做伴或聊天，或去他的房子。我想成为那一刻的他，一个在路途上的人。我这样渴望着，虽然才到，却想离开。然而我不想回家，我知道那里一无所有。我只是想在那天试图和冷淡的管家聊天，想在伦敦的陌生中表现得和他认识。那天我就想觉得英国对我来说也是暂时的居留地。

二十年后我初到山谷，就像故事中的那个人，我想留在船上。

*

我搬到山谷十多年后，在这里，在庄园小屋和第二次生命的最后一段时间里，我在英国第一周的记忆被强烈地唤醒。我收到一封来自安吉拉的信。

我大概有三十年没有听闻她的消息了。连她的名字都不太记得了；这是我要回想早年那段日子时需要摸索的事情。安吉拉的这封信有很多页，是花了很多天写的，字迹透露出不同的情绪。

浑圆流畅细巧的字迹，忽而立起，忽而向右斜。线条忽直忽曲；忽而工整忽而上下跑，但有一点是一致的：这是女性化的英国人的字迹，浑圆而流畅，圆的笔画偶尔压平压扁呈蛋形，流露出消极的情欲。笔迹中的英国风格让我惊奇。仿佛安吉拉仅仅因为在英国生活就学会了这种字体。信封上的邮戳来自白金汉郡的一座小镇：中产阶级的市郊。

信的结尾安吉拉的落款是英国姓氏（写在括号里）。我忘记了她不常用的意大利姓氏；但是这个英国姓氏显得奇怪，和我所认识的那个人格格不入。虽然我们见面第一天，她便告诉了我这个英国姓氏。她叫我维克多，说我的印度名或是梵文名太难记，她不想用。三十年后她记着这个名字。亲爱的维克多。我很诧异。也许没有人（除了文娱世界里的著名演员、舞蹈家、运动员等外貌受人爱慕的人）会忘记仰慕自己的人，而且这对女人也许更适用，她们随着年龄增长必须一次次清点爱人和奇遇。

亲爱的维克多。这对我也起了效用：通过穿插其间的情欲，我被调动的全身，安吉拉的名字让我想起初到伦敦的迷惑和暧昧，安吉拉的侍者服和红唇；它甚至唤醒了她皮毛大衣的触感（据她所言是她某晚从暴力的情人那里逃出来时抓过来的）；它唤起了她乳房的触感，那是其他人——她的朋友，流亡的欧洲人和北非人——在

场时，她给予我的自由。它唤醒了——我几乎忘记了，因为后来我有不少真正的写作——我那些日子无知地试图把安吉拉变成素材的尝试。我经常写起她，她的乳房，她的皮毛大衣；我经常介绍自己，经常美化或者努力美化每个人的境况！

她写到她从广播里听到我的名字；她听到了很多次，甚至在电视上看见我，但是直到现在才想起打扰我。她再次介绍了自己。她再次讲述了我曾写过的她的过去。她说自己“管理”我在去牛津前住过的“肯辛顿”的“宾馆”，没有提到伯爵府所在的那条街上的意大利餐馆。“我觉得你不知道，我在意大利有个女儿，由我姐姐替我照顾着，直到我能接女儿过来一起生活。维克多，这个女儿现在已经三十五岁了，她有个可爱的小女儿，英语说得让人不相信她是意大利人。”这是信第一段的结尾，笔迹是一致的，快速、坚定，只在最后有些动摇。

之后一行行字开始倾斜，字母倾斜得更厉害，字与字的空隙变得不规律：写下信的上一段后，过了很长时间，也许过了好多天。“我曾和一个你一点都不喜欢的人一起出门。实话讲，维克多，我没那么喜欢他。但是战争改变了很多事，你和奇怪的人相处。你厌恶牧师，不喜欢他们说的话，你知道年轻就是无知。”

“出门”——了不起的措辞。我之前没听过谁用这个词。和安吉拉交往的是个暴力罪犯，我认识她的时候也许他在牢里，如此老派、含蓄的词用在这样的人身上。他们在战时的意大利相遇。她很高兴追随他，从战后混乱的意大利到和平有序的伦敦——虽然她和我一样对伦敦知之甚少。

“你去牛津后情况变得糟糕。他不来宾馆了，我像那些时候报纸里写的憔悴的妻子，只是我不是人妻。然后他好几次来宾馆捣乱，我以为自己要被解雇了。但是某天有个人出现在宾馆。一个穿着粗花呢外套的高个子。他第二次和我说话时注视着我，我觉得他一定是上帝派来的维克多，你知道我不是很虔诚但我必须说，我看见了上帝之手。我去了天主教堂，点了一支蜡烛，这是我还是孩子的时候做过的事。但你那个好朋友得知之后匆忙来到宾馆，准备大战一场。我不知道他想怎么样。但是一看到要对付的人他开始发疯了，真是可怜。他像是要哭出来，真是丢人。风度就是风度，那时候我知道英国绅士是打不败的，维克多。你只有认识英国绅士之后才能说你了解英国。我们的好朋友夹着尾巴走了，但换了个把戏，开始打电话咒骂，不断骂穿粗花呢外套的人。"

这个穿粗花呢外套的人娶了安吉拉——虽然她也不了解他的背景，不知道他会带她过什么样的生活，正如她上一回追随那个男人来到英国那样。她把女儿从意大利接了过来；他们都住在白金汉郡直到她丈夫去世。在安吉拉的信中，那些欢快的岁月转瞬即逝；那个给她快乐岁月的男人几乎没有被提起。

信中多半讲的是她丈夫去世后的事情，主要是她女儿。这个女儿小时候被安吉拉丢在了意大利——理由是充足的——她随着暴烈的情人来到伦敦。女儿被带到安吉拉白金汉郡的家中，在当地的学校上学。但是女儿长大了，突然成了安吉拉的敌人。依安吉拉的说法，女儿的几个男朋友都不好，成家的丈夫非常恶劣，甚至进过监狱。女儿和女婿折磨安吉拉，在她丈夫死后尤甚。他们让孩子们和安吉拉对立；他们不许安吉拉去他们家。

这是安吉拉来信的要旨。这是她坐下来写信的原因，而不是为了追忆过往。这封以不同的心情断断续续写下的信，不同的字迹无疑是从丈夫和在当地上学的女儿那里学来的。这封信有些部分很难懂，像我有时从深陷在某种情绪中的人那里收到的信：信是寄给我了，但不是写给我的。我无法把内容串联起来。我一段段跳着读。

“但是维克多，我知道这个小姑娘会长大，学会用电话，尽管她妈妈觉得这不会发生。这个小姑娘会想打电话给爱她的外婆。维克多，你有我的地址和电话号码。我没有你的，请你打电话给我，让我们见面聊聊过去的好时光。”

我在小屋里看这封信，觉得周围环境非常尖锐，让我感到陌生，感到我的出现和它们不相关。在花园墙之后，湿草甸开始的地方，是魁梧的白杨树，它们构成一把巨大的扇子；我看着它们成长。某年冬天，我目睹了其中的两棵在狂风中折断两次，留下参差不齐的裸露的树桩。树桩周围渐渐长出强健的新枝。我训练自己不为这种事情难过；我已经训练自己去相信不变的是改变。在小屋另一侧，一边是湿草甸，后面是迅速生长的野梧桐和未修剪的高高的灌木丛，另一边是老山毛榉和紫杉树，掩映着一条黑暗的小路。我从来没有把这记录下来，但当我第一次在伯爵府见到安吉拉和她的朋友们，我感受到了一个涌动的世界，一个不安的世界。仿佛我们两人都继续在各自的老路上旅行；我们都做着环状的旅行，不时地回到我们的起点。

我没有去见她，没有给她打电话。去她住的地方非常费劲。她的烦闷不安也许一向就有，也许是当年热情年轻的我没有发现，只愿意看见她嘴唇的形状和色彩。她的不安无疑是可怕的战争和在伦敦的日子造成的，她理解不了这些，对我来说太令人不安。我保持自己的平衡就已经很费力了。

我也沉浸在一本书的写作中。我的构思是二十世纪末，新一代年轻人远走他乡，变得躁动迷茫，不是因为旅行，而是因为他们旧时的坚定被解构，他们在一种简单的天启教压制思想的实践中寻找虚假的安慰。安吉拉把我带回过去。无论从理性还是想象上我都没有生活在那里，不再生活在那里。我不再写安吉拉后过了很长一段时间，我的世界和主题出现了。

她的信很快淹没在我小屋的纸堆里。几个月后，要把它翻出来几乎不可能。她再也没有写信来。

常春藤

我从没和我的房东说过话。作为他多年的房客，我见过他，或者说仅仅瞥见过他一次。（也可以算两次，不过另外一次更加短暂，是从远处看到他的背影。）那是在一个下午，我走在公路上，就快到家时，意外地瞥见了他，但只是扫视，因而我不知道房东长什么样。

那天散步我没有爬上云雀山，没有到坟堆那儿眺望巨石阵的近景。我走了另一条路，短一点也平坦一点。我就沿着山脚下农家庭院旁宽而直的车道走，这条道被铁丝网栅栏一分为二已经有一阵子了。

就是在这条路上，我曾经看见周日下午杰克开着车从酒馆喝完酒回家来，他的旧车上下颠簸着在草丛里开出一条路，仿佛汽艇破浪而行。也是在这条路上，他去世前的那个圣诞节假期的周六，他开车出去，和朋友们度过最后一个晚上，再开车回来。

铁丝网栅栏上仍挂着一两片塑料，是杰克的岳父开车经过时车轮甩上去的。沿着路往下，时不时出现一些遗弃物，杰克也许知道它们的来历。路的一边是废弃的空荡荡的灰色蜂箱，在草丛中弯弯曲曲排成两排；另一边，在灌木和白桦的树荫下有一辆废弃的吉卜赛大篷车，弧形的车顶、斑驳的色彩，看上去还能用。这一侧往下，经过栽种不久的灌木丛，是堆成小屋似的旧草垛，蒙着黑色塑料布，塑料布有年头了，边缘都磨损了，失去了光泽和窸窸窣窣的响声，薄得像枯萎的玫瑰花瓣或老年人的皮肤。再往后是神秘的房屋废墟，只立着些断壁残垣，旁边一溜高大的梧桐树，仿佛清晰地划出分界线，梧桐间的距离是一致的，现在也像是这地方神秘的一部分。梧桐种下后几年内，树苗的间隔看不太出。如今坚实的树干上一丛丛的树叶相遇，投下坚实冰冷的阴影，甚至在最炎热的夏季，草都无法生长；土地虽然坚硬，但在那片废墟周围总是潮湿黑暗的，像是被羊踩踏过。

笔直的车道在一个陡坡那儿结束，斜坡表面有一道道石坝和凹陷，说明旧时这儿是农业或者防御工事所在。过了这个坡，路就变得弯曲了。坡不高，但挡住了后面的风景，把视线引向天空。现在那个有条痕的、时间久远的山丘上什么都没有；几乎没有牧草。只有一个水槽，周围没有草，混杂石块的土地被踏成了黑色的烂泥。牛群经常被圈在那里（在坡上映衬着天空），它们茫然，健康，肚皮鼓鼓的，不论哪个人靠近都会有反应。它们只等着货车来载它们驶过蜿蜒的山路，把它们带到镇上的屠宰场。

路的另一边有一大片耕地，地势也慢慢变高，延伸向树林。耕种燧石土地是近年才开始的（燧石有时大而重）。我听说那是在战时，人们发现这样的土地只需要浅耕，而不是深耕（当然施肥也是）。树林养着用来打猎的野鸡，它们在整个山谷里漫步。林中有条泥泞的小径，树木遮天蔽日的，后来我知道那叫黑刺李，我到山谷的第一周就在这儿散步，遇到了杰克的岳父。

车道上有深深的车辙，车辙间隆起的地方已经长满了草，车辙狭窄、光秃秃的，只散布着小石块。在上面走很困难，容易扭伤脚踝。

我来山谷的头一两年对野兔有股子新鲜劲，每次散步都要寻找它们。某天在这条路上，我看见一具残败的野兔骨架，灰蒙蒙的，腐烂了一半。这个地区以野兔著称；上世纪一位旅行家威廉·柯贝特曾在不远处的田间看到很多兔子。这里还有射猎野兔的活动。这某种程度上是封建时期的习俗，雇来的助猎者把兔子从丘陵赶到射手面前，射手躲在车道上的稻草垛后。这是地产主、劳工和小镇人团结一致的时刻，就像古时人们为了生存合力狩猎一样。那只野兔也许是被射杀的，也许是受了伤被狗叼到了车道上。死掉的野兔变得无用，很快成了腐肉。它也许被一个农场工人或是过路人好奇地翻过身，踢开或者踢到深沟中，最后变干、分解。

多么有力的后腿！在死亡中折拢。这副骨架让我想起十多年前在特立尼达岛西南和委内瑞拉的狭窄通道间，有一个布满岩石的高耸的小岛。这是鹈鹕和军舰鸟的栖息地，鹈鹕占大多数，它们在这里生活、死亡。小岛中央的凹陷处堆满了富有弹性的海鸟粪。岩脊上有整具整具鹈鹕的骨架，它们仿佛知道在庇护所，折起强有力的翅膀准备好了死亡。岛上的鹈鹕骨架——被西班牙人称作“士兵”，后来被英国人称为“士兵之石”——像是野兔强壮的后腿，外面裹着布满灰尘的皮毛。

车道一边光秃秃的古老斜坡变窄，变得高而陡，于是另一边就有了一块田野或者围场一样的地。那块地上有一口池塘。在高而陡的坡下种了树。这莫名的小池塘，坡的陡峭和高度，散布的树，令这片土地有一种奇怪的古老甚至神圣的感觉。

陡坡脚下那片地上的榆树被一一砍倒——像满谷的榆树那样——只剩地上一英尺高的树桩。那儿还有一两匹马。没有上鞍，背部宽厚，口鼻部轮廓倾斜，让它们看上去像笨重的原始动物，和周围每一样事物一样有象征性：池塘、草场、榆树桩、散布着树的陡坡绿意盎然，每棵树都投下一个完美的影子。仿佛在一幅拙朴的画作中，每个元素都被完美地呈现，分开呈现。在一目了然的景色中透着神秘：这个地方虽一头连着光秃秃的丘陵，一头连着河边茂密的植物和湿草甸，但看似是独立的。

那条车辙遍布的路经过小房子和花园（有一栋是前农场经理的小屋，旁边有英国郊区式的那种多彩的花园），开始出现铺筑的小路，接着很快到了公路，神秘随之消失。这条路沿着河水上方丘陵地开出来的路延伸出去。这是杰克在那个周日的午餐饮酒后，决定不去走的路。有一段陡坡通向河流。右边是堰堤。堰堤之后的湿草甸像是一百五十年前康斯特勃画笔下的风景。

在古代、康斯特勃和近代之后。在杰克的农舍和旧农场建筑的对面看见吉卜赛大篷车时，我首先隐约想起的是奥古斯都·约翰的画作。那辆大篷车后来又让我想起 E. H. 谢泼德为《柳林风声》所作的插画。那本书依然新鲜且现代，围绕一条河展开，那河恰似我现在所见的这条河。大篷车状况很好，车身油漆鲜亮，像是暂时停在这儿，要再次上路似的。在车道的转角处（比如银杉树旁），你可能会遭遇旧世界，那个大篷车占据一席之地的世界。

湿草甸也是以这样的方式（右脑某个角落）消除了康斯特勃和当下的距离：带着油彩、画笔和调色板的画家是现代的，离我们很近，一如他笔下的画作，比如水渠和截去树梢的柳树。这样看画家，这样窥视画家的视角，让过去显得稀松平常。过去仿佛触手可及，像在眼前般，能让人走进去。

谢泼德和康斯特勃对旧时风貌的记录中有自己的想象。而如今，现实又在其上添了更多事物，一种现代的景色：百年山毛榉立在狭窄的路两边，成百上千棵山毛榉树苗长在丘陵边一大排成年山毛榉和柏油路间铺满树叶的坡上。从公路到河岸的更陡的坡上还有好几千棵山毛榉。通透的绿叶交叠，投下一片柔和的绿荫。镇上的出租车司机总会带访客走这条路观光。

山毛榉是房东的父亲在世纪之交种下的，后来没人照看，如今看起来像是父辈大派头的天然纪念碑。这大手笔来自一个在帝国时期、在工业革命之初财力愈益雄厚的家族。这个家族也在别处开枝散叶。但房东住在距河不远的地方，只拥有几亩地，想当年他的家族拥有这儿几乎所有的土地和房子。

路边的树是房东出生前他父亲种下的。就在这条路上，在我散步路线的尽头，我第一次也是唯一一次见到了我的房东。

那是让人迷惑的一瞥。这条路不仅窄，而且曲折，我因此对过往的车辆很紧张，对这段路上看不清的转弯处经过的所有车辆都紧张。后来，天色相当晚了，我认出那是庄园的车，就想和菲利普斯先生打个招呼。菲利普斯先生微笑着。这是友好快乐的笑容，出现在一个习惯发号施令并且有戒备心的人身上显得奇怪，他在外面通常是一脸严肃和不耐烦。这笑容中的欢乐和放松告诉我现在是特殊场合，他的乘客很特别。

我立刻就明白，坐在菲利普斯先生边上的那个人是我的房东，这个住在庄园、我却从没真正见过面的人。刚刚忘记菲利普斯先生的笑容和路上的危险，还没等我有意地去看那个陌生人，车就开走了。这是我唯一一次瞥见我的房东，瞅见他的脸，但我描绘不出什么。

印象中只有圆脸秃头，穿一套西装（或是棕色西装外套），表情和善。我记得最清楚的是——这个细节我确定是真实的，因为想象不到——缓慢挥动的手。在仪表盘上方挥手，我从路上看过去，他的指尖在挡风玻璃底部的位置。

此前，我们从未见面。菲利普斯先生一定告诉过他我是谁——虽然他视力不好，这是他的一大痛苦——他一定在我看见他之前，看见了我。他当时安坐车里，旁边是菲利普斯先生，他看我一定要清楚些。我当时犹犹豫豫匆匆一瞥——从察觉到辨认的过程很短——因此我也说不准这如梦境般倏然而逝的画面，究竟是我的想象还是确有其事。

我觉得那一挥手很和善。但是我当晚打电话给菲利普斯先生时，这种感觉动摇了。他带着下午车里的好心情，笑着说是的，当时同车的是我的房东。接着，他仿佛是为了解释我的疑虑，说："他在车里总是会戴着墨镜。否则胃就不舒服，然后会偏头痛。"如果他当时戴着墨镜，我怎么能看见他眼里的善意？

于是对房东的这一瞥——瞥见某个意外普通的人——让他更加神秘。不仅仅是这个人，整个场景都让人难忘：车载着庄园建造者和树木种植者的后代，驶在河流和湿草甸上方丘陵边的山毛榉树下。于是对我而言，那个人的性格更多地被他的背景、被公路上的山毛榉、被庄园永久闭着的前门和后面茂密的花园所表现。

印象中我瞥见了一位慈祥的老人，穿着棕色外套，在车里羞赧地挥手。车一闪而过时出现的这一画面回应了我自己的需要。这是我所希望的庄园主的样子。因为我正是在这个庄园里，成年以来第一次找到平静。

很快我发现这一画面并不真实。与之相反的那幅不那么具体的画面也不真实，我通过菲利普斯先生平时提及的细节联想：一个脸圆体胖的人，西装扣得紧紧的，戴着墨镜和帽子，被带去他没机会见的乡村兜风。此行是要让他激动但安全地（像个孩子站在塔顶栏杆后向下望）看看与他隔绝的世界。但又绝不会让他过于惊诧，绝对还是伦敦。他不过是去了一趟乡间，拜访几个熟人，天气好的话会到南部海滩的几家宾馆吃午饭、理发。（最后这个细节是菲利普斯先生某天无意间向我提起的，这给我幻想中戴着墨镜、衣着整齐的隐士加上了长而细的头发。我看见房东被菲利普斯先生扶着进了某家维多利亚时代风格的宾馆，菲利普斯先生两手搀着房东的左臂，房东的右臂盲目地摸索着。）

这个画面、我恍惚觉得见过的人或我创造出来的人，都不符合房东在伦敦的熟人对他的描述（他们偶尔来拜访他）。那个人碎片式地来到我脑海中，离我很遥远。

他在这里度过了备受宠爱的童年。就在我现在散步的庄园。在茂密果园的阴凉中有一座两层的儿童屋。儿童屋很结实，茅草屋顶还算完整，周围的植物部分被砍倒、腐烂，倒像森林一样。楼下房间里有个真的壁炉，两边墙上嵌着石头或水泥架子，有梯子通向二楼，圆锥形的茅草屋顶上开有天窗。要是当玩具屋，它大了点，用作游戏屋却又小了。它是成人对儿童屋的设想，没有什么想象空间。

房东在经历过备受呵护的童年后，长成了一个有艺术和社交天分的青年。菲利普斯先生和布雷给我看过当年的照片，租车人布雷的父亲一辈子在农场工作。布雷住在父亲很久以前从庄园买的燧石和砖砌成的小屋里。虽然布雷如今以独立于农场为傲，甚至拒绝服务庄园的人，但他有各式的庄园纪念品，并且喜欢展示它们。有模糊的黑白照片：庄园聚会，尚未繁茂的花园，昏暗的光线中（黎明或是黄昏？）年轻人坐在湿草甸那儿小溪上的木桥围栏上。照片和快照会产生惆怅的效果：每一帧照片都捕捉了某个时刻，呈现了很多被忽略的细节，让人想到它所能追寻的过往，成为一种纪念。同样的场景，一幅精心创作的画就无法达到这种效果。

接着，在一次次聚会和二战之后，他步入中年，心绪纷乱，病态而持续的抑郁几乎成了一种病，让他与世隔绝，躲在庄园里。后来身体也开始出状况，最后经受年老的煎熬。

我各方面都与他相反，社交上、艺术上，抑或肉欲上。鉴于他家族的财富随着十九世纪大英帝国的扩展而膨胀，也许我们之间横亘着一个帝国。这个帝国让我们有了交集。它解释了我在新世纪的出生、我用的语言、我的职业和抱负。它最终解释了我为何出现在山谷的那栋小屋、出现在庄园。但是我们处在——或者始于——财富和特权的两极，处于两种不同文化的中心。

二十年前在伯爵府的寄宿处，我开始尝试写作，换作住在庄园，庄园应该就是合适的“素材”。但是当时我与英帝国的联系也许会成为创作中的壁垒，因为作为一个男人（或者男孩），山谷中的异族身份会折磨我。我作为作家（当时）能够通过“封锁”自己的某部分来处理素材。这种叙述中的“封锁”和隐匿使我作为一个观察者在渴求了解和体验的过程中错失了很多。

但是世界在变，时间向前推移着。我发现自己的才能和主题逐渐展现、发展。我的经历在变，我的想法也在变。我在失望和精神的苦痛中来到庄园，对房东产生了深切的同情，他从世界的另一端起步，现在和我一样，希望远离尘嚣。我觉得自己和他很亲近，非常感激庄园的保护和这儿的氛围。我从未觉得他的离群索居奇怪。这正是我当时也想做的。

当我来到庄园追逐我的抱负应有的骄傲，我想要剥除我原有的生活。我想尽可能地适应庄园小屋的供给，尽量不去做什么改变。我想避开虚荣；对我而言，虚荣存在于细微的事情中，比如置办一个烟灰缸。当烟盒空的时候，别致的烟灰缸有什么用？于是我觉得，我本人和我在庄园看见的或我以为看见的相契合，我觉得自己有着同样脱俗的态度。虽然我知道，人会因种种原因出现相似的状态或态度，甚至连互不相容的人都会这样，我还是觉得能深刻理解房东。

我们处于特权的两极。但是我觉得这种特权对他起消极作用。我抵达这里时无论是什么精神状态，我都知道必须爱惜自己，我知道我早晚会行动起来。他的特权——他的房子、雇员与收入，窗外每天看到的那片属于他的土地——这特权能抑制他，让他封闭自己，让他无所作为和无用。

虽然我们始于帝国和特权的两端，身处不同文化，但现在作为他的房客，我觉得容易在内心对他产生亲切感。

我与房东从未谋面，但我不觉得这奇怪或“诡异”——一个从事文学创作的访客艾伦用了这个形容词。他不想让我看见，我亦不想被他看见，真是不谋而合。这是我作为殖民地民族的遗留特质“神经质”在起作用，但是若解除此地的魔力也会让我感到紧张。如果我见到房东，听到他的声音，听到他谈话，看见他的长相和表情，被迫回话，表现得礼貌，那么印象会无法抹除。他恐怕会被赋予一种“性格”：虚荣、暴躁、荒谬。我会被推着去作判断，而判断会抹灭认同，同时抹消关系。事实上，对我而言房东的性格由庄园和土地的神秘来体现。

*

庄园渐渐令我喜欢。我不习惯这里季节的变换（我已经描述过）。对建筑，我的接受度倒很高，容易把“普通的”建筑当成某个地方的自然表现，因而我花了些时间才将在这里的所见弄明白。比如小屋虽然名字普通，却不是一座普通的房子。

这是一栋建在不同高度上的（从小路到湿草甸和河流有一个缓坡）长而矮的房子。它在草坪或是庄园绿地的边缘。无论我的心情如何，无论我离开小屋多久，无论是出国工作几个月，还是去索尔兹伯里，或是下午散步，当我回家，走到那条距离不长、光线幽暗的小径那儿，第一眼看到的就是路尽头的小屋，我的内心总是感到快乐和惊喜。

从公路延伸出来的这段小径两旁栽种着紫杉；夏天，山毛榉蔚然，与葱茏的紫杉一起掩映着小路，但即使在绿荫下，草坪的开阔和小屋柔软温暖的色彩都清晰可见。我喜欢长而低矮的房子映衬着山毛榉树。小屋墙脚下冒出一两棵山毛榉树的幼苗，但不知为何小屋的地基没有动摇或下陷。我喜爱这环境，这自然和对的感觉。想到这是我居住的地方，就感到惊奇。

我过了些时日才明白这并不是乡村的“自然”，小屋是被设计成这种效果的。墙很厚，也许中间填充了碎石；但表面是燧石碎砖和暖黄色石头的混合。某一次我看到了这设计和它的意图，也就看出这是匠人的用心。某天，在边墙一堆高耸的石头上，我看见建造者或设计者的首字母刻在上面，姓氏首字母表明他是房东家族的一员，旁边还有年份“1911”。

这是这个家族某个人以游戏之心做的事。在那个遥远安定的年代，乔治五世加冕的那一年。对于身边的新鲜事物，我习惯于凭着本能去理解，因而花了些时间才看出这是一种游戏，以及它在庄园土地的次序安排中的分量。

一排矮篱笆把我的小屋和一栋小单间的没上油漆的木屋隔开，篱笆历经风霜变成了灰黑色。木屋呈方形，比我的小屋高，是典型的乡村风格。墙是厚而粗的木板，墙根保留了树干的形状和树皮。整个结构架在蘑菇形的石头上。

我想这座奇特的房子是建造师特意设计的——不知道是不是建造我的小屋的庄园成员——作为护林人在草坪或者说庄园绿地边上的屋棚。我在这儿待了三四个年头后，某个夏日午后，园丁皮通吃完午饭心情放松，打开了久经风霜的门让我看。虽然这房子很多年没有使用，门却轻易地打开了，并且没有散架！

这并不是护林人的屋棚，而是个马厩，甚至有个存放稻草的阁楼。阁楼里仍有稻草，墙上的钉子上还挂着绳索、马具以及用在马身上的皮革制品。屋子里还散发着马的气味，蜘蛛网下方的木地板非常干净。屋外的一切都受风雨侵蚀。内部——这个木屋或者木盒比从外部看来高大很多——一切都被保护，除了偶尔会遭到欧掠鸟的围攻，尤其是春季的两三周里。

一个像护林人小屋的马厩（我让自己的幻想继续）；跨过草坪有一个壁球场，它的明显粗粝的墙面和我小屋的墙一样出自精心考虑。旁边是粗木料搭成的车库或马车棚。接着是古旧的覆满常春藤的仓库或谷仓，燧石堆砌成的墙，谷仓后部成了教堂院子的围墙。在丘陵和湿草甸的空旷、开阔之后，这里不期然出现了中世纪拥挤而拘束的遗迹与提示。正如沿着车道，老农场经理现代化的平房处在有着一道道条痕的古老陡坡边上。于是在这里，我对我住的小屋、护林人的屋棚和旁边的农场屋舍的幻想，与中世纪不期而遇。

然而它们成了一个整体，并且奏效了：你能像我一开始那样，顺理成章地将其看作这个地区爱德华时代风格的宅子的一部分。或者你能进入幻想，是孩子式具体化的想象，成人做的孩子的游戏：想象这庄园一度庞大辉煌，连它的角落都显示出巨大的安全感和财富（不像在特立尼达岛，我最初知道"庄园"一词，尤其当它指的是蔗糖庄园，是没有任何宏伟或风格的概念的，只有一种规模和单调的印象，以及庄园边上微不足道的生活和房子）。这种游戏元素——庄园草地上的儿童屋——我一旦认出它，便顺着它展开想象。

从护林人的屋棚穿过小径，从我小屋的侧窗看去，有一座小小农舍。它只是一个窝棚，挨着庄园菜园的墙搭建。它的样子像半个屋舍，屋顶是一个斜坡，从某个角度看感觉是有门窗的。

绕过窝棚的小径，绿地边缀满了蘑菇状的石头。我听说这些石头是当地一大特色。谷仓建在石头之上，可以防鼠。这种设计阻止了老鼠进入马厩，就是那座我想象成护林人棚屋的房子。同时起到了装饰作用，营造出童话色彩。每块蘑菇石都和其他的不同。上部被切割成不同样式，下面的柄被割成一个弧度。多年过去，很多蘑菇石被损坏。它们可谓脆弱的幻想。很多蘑菇的顶部其实消失了，甚至有些柄被削平。但是在我的小屋门外，靠近小径的一边，在菜园围墙前面，有五六个蘑菇奇迹般保存下来，完好得如它们最初被设计的那样：蘑菇顶一个个削成不同厚度，刀锋粗粝，冬天里每个撑起了一小块苔藓。

这是我复苏的幻想——种种富有特色的幻想，对庄园，对周围的绿地与花园——到这里的第一个冬天，在写作的时候，我总感觉自己受到了幻想的欢迎。庄园始建者的想象，房东继承的家族幻想，随着我的深入了解，我感到这幻想愈发传达出他的性格。

庄园的其他部分——果园、主宅后的花园、湿草甸和河边的小径——后来在暮春或夏初，我生病无法沿着车道走很远的路的那阵子进入我的视野。这个时候我学会了分辨四季，认识相应的花木、河流。

我完成书稿之后（关于非洲的那本），便出国进行新闻写作，一来挣点钱，二来走出英国、振作一下精神。但这任务使人筋疲力尽，还去了一个很多航线飞不到的地方。我在漫长的返程中经历了多种气候，终于病倒，在某地的宾馆度过了四天四夜，在疼痛中昏睡。

回到山谷和小屋时我感觉头晕，但感受到了它的欢迎、它的保护，也因小屋边每一株草木超然的美（在我看来）而感动。起居室窗户下的牡丹给我留下特别的印象。不论清醒还是在睡梦中，我的幻想中总会出现这些深红色花苞的形状，浑圆紧凑。

医生觉得我身体无大碍，没有肺部感染或者出血。他说我是疲劳过度了。他说是“战争疲倦”（我们在一个军事区）。

几周过后，确如大夫所言，我的身体只是极度疲倦，但不难受，是带着点兴奋的疲倦（唉，这可有点罕见）。这让我想起童年时得过一种热带的“发热”病，因雨季的寒冷而起。雨季中无常的天气打断了正常生活，下雨和洪水使学校停课，增加了孩子咳嗽和发热的概率。小时候我常常是刚退烧就希望自己再次发烧，好体验它带来的感官扭曲：异乎寻常的平滑的感觉（不仅是触感，嘴里和胃里的感觉亦然），声音和噪音莫名变得遥远和令人激动。我虽然总想发烧，但并没有如愿。很快我长大了，发热被支气管炎和哮喘所取代，那是全无好处的真正的痛苦。

现在，在令我愉悦的小屋里，我自童年以来第一次体验“发热”。筋疲力尽——工作和旅行引起的：医生的诊断是对的。

在令我愉悦的小屋，在这躲在公路边一层层山毛榉和紫杉之后的小屋里，我开始感到这二十年来的工作和压力的压迫。压力和写作有关，那种激情。当年，泛美航空飞机起飞，我头一次俯视我自孩童时期就被包围其间的那片特立尼达岛田野，那一刻起我就开始承受这份压力。

所有的工作，所有的压力，所有的失望和恢复，如今在我脑中成为坚实的一团。但我现在已经不再幻想自己是沉在河底的尸体；脑中也没有了爆炸的梦，这梦曾让我精疲力竭，挣扎着醒来。这些压力都促成了“发热”。于是在那栋令我愉悦的小屋，我又变成了一个孩子。仿佛在二十年之后，我终于到达了离家时脑海中的那个幻想之地。

就在这种情绪中，我慢慢恢复到可以出门了，开始——菲利普斯夫妇鼓励我，让我不用担心会侵犯房东的隐私——探索茂密花园的春天。随着我起居室窗户下的牡丹挺身收紧，鼓鼓囊囊的花苞立在大黄似的茎上，我的春天来了。

我在英国的二十年里必定见过上千朵牡丹。它们是普通的花，在我身体允许的情况下，我乘公交车去索尔兹伯里的路上能看见它们。穿过山谷，在阳光灿烂的开放式花园，我看见它们在明媚的光线中迅速绽放，失去了花苞的紧致和浓厚的色彩，美丽不再。我对这个春天之前见过的牡丹都没有留下印象；我从没叫过什么花“牡丹”；从没能把它们和某个时节相对应，或把它们和其他花或者自然现象联系起来。这些我康复时期的牡丹，我小屋边的牡丹，使我第一次开始记住它们；它们象征着我的新生活。

起居室窗外的那一丛牡丹在小屋北面，另外还有一丛，在小屋和护林人木屋间的紫杉树荫下。它们生长缓慢，不曾变形，色彩也日益浓重。从紫杉和山毛榉树下的小径上看，我小屋附近的牡丹在周围绿野的映衬下是两抹浓郁的色彩。

*

庄园一度有十六个园丁，如今只有皮通一人。他在带围墙的花园里种菜，也在那里为庄园和房东种花，同时打理房东在庄园某处的私人草坪。他像杰克那样找出可耕种的土地并加以利用。但是皮通做的多数事情我都看不见。我所见到的主要是荒野，这个季节会有一两次，皮通于其间修剪路最狭窄的部分，为他自己，也为我。一条路上行，一条路下行。

皮通的这两条小路始于草坪尽头，差不多在从公路延伸出的荫蔽的小路对面。小路穿过未经修剪而几乎长成了树的围篱，围篱开口处是铁门的样子，像是特意设计的。围篱里空荡荡的，没有植物或是花圃生长过的迹象。一个角落里长着一棵梧桐，不知是谁种下的还是野生的（有很多梧桐都是野生的）。这株梧桐不是小苗，有人在旁边种了紫藤让它往上爬。这在过去很常见，很多园丁愿意趁闲暇装饰一个隐蔽的角落。

冬日里，这围墙周围遍地干枯的野草茎梗，有的和玉米秆一样高，也有细长的草丛。如今这春日里，野草又粗壮多汁了。皮通修剪出的两条小径上，草细而密，平整如草坪。虽然野草蔓地，荒蛮只像是表象，等修剪后旧时的秩序和美丽复又出现。

这围墙像是庄园花园的一部分。但是租车人布雷告诉我，它比花园还要老；繁茂的树篱年头更久。布雷说，早在庄园建成之前，树篱就随这儿一座房子而存在了；他说在这之前，这里有一座修道院。这不是信口雌黄。中世纪，这条河周围有各种基础设施。河延伸到几英里之外的埃姆斯伯里后，变得宽而浅，河水清澈。这里曾经有一座修道院，也许现在还有遗迹留存呢。当年圆桌骑士团的亚瑟王垮台后，吉尼维尔从温彻斯特－卡美洛过来时正是住在这座修道院里。

围墙周围人迹罕至，和车道上那潮湿的石屋废墟一样。石屋废墟周围是梧桐树，这些树无视房屋的腐朽和消亡，继续生长，继续在光秃秃的黑土地上投下冰冷的影子。在废墟远处，空荡荡的高大树篱离我小屋仅几步之遥。树篱内，另一个时代的信男善女（如果布雷的话属实），生活优渥的富人，也许一半是战俘，选择生活在这个中世纪村庄，与世隔绝，向念珠倾诉，他们在村子中心的教堂、在喧闹的河流、潮湿的田野和湿草甸间奔忙，为厚而肥沃的黑土地松土、干农活。

围墙之后是果园。果园古老甚至老朽了，古老的树木周围，树篱七零八落，且没有形成一个拱形的出入口。夏天这儿绿意盎然，在此之前，从这里能看见穿过湿草甸的河流和柳树。现在已经没有人来割水草了，不再热闹，甚至连牛群都进不来了，更无法抄近道穿过湿草甸走向河边。被堵塞的小水道分割，加上废弃的控制水闸，这块地就永久地淹在了水中。

据说给草甸排水的技艺如今失传了。这原本应当是一项季节性的工作，由水道管理员清理河道和割下漂浮在水面、相互缠绕的过长的水草。山谷的财富曾经存在于湿草甸中。如今，财富更多地聚在宽阔无阻碍的高地。如今在果园后湿草甸生长的——从未被剪掉的——是野生的黄色鸢尾。

从围墙走进果园，从一侧看到的像是一片树林。那里生长着很多高大的古树，地上满是野草和枯木。这片树林便是那座两层的儿童屋所在地。春季我无法进入这里，因为没有通路。皮通后来割了草辟出一条路，它分四条道，第一条是为了走花园装废弃物的手推车，第二条是皮通把落叶运到堆肥处的大推车的走道。这块花草的墓地位于儿童屋后面，谁也不会留意。

皮通把堆肥处或垃圾堆称为“花园的庇护所”，他在寻找或创造这些隐蔽却便利的“庇护所”时可谓别出心裁。“庇护所”是皮通的用词，我认为他在不同地方有两三个这样的“庇护所”。垃圾堆，庇护所：两个独立不相干的词。但是皮通用的“庇护所”巧妙地将这两个词囊括其中，它不仅表示“垃圾堆”，还有额外的意思或关联：收容所、避难所，几乎有捉迷藏而使人见不着的含义。他说起落在草坪上的一截山毛榉树枝或是一堆剪下的草，“要送到庇护所”或者“我现在把它送到庇护所”。

我一开始以为这是皮通个人的措辞，后来却发现山谷里大伙儿多少都会这么用。我从租车人布雷那里听到过，他是皮通的邻居。我在市政工人罢工一周的时候听他说——正如山谷上上下下的树上钉着的小通知上所写——工人们决定采取“工业行动”。布雷说“这周没庇护”，意思是没有收垃圾的人。“你不用告诉我这件事背后主谋是谁。这对他们而言最正常不过，不论是名义上还是实际上都太常见。”

我也从菲利普斯先生的父亲那里听过这个词。老人的妻子去世后，他周日下午偶尔过来串串门，也在庄园散步（周六皮通放假）。他有时会在我屋前停下来聊天。他以做送货人起步，了解旧时的各种情况。他告诉我为什么工人小屋边的公路如此狭窄。旧时走马车和推车的路得宽点，铺筑的路变窄了，路两边的空地之前不属于任何人，后来被劳工占用了，建起一座座小屋。他告诉我种这么多接骨木树篱是因为这种树长得快，而且它是劳工用来占地的。树篱很高，其间没有我想象的蔬菜生长，却能看到上世纪留下的没有腐烂的生活垃圾。树篱间堆着瓶子、金属废弃物和旧鞋子等处理不掉的垃圾。老人解释：“你瞧，那时候没有庇护所。”

我还从一个衣着讲究的人那里听过这个词。这个焦虑的人来我这儿处理在卧室屋顶四窜的老鼠，它们有时听起来像在来回推动或滚动小石子。这个人将他知道的有关老鼠的知识毫无保留地告诉了我。老鼠很可怕，但是它们有自己的习性，有自己的“领地”，可据此抓住它们。小老鼠能生活在墙上的小裂缝、小洞中，它们从不渴望光线或者更大的自由。它们每天吃一克食物比如饼干渣就能生活。但是他描述老鼠的痛苦或者无足轻重时心不在焉。也许曾经他说起这些时是享受的，并享受听者的反应。但现在这个老鼠专家机械地说着话。他担心自己的健康，怕某天在给老鼠投毒的时候突然犯了心脏病。他最担心丢工作，说不定哪天政府或地方当局会关闭他的小部门，把鼠患和害虫治理交给私人公司。突然，他控诉般戳戳手指，用皮通说“庇护所”那样的口气说：“你知道下来被关掉的是什么吗？下来要关的是庇护所。很快这里就没有公共庇护所了。”

走进果园，一边是儿童屋和皮通的庇护所，中间隔着一条还未被修剪出来的小径。另一边是庄园的花园，填满了湿草甸和菜园间的空间，接着填满了湿草甸和庄园间的空间。

尚未离巢的雏鸟在果树树洞中叽叽叫。去年的果壳——灰松鼠的作品——在果园和宅子草坪间的小路上咯吱作响。这条小径依着菜园。坚果树纤细的树枝折弯了——至少在皮通来之前如此。玫瑰花圃边的小石径在蓬勃生长的荨麻和野玫瑰丛中仍依稀可见。接着就是草坪。我担心侵扰到房东（虽然菲利普斯夫妇说不用担心），沿着湿草甸边的路走。

湿草甸或湿地已经明显漫过了曾经的花园。某些装饰性的树，尤其是粉红色的山楂树，如今长在湿地里，周围是废墟和湿地植物。这里有很多湿地植物，尤其是芦苇，也许是为了矛形树叶的美而种植（像中国或日本书法），这些植株很多越过了皮通试图保持整洁的小路，在草坪上发芽，就像是甘蔗田里焚烧垃圾时的火苗，火星越过防火墙飞溅到附近的绿野中。

草坪上坡缓缓地连向屋子。草坪上有一棵巨大的常绿树，它一定比房子还要老。菲利普斯夫妇的住处和小阳台——阳台上挂着衣服——在树的一侧，塑像后面。房子没有太久历史，建于本世纪初，却是老式的。正如草坪那头重建的教堂，这所房子也是过去特殊观念的产物。在强盛帝国国力的支撑下，这是对种族、历史和文化的肯定，也是当时审美的反映。房屋后墙是灰色的：灰色的石头斑驳发霉。

我从没仔细打量过庄园的后面。我不想去侵扰，此外，我亦不了解它的内部格局，不知道我那有的是时间的房东会从哪扇窗户看出来。

他会看着窗外完美的景致：前部长着大树的草坪，一侧的林木，草坪之后是下陷的湿草甸，长着柳树、芦苇、竹丛、山茱萸和亲水的灌木。河水、河边湿草甸、柳树、河道以及浸在水中的田野，田野会早早地映着晨光，接着是光秃秃的丘陵。（月光洒在湿草甸上，暮色在远处渐渐消退，明月在荒野上升起的画面是多么的迷人。月色中的河流与雾气真是美到无法形容。）

相较之下，现在连着庄园的那片地只能算“区区”几英亩了。河那边的土地属于另一个庄园主。因为不再需要湿草甸来放牧，因为上世纪末农业机械化使小山村不断缩小，被丘陵上的军用设施所取代，因为这一系列的意外，庄园后面的风景、我走过的风景，成为从康斯特勃时代以来就不变的自然。这景色中没有房屋，没有农民在河上、田间劳作，就像丘陵被耕种前的样子，几乎是一派自然公园的风光。这儿离索尔兹伯里和威尔顿这两个著名的古老小镇只有几英里。离南安普顿和安多弗这样的现代化城市群也只有几英里，那里有贝辛斯托克这样的维多利亚时代的铁路小镇，有红砖筑的新旧建筑，还有古老的温彻斯特教堂中心周围维多利亚时代哥特式的黑砖建筑。

我小屋所在的小小村落——以及无路丛林中的儿童屋——只是庄园大设计的一部分。但是我的房东所见的完美景致有着自己的腐朽。你会想当然地认为这景致很完美，其中（常春藤、林中枯木和被割断的湿草甸）没有会让人不安或生疑的地方。在这幅景色中，没有什么能鼓励一个精神虚弱的人去寻找不完美之处。他的精神虚弱源于个人的缺陷与失望，尤其是对自己人身安全的了解。这景色——如此完整而了然——仿佛在说："这就是世界。为什么要担忧？为什么要干预？"

草坪尽头是一片树林，能隐约看见树篱、草木茂密的小径、铺满树叶的步道和石缸。我从未走进去探索。草坪尽头有一个很大的温室，仍在使用，它的木框架很坚实，从远处看坚实得像是个整体。但是玻璃壁后的绿意是温室中长得异常高的绿草——温室里是一片野草；很多玻璃镶板掉落了。在我看来（基于我对特立尼达老庄园宅子的了解，那种法式加勒比风格的宅子），这温室——且不论规模——暗示了财富。早年它是"特别定制"的：它的木料与水泥地板的厚度，它的门，它的铰链与铁艺——一切都过于结实。这种铺张是建造者专为富人所用，就像店家给豪宅送货都会挑最好的东西一样。建筑风格看着就让人心满意足：每一样东西看上去都那么自我，并且可以代代相传，不脆弱，不焦虑。

山那边，杰克也有一个温室，在他的农舍之后，面朝老农场。那个温室应该是邮购的，它看上去总是那么脆弱，木框架、薄薄的玻璃，甚至水泥地都如此。果不其然，随着时间流逝，温室很快七零八落，只剩下水泥地（后来也消失了）！它的温室精神那么快便荡然无存！但是这庄园的温室，虽然二十多年来疏于照料，依旧屹立，从五十码外看完好无损，木头上的漆没有剥落，厚厚的水泥地上也没有裂缝，门还在铰链上晃动。只消花上一天时间打扫干净，一周内就能重新使用，以秩序取代荒芜。

大温室内外都有树丛。皮通的割草机直到季末才开到此处。割草机所到之处，草地变得平坦，像是被良好维护的草坪。在皮通修剪之前，想要到穿过水道和小溪、通向河岸的第一座桥那里，得穿过湿漉漉的荨麻和茂密的树丛。

草坪那一边，湿草甸和果园相接，沟渠里搭了铁丝网栅栏，就在树丛之中，防止人闯入。草坪这一头就只有树丛和类似树林的废墟一样的东西。但在过去，水道上有一连串铁路木桥，水道边茂盛的柳树在狂风中倒地。林间溪水流过枯叶和淤泥，是发黑的，直到树叶清透的颜色和水面折射出天空，才会发现它的存在。这些隐秘的黑色小溪中（不像另一端长着黄色鸢尾的开放草甸）常有绿头鸭。它们怕人，习惯栖息在这片水域或者说被柳树截流的小溪。

湿草甸上的桥是按高规格建的；但一年年过去，它们也在水中朽烂。高而结实的荨麻，尤其是柳树根须和树干的生长也在损坏桥梁。头一个春天我来散步时发现的这第一座桥桥头的一扇厚重的门，现在还在。门倾斜着，柱子——虽然因潮湿而发黑发绿，让人不想去碰——仍然直立，门还能关上并用生锈的插销锁住。作为一扇门，一种障碍物，它的存在没有意义。水位改变，这扇门没法继续护卫穿过湿草甸的走道的干燥。往来变得轻而易举。现在有一块地浸了水，麻烦只源自荨麻。但是荨麻到处都是。

在穿过湿草甸的一段路上，野草、芦苇、柳树和其他疯长的植物遮住了视野，让人难以看清河流。接着，从最后一座桥——木板大都破损，唯有固定木板的大铁钉是完好的——从最后一座桥看去，眼中突然出现了树梢及河岸上倒塌的船屋边修剪过的小径。

坍塌的船屋真是壮观。泊船处在一条小溪中，是湿草甸最老的水道。溪流两岸是瓦楞铁皮屋顶房的粗大木桩。河水看上去温和——几英尺深，几英尺宽——但水流是自然之力，不可完全预见；河岸和水湾深浅总是在变化之中。船屋边小溪变宽了或是改变了水道，导致船屋向一边倾斜。倾塌的角度、腐烂的木材、黑色的水流和生锈的瓦楞铁皮组成一幅热带河流的废墟图景，像是在奥里诺科河、亚马孙河流域或是刚果。这废墟过去是河岸修剪过的小径，它仿佛属于自然的另一种秩序，几乎是另一种社会秩序。

顺着湿草甸走上那座桥再下来便是一条简易小径，渔夫的小径。河水潺潺，周围是整洁的木板桥和从湿草甸流向主河流的水道。人类的或者说水道管理员之类的人的改造，使我们看到自然的秩序。河的左边就像庄园后的湿草甸，将会成为荒弃的树林。只需要一棵倒下的柳树——被狂风吹倒——就能让河流一团乱：河岸破坏，简易小径消失，几天内水中的草和浮渣混着浅褐色的渣滓在树枝间堆积成小岛。

河水的颜色取决于岸边的植物。河岸虽窄，草木却很多样。有高高的芦苇和杂草，树枝低垂。如果河岸有小小的下陷，河水就变得深绿，显得神秘。河水清澈之处，可以看到河床的白沙和白垩，或是随着水流波动的水草。

我漫步河岸，在湿草甸前站住，周围生长着黄色的鸢尾。往后是老果园，围起来的地挨着我小屋的一侧。在果园和菜园墙之后，每每看见山毛榉树下我小屋的屋顶和烟囱，我总是要惊叹我生活在这里。

再走几步就该回头了。之后是另一条河，属于另一个主人。虽然很容易翻过临时的栅栏，但我不愿意这样做。

河流在此转弯。河对岸的丘陵上一个树木森森的陡峭断崖拔地而起，倒映在水面上。光秃秃的丘陵上有一条新水道，从白垩中流出的清泉很快成为一道喧闹的瀑布。在这片整洁平滑的地方，看着光秃秃的白绿相间的丘陵，看着几英尺深的河流利落地分成几支，我想到水不可预测的力量。旧的瓦楞铁皮盖在新河道上：这无人烟之境，意外显露出贫民窟的痕迹。

水道管理员在附近放养了鳟鱼，鱼没有游得很远。它们意外地不引人注目，颜色像老鼠，也像老鼠一样慌张，在水草中敏捷无声地来回藏身。

河边漫步不到十分钟，这对于一个习惯了一个半小时散步的人而言称不上是散步。但一路上总有新鲜事物，包括河在内的景致总是在改变。河边有我头一个春天见到的蓝色鸢尾，孤零零地立在湿草甸边缘的野草和荨麻中。看到此景我立刻萌生了一个愿望：倘若我自己有花园，一定也要种上这些。接着，在昏昏沉沉的康复中，我开始（直到我清醒）走过荨麻，走向鸢尾，仿佛我所见的美不在自然之中，而在这株鸢尾里。

这里有芬芳的玫瑰和野玫瑰花圃。我头一年夏天见到的玫瑰往后再没有开过花：我见证了它异常的死亡。那个秋天，菲利普斯太太修剪了它们，说是“把它们剪了回来”。那些老玫瑰花丛被迅速剪矮，全部变成了荆棘。

每年春夏之交，野草像碧蓝色的雾气一般，漂浮在点缀着雏菊的碧绿草坪上。还有河流。芦苇、野草、流水和变幻的倒影有着胜过一切的美丽。当年，我还未适应其他植物以及时节的时候，我说：“至少我度过了这样的一年。”接着我说：“至少我度过了这样的两年。”

在杰克的农舍过去的那片丘陵上散步，我一开始总是寻找野兔温暖的棕色皮毛。走到河边我又寻找河床的白垩中火山形状的三文鱼小巢穴。河水在芦苇投下的阴影中显得漆黑，黑色的狗鱼静静地等在深潭中。我也会寻找田鼠或者水老鼠，我知道有只水老鼠在甩干皮毛之后，喜欢在小树的低矮枝头上晒太阳。我经常看见它游过河。有一次它熟睡，我以为它死了，走过去跺了跺脚。我经常听见它的同伴们潜入河底洞中的扑通声，泥泞的水泡随之悄然上升。

每个冬天和春天都给庄园的花园和湿草甸添乱。水道上的桥日益腐朽。最后一架桥（或说第一架）上的门终于在敞了一年后倾倒。河道水位有了几英尺的变化，河水淹没了水道管理员留出的空地；水道间的木板浸在水中。两排木板桥建了起来，一排是空白木板，另一排覆着铁丝网，方便水道管理员推着车走。

正如杰克的农舍那儿丘陵上的路一样，我不觉得这条路有腐朽的意味——这是我短时间的体会——更多的是感到变化。我深知万物都处在变化中，学会了不为此悲伤，不因时过境迁而感伤。腐朽暗示了理想和完美的过去。但是我会喜欢住在有十六个园丁时的庄园吗？我会喜欢一花一木在焦虑、失败的痛苦和批评中生长吗？此地难道不是正处于巅峰吗？在那场久远的旅行之后来到此处，我觉得是一种福分。

某天，我悠闲地在庄园后面散步，走在毁坏的湿草甸和庄园荒芜的草坪间，很意外地见到了房东。

*

这是我第二次瞥见房东；之后就再也没有见过他。上次是瞅见他坐在汽车中菲利普斯先生旁边，正开过他父亲栽种的山毛榉树荫下的小道，而这两眼都让人困惑。早先那次他在车中，我很难打量他。车开过去后，我的脑海中留下了菲利普斯先生更清晰惊人的画面——他在主人的陪伴下是快乐的，一点都不暴躁，更像一个经理，像有了完整的自我，对自己的职责和价值有正确的理解。

第一次见到房东后，我的想象开始对他的形象玩起把戏，让他时而慈祥，时而上衣紧扣，戴着墨镜，长着隐居者霍华德·休斯那样的长发。而这一次，我一看见他他就扭过头去（我们两个一般紧张），再也没回头看，因此记忆中和第一次一样震惊。

我是在远处看到他的，差不多在走过老玫瑰花圃（花圃中现在没有了玫瑰，只剩荒芜的荆棘，头一个夏天芳香四溢的华贵的紫红色玫瑰已是很久以前的事了），踩上布满雏菊的草坪的地方。

他坐在灿烂的阳光下，在魁梧的万年青投下的斑驳阴影中。这儿有大片万年青，草坪边、部分损坏的大温室旁以及屋子外的树丛里，树丛间有小路，但我从未探索过，怕打扰到房东，怕遭遇这样的场面。

他坐在帆布靠背的安乐椅中晒着太阳，面朝南，背对着我。他戴着宽檐帽，帽子遮住了他光秃秃的脑袋，正如椅子的帆布靠背遮住了他后背和身子的赘肉，让人辨不出形状。

我记得第一次瞥见他时他的姿态：在汽车仪表盘前轻轻挥手。这动作怯生生的，因疾病产生的羞怯，与很大的虚荣同时存在的羞怯（正如我所想）。并非不想被人看见的神情，而是希望被人认出、称赞。这挥手也透着仁慈。

这第二次的瞥见也留下了一个清晰的印象：盘着的腿和光溜溜的膝盖在阳光下发亮，短裤紧紧地包裹住圆滚滚的大腿。房东对裸露和爱护身体的渴望——菲利普斯先生和租车人布雷都告诉我房东年轻时长得一表人才，如今这皮囊成了相反的现实：自我放纵和缺乏活动导致的肥胖。

野地的阳光与肥胖的腿上闪耀的阳光这几个细节为我确定了季节。我当然知道天冷时他总是躲在房间里，好天气时才出门。他生来就拥有一栋豪宅和这个郡最潮湿地区的开阔视野，在河岸上、在山谷中（我从另一条散步路径的观景点往下看，发现整个山谷雾气弥漫）。但他的本能却是地中海式的，是热带的；他热爱阳光。怠惰，习性，朋友圈，希望待在他的价值被知晓的地方——也许这几点令他留在了继承来的宅子中。如果他能带上朋友和社会关系，带上别人心目中他的社会价值以及一切保护他的东西，他也许会搬走。但他一直住在宅子里，他扎根在这里，同时梦想着身在别处，以自己的方式梦想着。

他送过我几首诗，在我做他房客的第一年——写的是克利须那神和湿婆神。菲利普斯太太用打字机打出来后亲自送到我小屋。这是房东欢迎我的表示，菲利普斯太太也对送诗这一行为表达了自己的敬意。她仿佛成了我和房东之间的联络人。我觉得这是一种客套，但实际上显得很殷勤，让我在小屋住得安心了。

克利须那神和湿婆神！居然出现在这条河边（康斯特勃和谢泼德笔下的），在这片土地上！房东写这些并不是因为这些神明一时风行，他浪漫的印度情怀其实由来已久，承袭自帝国荣耀的岁月，像他的房子一样。在长达一个多世纪的时间里，英帝国国力强盛，主宰世界，其后权力和荣耀开始从内部瓦解。拉斯金[①]主义摒弃了工业主义的粗俗，摒弃了上流社会或者说文雅的鉴赏力，一种差不多是有赖金钱、《黄皮书》、渐渐融化成知觉的哲学、感性养成的鉴赏力——房东对印度的情怀也是受这些驱使而形成的，植根于英国、财富、帝国、荣耀之观念、物质的餍足，以及巨大的安全感。

他的印度情怀和我、我的过去、我的生活或抱负没有什么关系，而是由他的生活环境所孕育。在他的诗中，克利须那神和湿婆神仿佛是希腊神明，被赋予古雕塑的色彩，蒙上夜蓝色这放纵的色彩与欢愉（以及美貌和济慈式的真实）的期许，让感觉变得真实。

诗中对彩绘雕塑的想象让人称道（我觉得这是首老诗）。我们知道蓝色是印度本土人某位神明的象征，即司性爱的善的克利须那神和吸毒的湿婆神（事实上，蓝色在印度原住民那里相当于黑色）。在后面的诗作中——有些是菲利普斯太太一句一句打出来的，有些

①约翰·拉斯金（1819–1900），英国作家、艺术家、哲学家。著有《现代画家》，是维多利亚时代艺术趣味的代表人物。

是印刷的（单张带着插图）——出现了上世纪的意大利青年或是秘鲁、马来西亚或者巴西港口的康拉德式的水手们（明显也是上世纪的），营造的也是这样的感觉。

他的幻想（看诗作，是性感而非露骨的性欲）无约束也没有重点：一种温热的隐隐的感受，一种被亏欠的但又或许必然会消失的东西：某些在他自身之外的东西，最终成为他的痛楚，那么年轻就经历了灵魂的死亡真叫人感叹。他的安全感在宅子中，在他对自己社会价值的认识中。这些年来他的病痛起伏不定，但他对这一点的认知从未动摇。菲利普斯太太送来的每一首诗都签了名，大家的派头。字迹无论大小，都有小男孩学写字时的样子；这表明一个人仍旧欣赏自己的个性。

现在他坐在我面前，在宅子土地上的一洼阳光中。这栋靠近玻璃破碎、杂草丛生的温室的宅子，在他花园的废墟之中的宅子，他打生下来就熟悉了。他半裸着，盘着腿，肥胖的右腿（我看见的是他支起的腿）紧紧裹在短裤中。

菲利普斯先生鼓励我在后花园和河岸散步，觉得我沿湿草甸旁草坪边散步的小心翼翼没有必要。他们的访客没这么小心。他们告诉我房东有自己的散步路线，在宅子那头林间小道的尽头；我大可以自由地散步。于是几年来我确实这么做了。房东一定从窗口观察过我。我相信他每次现身一定都是安排过的。他走出宅子是桩大事件，比如需要有人为他搬出椅子。也许是想“展示”他自己——因为他的任性、他的暴脾气——菲利普斯夫妇那天都没有告诉我房东会坐在后花园。

他的宅子、他的花园、他的视野，他的名字。他看到了什么？

他所看见的一定和我的不同。在认识和拥有那片风光、那条河流好几季之后，我猛地一惊，感觉自己像个入侵者。这正如某天租车人布雷怀旧起来（他刚和妻子及园丁皮通吵过架，皮通是他的邻居），向我展示一本一九二〇年的联谊会杂志。我看到了一群英俊的年轻人坐在屋后草坪与河水间一座桥的栏杆上。那是另一番景色，另一个地方！

坐在帆布靠背椅上，他看到了什么？他看见结实的温室中高高的杂草了吗？他看见杂草因为顶到玻璃天花板而弯折下去了吗？他是否因为想整顿一下这儿，或者想到这儿日益朽败、缺乏照料而烦闷？他看到常春藤杀死了很多树吗？他一定看到了。菲利普斯太太有天告诉我，房东喜欢常春藤，要求任它们生长。

当一棵树倒下时，他是什么感受？树一棵接一棵倒下了。杂乱的树林、一株株倒下的柳树和大片被洪水冲倒的芦苇，这样的荒芜如今占领了湿草甸。洪水发生在冬天，总是持续一周，在对岸的草坪中冲出一条道。

他喜欢花。皮通在有围墙的菜园一角为他种花。据说一到天放晴，他就对花充满了热情。他总等不及皮通种的花开，坚持在冬季隐居之后，去索尔兹伯里和其他镇上的花店，有时大老远的去买盆栽。

皮通从买花的探险回来后告诉我，房东看见了我窗台下和紫杉树篱阴影中的牡丹，他对阴影中艳丽的牡丹的看法和我一致。

皮通主动向我诉说（为了取悦我），但又一副尴尬的样子，因为房东对“牡丹”的发音让他耿耿于怀。他不想表现得对雇主不忠诚。

皮通说：“他不像我们那样说‘牡丹’这个词，他说“‘牡欧丹’。”单词的后半部分发音跟‘马驹’似的。[①]

不知在哪里——在牛津，或者是在毛姆的小说中——我读到或听到过这种爱德华时代的说话腔调，有一种矫饰。皮通所说的腔调很奇怪。正如房东对自己名字价值的认识，这种腔调，这种特殊群体的勋章，这种另一个时代的阶级训诫，在他的病痛中幸存下来。

暂不提这种做作，他对花的喜爱与花园的荒废是否相称？从他的窗口能经常看见我散步经过的这片废墟。他究竟看到腐朽了吗？或者他只看到了繁茂，因为一直种着蔬菜？还是他钟爱这腐朽，从中看到自己倦怠的、让人安慰的写照？

这不太像是臆想。这像是我的愿望：来到他庄园的小屋，去适应我所看见的，不加干涉。渐渐地我变得快乐，不希望看见腐朽，不想为腐朽伤感，想看到改变，持续的改变。然后我体验到了值得珍惜的感觉：在庄园的荒废中看到了它的鼎盛时期，十六个园丁过度打理，让人紧张焦虑。这里的美在于不期然遇见的自然之物：紫杉深厚绿意中缓缓冒出的牡丹；高大的荨麻间的一支鸢尾；数月来栖息在水道上腐烂木桥边芦苇荡里的小鹿，暗示那里不常有人出现。

我抱着隐居的心态来到庄园，我知道人在那种情绪中免不了感到自己被嘲弄。这会削弱一个人的精神，让他的行为变得武断。为了避免武断，接受我所见的事物而不加干涉，我把小屋的房间漆成了淡紫色。这是我能想到的最不武断的颜色，来自我的童年。

我在西班牙港念的小学临街，在维多利亚大道上，大道尽头是墓地。每天下午放学后，我几乎都会看见马拉的灵车和送葬队伍走

①牡丹“peony”一般读作两个音节且重音在第一个元音音节 eo 上，此处皮通指房东把词拆分成三个音节，读作 pe-'ony，重音落在 o 上。

过填有石头的墓地高墙。拉彼鲁兹墓地是以十八世纪末法国探险家拉彼鲁兹的名字命名的（这些法国殖民者在海地和其他法国殖民岛屿的革命中逃离）。拉着灵车去墓地的马身上披着网状的黑色或淡紫色的棺罩。于是，在我眼中淡紫色和紫色从来不代表权力和浮华，而是死亡的颜色。以我来到小屋时的那种情绪，任何肯定和鼓励的色彩都不过是嘲弄。后来，这颜色与此地的美丽友善关联起来。既然人通过在他人身上找寻自己的影子来了解他人，我愿意把自己孤立的一面投射在房东身上。

但是也许他的情感、他的感官反应都无章可循，就像他在诗作中表现的那样。他喜爱夏天、阳光、花和常春藤。也许他无力让这儿变得井然有序。或许他只是没有兴致去这样做，觉得无论常春藤和狂风如何摧毁他的花园，他总是有东西可以看；夏日里总有阳光，废弃的花园总有什么地方让他坐一坐。

常春藤覆盖了某些树，让人分辨不出树的真容，尤其像我这样本身就不太了解树的人。某年有棵树倒下后，我才知道它是樱桃树，因为有零零星星的花从一层常春藤下探出来。皮通和菲利普斯先生合力把树干砍成了一片一片的；用锯子锯下的圆盘像玩具一样小巧，终于摆脱了常春藤的约束。他们送给我一些圆盘用来生火。我把它们放在外屋（靠着菜园墙的半座小屋）晾干，但终究不忍心把它们都烧掉。

我留下了一块木盘作为花园的纪念，把它磨光上了清漆。它干燥后树皮光亮，树皮和木头间只有一点点空隙，因为并未暴晒，木头没有开裂，只留下了锯痕和木纹理，颜色深浅不一，摆在外屋里渐渐蒙尘。抛光后的樱桃木很美。我数了数年轮，有四十七轮。

这棵樱桃树的头三年也许长在苗圃中。也许是在一九三〇年的秋天种下的。头二十六年，树健康地生长；木盘中央是金色的。后来的二十一年里，生长速度减缓，年轮挤在一起；木盘外沿呈黑色。

花园里樱桃树秘密生长着，像是对传闻中房东生活的写照。一九五〇年我离开故土，辗转抵达英国，寻找写作素材，把自己和自己真实的体验分离，我作为作家（通过我努力写的文章）表现得比其他时候的我要渊博。在一九四九年或一九五〇年，房东因为看透了这个世界，开始离群索居。也许就是在这个时候，他不许人修剪常春藤了。那时候，花园还保留着他父辈的规划，无论发生什么事，哪怕在战争时期，这里都有人照料。通过木盘上的年轮判断，四五年后，常春藤占领了这棵樱桃树。二十一年过去，被覆盖和窒息的树倒下，成为花园里又一处废墟，一个生命的废墟。

有一天我突然想到，当年常春藤在樱桃树上安顿下来，年轻的房东的倦怠症也要伴他终身了，大概就在那时我离开了牛津。因为我需要做些事情，因为我离家时立志成为作家，我别无才华，一心追求作家梦。那个决定里没有欢愉，那是我人生最空虚恐惧的时候。某天在山谷，我走上山丘的观景点，路边有松树、山毛榉、山楂树和野玫瑰的防风林。没来由的（也许是激动的缘故，走在如此景色中我体会到了别样的快乐），我发觉我回想起自己二十五年前的性格来，再次感到了惶恐，我一度遗忘的惶恐，正是这种惶恐让我当年萌生逃跑和躲藏的念头。我没有钱，没有工作，没有发掘出任何才能，除了一个表兄租的黑暗潮湿的公寓，当晚没有地方可以回。自从我父亲前一年去世后，家人心理上都依赖我，而我却没有能力养活他们。

我想办法开始写作，想办法进入这个领域（二十年后看来，算是侥幸成功了），多好的运气。我这二十年过得与房东截然相反，这段生活将我带到他一片残败的花园、他残败的生活跟前，我从中得到慰藉。这片残败中自有一种无法磨灭的宏伟元素。

一个对自己不那么看重的人必定会看到他的地产的价值，也许会把这价值兑现，体面地去别处生活。但房东念旧。也许别人倒为他作了打算了。他自己没想过告别这座宅子和花园的生活，也许他对这儿一直有自己的理解，甚至觉得这儿无可挑剔，正如我们在一座房子里住久了，看不到它褪色。

*

庄园乍看上去那么完整，风格也都完好，所以近来出现的残败让人觉得意外。学会了以这样的角度去观察，我在其他地方也看到了这种现象。我在小屋外那些冰冷的框架上就看到了。

这些木框玻璃罩是用来造育苗房的，有低矮的砖墙，北边的墙比南边的高一两英尺。屋顶是巨大的木框玻璃罩，悬在更高的北墙上方，沿墙体倾斜。这些罩子不容易提起来，一如庄园里其他东西那样，过分结实：沉重的玻璃和稳固的木框。某个阶段，冰冷的框架被弃用；厚重的玻璃罩被取下来靠在高高的菜园墙边。我在那里发现了它们。

它们看上去很旧，埋在野草丛中。但是夏天一到，我就推着割草机在门和墙之间割草（是庄园的割草机，皮通给它加了油），其实严格地讲，这片地不属于我生活的区域。那年夏天我初次割草，把割草机推到墙和玻璃罩边，所到之处发生了多么大的改变！这个长期被忽略的像是一片灌木丛的角落，修剪后显得平整。仿佛玻璃罩是几个月前刚被放在墙边的。

墙边的泥土部分是炭灰和红色的煤灰，也许来自我小屋的壁炉（也许先于皮通所说的“庇护所”而存在）。在混有杂质的泥土和外屋的边墙之间有一片地沟，上面架了铁栅栏：这是庄园中的一处渗滤坑，用来给丘陵 、马路、人行道、草坪和车道排水。这里没有什么是天然的，一切都经过规划。草木间隐藏的工程堪比一个罗马广场。我小屋后门的杂草只修剪了一次，荒芜的模样就不见了，墙、土地、外屋的线条以及靠着墙的结实的木框玻璃罩就都显露出来。

玻璃罩的木框架仍然牢固，还能看出白漆。玻璃多少碎了点，有四五片从破裂的接缝中滑落。尽管菜园墙的北面土质贫瘠，且多数时间都被山毛榉遮蔽，野草还是从玻璃罩间冒出来，长得很繁茂。虽然砖墙结构（边上还是木框，好固定玻璃罩）中有山毛榉枝叶，黄沙地里长着荨麻、不知名的野草和多刺的黑莓树丛，但用割草机修剪了冰冷框架边的杂草后，也消除了衰败感。就像五六年后，倒下的那棵樱桃树成了一片片圆盘，也就不再有颓败感。

看见小屋后面的土地恢复生机竟让人有不安的感觉，想到荒弃是最近发生的事也让人不安。这片荒弃之地是我完美的逃避之所，我在其间得到如此的安慰。这地方在我来的一两年前就处于一种放任自流的状态。庄园萎缩的过程虽然早在二十几年前就开始了，但最近开始加速萎缩。我的出现是加速萎缩的一个因素。

菲利普斯夫妇也和我一样，我初次见到他们时，他们便似乎是这环境的一分子，对周围的寥落习以为常。我坐在他们的客厅里，往窗外斑驳的石砌阳台看去，能望见疏于照料的花园和魁梧的树，茂盛的湿草甸遮住了后面的景致。花园前部的灌木上挂了鸟食投放器，另一边是系在支撑竿上的孤零零的晾衣绳。

这一切似乎只是庄园的一个角落。因为我不了解宅子的内部陈设和生活情况，只是通过漫画和电影而非文学（我想不出哪本书的背景是这样的环境）来想象其中的样子。在英国的陌生环境中，我又以我旧有的方式去看待周围，把眼前所见看成英国生活的又一个例子，所以我觉得菲利普斯夫妇是英国大宅子中的仆人或雇工的代表。我觉得他们的生活方式就代表这类人。

几个月后，我失望地得知，菲利普斯夫妇比我早来庄园也就不到一年时间。他们的生活方式不能代表仆人或帮工，那是他们自己的生活方式，是他们在这庄园中安之若素了。

他们在庄园里安心地生活着，虽然他们来自这个地区，却不是乡间人，而是镇上的人，品位也是城镇人的品位。虽然看似融入了庄园生活——在他们的一隅安稳地生活，对周围的荒废漠不关心，仿佛荒芜来得太过缓慢以致他们没有注意到——他们其实是没有根基的人，比山那边的杰克更没有根基。

他们没有房子，没有打算，借住在庄园某栋房子里。他们年近五十，却一点也不担心退休后要怎么办。正如他们的雇主一般，菲利普斯夫妇像是打心里知道自己总有栖身之处。

车、出游、在周围三四个镇上购物、一周两三次去镇上熟悉的酒吧——这些是他们的野趣：去镇上的乐趣，而非乡野乐趣。那种长久以来在他们的一隅（家具也多半是庄园的）过得安定舒适，在我来的第一天让我感到安心宽慰的样子，是没有根基的人的一项才能。就这份天赋而言，不能说不像杰克，虽然不是那么明显。

农场日渐荒芜，这份工作便不那么靠得住了，小屋也不知还能住多久，但杰克仍在精心照料花园，培育着蔬菜和花木，让那块地保持良好的状态。菲利普斯夫妇也面临这样的不安全感，他们的雇主随时会去世，到时候他们就必须搬家找另一份工作，饶是如此，他们仍把现在的住所当作温馨的家。杰克被季节和花园里相应的劳作所维系。菲利普斯夫妇的安定感又另有来源。他们的外出活动和节庆，给他们的小镇生活带来了韵律、规律和滋味：兜风，一周去三四次酒吧，一年一度在南部同一家酒店度假。

也许菲利普斯夫妇生活的这一面暴露了他们的底细。他们的社交生活并不是乡村式的；他们从本能或者性格而言，都不是宅子里的仆人；他们是镇上的人，来自外面的世界。要是没有人告诉我这些，菲利普斯太太修剪花园里的玫瑰这一行为会让我惊讶。那夏日野生玫瑰丛的玫瑰！秋天，花丛被修矮，只留下几英寸高的残株。菲利普斯太太经常谈起她的所为："我把它们剪回去了。"她一语双关，夸耀自己的勤快，批评皮通的失职：这个孤独的园丁若是上心，做这事根本不在话下。

此后再也没有了玫瑰花。第二年夏天不见一朵花，只有一丛荆棘蔓延开来，吞下了菲利普斯太太修剪的证据。她再也不提此事，当皮通在的时候再也不自作主张。（也许当庄园的轮回真正结束，当所有了解此地的人消失，新来的人在长出新植物的庄园里散步，野生的荆棘丛会被当成玫瑰无人照料的证据。）

作为一个安之若素的新来者，我看到人们诠释着自己的角色，很快就对菲利普斯夫妇模棱两可的形象印象深刻。他们是外面世界的人，扮演着宅子仆人的角色。这含糊是真实的。菲利普斯先生原来在一家精神医院做护士，然后又到一家宾馆工作。在其中一处——医院或者宾馆——菲利普斯太太开始神经紧张。为此他们搬到庄园来照顾我的房东，过着算是与世隔绝的生活。

菲利普斯先生不像个仆人，他做着管束人的工作。人总是会吸引需要自己的人，坚强的菲利普斯先生吸引需要照顾的人，比如他神经紧张的妻子。也许服务房东有一种别样的快乐。这可以解释我看见他在河边山毛榉树下开车载着雇主时脸上快乐满足的神情。

菲利普斯先生中等个头，说小个子也不过分。他冬天穿的衣服——一件厚重的拉链套头衫——掩盖了他的体形。第二年夏天，不记得是我听说的还是他自己告诉我的，我注意到他强健的后背、宽阔的肩膀和有力的前臂，像个举重运动员。

每天下午三点左右，我都会听见他在菜园后头大喊。过了些时候，我知道他在喊什么了。他在喊："弗雷德！"这是他喊皮通去喝茶。不知是受人之托还是朋友之邀，不知他们总是在菲利普斯夫妇的客厅或厨房喝茶还是皮通只拿了茶就走。那叫喊声中有恼怒和权威，让我想起菲利普斯先生先前工作的那个医院，菲利普斯太太在患上神经紧张之前也在那里工作过。

*

曾经有十六个园丁，如今只有皮通一个。我来这儿大约两周后，还没有认识他，但得知他不是庄园的访客。又过了些日子，我知道他是园丁，传说中的十六人的最后一个。他不是那么适合这个角色。

皮通的外貌并没有沧桑和悲凉感。他年过半百，肯定不是原来十六人中的一员。他身体强健，有坚实的腹部，着装体面。我第一次见到他是在冬天，他戴着毡帽，穿着三件套花呢西装，打着领带。他无论冬夏总是打领带。

他不仅不像十六人中的一员，甚至不像园丁。至少不是合乎我想象的园丁。这是比较中肯的表述。因为花园和园丁唤起了我记忆中的特立尼达，唤醒了我的那个十九世纪末移民到那里的农民构建的印度社区的历史，这触动了我。

童年时期，我很少听闻什么园丁。印度人主要住在乡间，那里没有花园。土地上全种了甘蔗。旧时奴隶种植的甘蔗，仍然是我们种植且赖以谋生的作物。因此，奴隶制废除之后，亚洲农民出现在这个岛上。甘蔗解释了这儿为何净是穷困的印度风格的贫民窟和狭窄的沥青路边简陋的茅草屋。那些小房子和窝棚的平整土院子里没有花园。也许有篱笆，主要是木槿，沿着臭水沟生长。也许有花——长春花、龙船花、百日菊、金盏花、凤仙花，以及一种偶尔开花的小树，我们叫它皇后花。除此之外很少有其他花。

西班牙港有花园，但仅仅在富人区。下午放学回家的路上会看见一个花园里有光脚的园丁。他不太像是了解土壤、植物和肥料的真正的园丁，他不过是花园中的工人，赤着脚把裤子卷到腿肚子，除除草、浇浇水。

这个赤脚园丁应该是印度人——印度人被公认为对植物和土地有特殊的能力。他也许生在印度，因一张五年的契约到了特立尼达，并被允诺回到印度或是在特立尼达岛会拥有一块地。印度这种合同劳工制在一九一七年废除——对一九四〇年的我而言已是古董了。

但对花园里赤脚的浇花人（也许还只懂印度的语言），那段时间的记忆很容易被唤醒。这一园艺工作是镇上的职业，和打杂工差不多。“打杂工”语带贬义，常是黑人的职业，没有技术含量。

战后，新型农业开始发展。西班牙港发展起来，离西班牙港不远的阿兰胡埃斯庄园的土地脱离了甘蔗种植（此庄园在十八世纪末由西班牙人以西班牙小镇阿兰胡埃斯命名，后者以皇室花园著称）。阿兰胡埃斯有不少建筑，但是当委内瑞拉的奥里诺科河上涨，南边沼泽地的边缘就很容易受帕里亚湾洪水的侵袭。美国人战前在这儿修建了堤坝，之后庄园的工人就向庄园主租上几亩堤坝两侧的地，开始种植，渐渐地把这片沼泽地开垦成了种植园。

他们种的蔬菜，包括茄子、豆角和秋葵等，比甘蔗的生长周期短，相应地也需要更下功夫。每到蔬菜种植季，人们纷纷除草、挖地、浇水或喷药。虽然当时西班牙港有赛马、国际板球赛事或者大型节庆，但种菜人就像在给自己工作那样尽心尽力地耕作。

种植可可树为丛林创造了效益；甘蔗是高大的禾本科植物。地里半人高的植株笔直的线条、深浅不一的绿色，给了我们新的农业理念，几乎是地形和自然之美的新理念。种地的是印度人，但菜地不像印度的。技巧和实践来自热带农业帝国学院的试验田——在大英帝国享有盛誉——离这里只有一两英里远。很多印度人在那里做过花园劳工。几年后我到英国，发现印度种地人在阿兰胡埃斯南部公路两边的田地创造出的景象——在特立尼达或印度都没有——像是我在英国坐火车沿途所见的小镇近郊的田地。热带和殖民地背景下的英国菜地！这是不自觉形成的，不是出于设计；它在帝国时代的尾声因旧甘蔗种植园的腐朽而被创造。

三十年后，阿兰胡埃斯菜地绵延数英里，沼泽改造成了田地，平坦而宽阔，像荷兰的农田，一直延伸到一片红树林沼泽那儿。有些菜地延伸到特立尼达北部山脉脚下，如今山上绿意无存，缓坡上遍布窝棚，是岛外的非法黑人移民的居所。我孩童时一直保持着原始特征的地形将被不可逆转地改变，人也是如此。

三十年后，很多种地人（或者他们的后代）靠石油致富，他们的孩子都去了加拿大或美国求学。但是一开始，在战后，还有潮湿的棕榈屋顶的小屋，建在美国人修的公路边沼泽的芦苇荡中。那些菜地劳工虽然有了科学的种植方法，却仍然粗野，报酬也少。这是种植园生活的延续，他们住潮湿的小屋，顶着太阳光着脚在泥土中劳作，被汗水浸湿的油腻帽子挂在背后，像是鸭舌帽。

人人都喜爱花。西班牙港有占地数英亩的皇家植物园，在英国占领特立尼达岛后建立，其中有莲花池和岩石花园。这儿是游览胜地。但是“花园”这一概念并不包含“园丁”；事实上，它与花园是相悖的。花园代表了西班牙港、舒适的生活、一份不错的办公室工作和周日在皇后公园附近兜风。园丁则属于种植园或者庄园的过去，这过去在西班牙港之外，在印度乡间、在田野中、在路上、在农舍中。

文学或电影（虽然我说不上是哪部电影）会赋予这个词不同的关联。但是关于沼泽、庄园和菜地的知识，是我到英国后才开始了解的。P. G. 沃德豪斯[1]的作品中提到的园丁和《查理二世》中国王诗意地跟哭泣的皇后谈到的园丁，是我对园丁最初的印象，来英国

---

① P. G. 沃德豪斯（1881－1975），英国小说家。

后我不可避免地增长了见识。伦敦壮观的花园里有园丁。我在牛津的学院里有园丁，他温和幽默，抽着烟斗，举止有学者风范。正如我在铁路边的菜地看见阿兰胡埃斯菜地的原型，我来到庄园（带着庄园宅子和仆人的过往），看见我周围存留着的农业生活（遥远而扭曲的特立尼达岛的原型），之前接触到的知识在头脑中复苏。

但是传说中十六位园丁之一的皮通非常自我。他每天早晨九点出现在草坪尽头刷白漆的大门下，穿着三件套的花呢西装，不像园丁或体力劳动者。他努力不朝我的小屋看，小心地保持距离，沿着稍远处的小径走。我觉得他要穿过庄园后面，去做别的什么事情。打开那扇门仅仅是为了从那里过去。

庄园有不少人进进出出。若不是皮通出现的时间和频率，我会以为他只是一个访客，某个也从后面那条小路走向农场或者教堂院子的人；在一个像农舍的壁球场边有一个花棚，他会用花棚边的水龙头。

我们也有动物访客。有一只黑白斑纹的猫沿着皮通走的路走来，进了绿篱边高大的草丛，成了厉害的猎手。有一只拉布拉多犬走相反的路线。它是山谷里一户人家的；它的主人一周的工作日都在伦敦，早上，这条狗就独自在湿草甸遛弯。在阳光明媚的早晨，我从客厅看见它的尾巴远远地一上一下，然后消失不见。最后，它从湿草甸和茂密的果园里挤出身来，停在我小屋前，肚子和爪子又黑又湿。它和皮通一样，也从草坪的另一边靠近宅子。它弓着肩头，两眼直视（有点像皮通试图表明他在忙时的神情），仿佛在说它明白这块地不属于自己。这只优雅的黄褐色动物并不招所有人喜欢。它早晨遛弯的路线不仅仅是绕着湿草甸，还常出没于垃圾箱。对此菲利普斯夫妇抱怨，甚至皮通也表示失望。当我发现着装讲究、大腹便便、一本正经的皮通只不过是个园丁时，也有这样的失望。

黑白花猫和黄褐色的拉布拉多探索的野外，是让皮通沉迷并且作为园丁每天进入的野外。但是他从来不像拉布拉多那样又脏又湿地出来，他干净得像只猫。

这主要得益于他的稳健，他不愿让自己急急忙忙。皮通知道如何踱步。他在菜园或花园里干活的时候，绝不似杰克那般鲁莽、嘈杂。夏日午后，杰克偶尔会光着膀子干活。皮通永远不会这样，他太在意衣着。如果说杰克干活时的样子和各式衣着（我在他工作之外的花园里看到）像是童书里的插图，夸张而形象，那么皮通是个更现代、更时尚的人。

皮通谨慎却定期买应季的衣服，按季节更换服装，这种做法一直保持着，没有任何浪费。然而在皮通的时尚中有着仪式的意味。衣服和季节将皮通的一年程式化。什么时间段是毡帽、三件套西装和防刺粗呢，什么时间段是草帽，过一阵子三件套西装变成了两件套，然后添一件套头衫，接着是乡间风衬衫，再是轻薄的衬衫或带棉絮的衬衫，抑或深色的薄塑料雨衣。他的衣着一定同他的动作和时节合拍。对衣服和天气的准确判断，稳健的举止，以及不紧不慢的步伐，让皮通显得非常整洁。

他的衣着外表，以及他避免自己有园丁或者农场工人、劳力之类模样的刻意，其实反映了他的心理。我想皮通的虚荣有部分是受他妻子影响。她是个美丽的女人，容貌精致，对于她这样社会地位的人而言可以说是卓尔不群；她的脸色、五官和举止暗示着某种紧张。

皮通夫妇不善言辞。他们往往找不到合适的话表达自己，于是就会显得没什么好说。但是皮通妻子的美艳盖过了她智力以及社交上的不足。她让人赏心悦目，她不言不语的样子总是让人称奇。美就是美；而且美是稀少的；没有哪个拥有美的人能对此满不在乎。我觉得皮通的衣着——要不是皮通自己就是他妻子所为——是为了与他太太的容貌相称。

有一天，我的一位老友，一位中年英国作家来探望我。他提出了另一个想法。作家在社交上是小心谨慎的，知道在英国该如何区分模仿和自我模仿。

这位作家见到皮通时——那时是夏天，皮通穿着夏装，戴着草帽——他正慢慢走回白色的大门。皮通结束了早晨的工作，要回家吃午饭。他算好了在午饭时间收工，这样就能在一点左右走到白色大门那儿。皮通在草坪的那一侧，没有冲我的窗户看，而是像拉布拉多那样望着前方。

托尼问："这是你的房东吗？"

"他是园丁。"

托尼说："这证实了我长久以来的想法。人会长得像他们的雇主。"

我还称不上真正见过房东，不知道他长什么样。托尼也许在伦敦见过他，在房东的社交活跃时期，在退隐之前，他尽人皆知。

但是从皮通像房东——如果属实——不能推导出托尼所说的雇员会模仿雇主，而雇主出于惰性与受用，也会模仿他的雇员。皮通和我房东的相像是巧合。因为皮通是在我房东退隐的时候，在他抑郁的初始，来到庄园的。现在，我还从菲利普斯夫妇那里听说，房东只在天气好的时候才出门；皮通基本见不到他。在我的房东和园丁——更恰当地说是花园——之间走动的是菲利普斯夫妇。

我的房东不可能是皮通效仿的对象。但是我立刻察觉出托尼说到了点子上：皮通这风格是模仿一个上级的。听说皮通早年在军队里任职——我们住在军事区。在托尼来过后，我反复思考皮通的模仿行为——事实上，一见到皮通就想到这事——觉得皮通的榜样（在皮通太太的鼓励下）应该是一名军官，二十多年前皮通在他手下。这个人仍旧活在皮通的记忆中。

军队对皮通依旧很重要。他儿子在服役。这个男孩的进步或者升职是唯一能让皮通太太快速眨着眼说上一两句的话题，否则她只是微笑着一言不发。我们偶尔会在车站碰面，在紫杉和山毛榉浓重的树荫下。车不多，路上相当安静，车站里的声音回响着，仿佛是在一个房间里。我们谈起她的儿子，似乎他在什么学校上学，书念得不错，并且游泳和体育更好。

"学校"这个词确实在皮通太太谈起儿子的军营生活时提及过。有一天她在车站对我说："他们把他送去了炮兵学校。"应该是在云雀山。"云雀山"这个名字本是恰如其分的：巨石阵边的丘陵在一定的季节里曾响彻云雀的歌声。但是现在，虽然绿油油的丘陵看上去未被开发，但"云雀山"成了炮兵学院的名字，白天乃至夜里轰隆声阵阵，要是有大规模演习，轰隆声便昼夜不绝于耳。

因为皮通的儿子在那里，也因为皮通告诉我有这样的盛事，我来这里的第一个夏天便去了炮兵学院的"开放日"。这像是牛津大学夏天举行的划船比赛，本科生的家人挤满了本学院的船。也像我在英属特立尼达的女王皇家学院的运动会。这场合让我感到似曾相识。师生换成了官兵，运动项目换成了射击和娴熟的军事技巧展示。但气氛是一样的：热闹，食物，女人穿着平日不常穿的鲜艳衣服，平时隐藏的家庭关系这时公开表露出来。半谐谑的广播也是一样的。还有各阶层的人混在一起的氛围也是一般无二。一个是男学生和老师们的体育竞技，而这里则是男人和军官们以及各自家人的自我展示，女人和女孩尽量打扮，穷人也硬撑着面子。

我能看出这个场合对皮通夫妇的吸引力。这也许是他们一年中最隆重的社交事件。另外，开放日的确不失为一个话题，使得皮通太太在车站碰到我时有话可说。

有一天她告诉我，她儿子结束了炮兵学院的训练。一切顺利。"他的朋友们给了他一个小小的纪念品。"她觉得也许"纪念品"这个词是军队用语，是有特殊意义的，我头一次听到一定和她头一次听到时那样感到新鲜而迷惑。她又解释了一遍："一个和他们共度的日子的小纪念品。一个封在透明塑料里的老式黄铜炮，像颗钻石。"

一个廉价的纪念品。这个微笑着的女人说起儿子仿佛还在谈论一个孩子。所谓的纪念品实则是低劣的工艺品：军队，当兵的儿子，这样的现实与之应该是相称的。但现实大不相同。现实是严肃的。皮通家的男孩被训练成一个杀人的士兵，新型的英国士兵。他适合这个角色。他长得魁梧，一双脚很大。他没有遗传皮通太太的气质与容貌。

英帝国在十九世纪开始衰退，但仍是繁荣的，在经历成就和损耗都巨大的二战后终于没落，现在已没有大规模战争要打，英国军队却专注于培养这种精英士兵，这让人吃惊。索尔兹伯里平原周围的小镇上偶尔有风波，不过我们山谷里倒很少见到士兵或者军用车辆。仿佛军用车不被允许开到这里。我们在山谷里过着尘嚣之外的日子，就像十九世纪，实业家在镇上工作、发家，在周边的乡间宅子里居住。

一个周末，皮通的儿子带着他的“姑娘”回家来。周日下午，他带她去观景点，正巧我散步下山，碰见他们。娇小的女孩贴着这个大块头，仿佛把自己缠在他身上，这样外露的情感我在山谷里不曾见过。兴许是年纪到了，我能抽离地观察这些事情了。当年，我十八岁时，便想以这样的抽离和洞察写《狂欢夜》的初稿。男孩，女孩，父母的房子，下午茶之前的散步——如部落仪式一般，使观察者置身于一定距离之外。

但这个男孩的面容多么不安啊！尽管他的身量如此，还是能看出他母亲眼中那个孩子的影子。尚未定型的相貌，皮通夫妇两人温和的脸的结合。皮通夫妇不善言辞，却也有虚荣心。他们两人的容貌在危险的顺服中相会，生成一种新的士兵的虚荣。

皮通内心的顺服——他传给士兵儿子的顺服——令他和杰克不同。杰克在山上车道边类似荒地和半废弃农场的工作与皮通在庄园的荒芜里做事多少一样。但是杰克的自由是皮通不可及的。也许是杰克愚钝，他纯粹出卖体力，也便满足于其所有。这点并非微不足道。杰克的境遇比较幸运：他有小屋住，有地耕种，最重要的是他的孤立，他带入睡梦和醒来经历的寂静与孤独。这些境况加在一起，让他的愚钝变得无关紧要。杰克的境遇和天性让他的生活像一场持续的庆祝。在农场下班后就到花园里劳作，直到筋疲力竭，然后享用食物，开车去酒馆，慢悠悠地喝到醉，就这样年复一年地看到自己的辛劳浇灌出甜美且有利可图的果实。所以，大夏天为何就不能光着脊背呢，这不是和冬天生火炉一样吗？

杰克体验到的滋味、喧闹以及他身上的韧性是皮通父子不曾有的。皮通儿子的那种喧闹，无异于我在牛津大学上学那会儿本科生于晚餐前在地窖里的胡闹，是一种群体行为的表现，后天习得，像拘泥于礼节一样不自然。

皮通大概看不上杰克粗鲁而狭小的生活圈——不过是方圆几英里之内的农场、小屋、花园和酒馆。皮通更聪明，见识更广。他有榜样，杰克却没有。皮通对自己的期许更多，想给予妻子更多，他为妻子的美貌而自豪（虽然我从来没有听他提起或者暗示）。但是更高的智商和更广的见识让皮通雄心勃勃，也让他顺服和脆弱，让他把自己的生活放在别人手中。

*

因而，每天早上九点看着皮通从白门进庄园，他给我的初步印象不是那么简单。

他不像个园丁。头戴毡帽、身穿粗花呢西装的他更像一名访客，一个过路人。事实上他是去花棚，那也是他的更衣室。他穿着西装进去，像个访客；走出来已是一身工作装，已是园丁。但是他不知道自己是传说中十六个园丁中的最后留守者。他对自己有别的看法，一种浪漫的想法。虽然他重视庄园的这份工作（正如后来我们看到的）以及工作的自由：他不受人监督，可以自主选择工作时间。虽然他有权对偷猎人甚至是那些在周六下午来打猎的乡绅视而不见，虽然庄园的气派和特权与他多少有点儿关系，但皮通脑中的浪漫与庄园无关。

这让我失望：在庄园里，皮通和菲利普斯夫妇、和我无异，都是废墟里的露营者，为发现旧时生活的痕迹而欣喜——像野蛮人在格洛斯特郡的古罗马别墅里发现供暖系统而不禁欣喜，虽然不懂它有什么用并且不需要它；像北非野蛮人拂去嵌有神像的马赛克地板上的沙子，地板是早年带着赌摊、石头和地毯的商人兜售的，现如今却变得和其上镶嵌的神明一般神秘——但皮通不会因想象那种生活的浪漫气息而受到折磨，不会希望去重新创造或者“恢复”它。

皮通在果园和林地的矮树丛间修剪出一条通往花园“庇护所”的路，之后，他向我展示了茅草顶的两层儿童屋。这是庄园的精品之一，看上去不像有孩子待过，更像是大人赏玩用的，是一件精美雅致的作品。皮通明白这些，觉得儿童屋值得展示。但皮通几年间创造的花园庇护所就在儿童屋之后。庇护所一地的落花和弃花让人感伤——不仅仅是庄园扔的，有的是小教堂葬礼上用过的——代表着死亡和告别仪式。带有高耸的圆锥形屋顶的儿童屋遮掩了花堆，倒更像个“庇护所”。

但假使皮通的性情不那么温和，假使他对毁灭这一概念不是那么无所谓，假使他真是十六名园丁之一，并且悼念过往，他也许就没法做到现在这个样子。

我在庄园的头一个夏天，听房东说“秘密花园”要打开整修。秘密？庄园除了房东独享的草坪、树丛和宅子对面的小径外，还有什么是我不知道的吗？有。原来“秘密花园”藏得非常隐秘，我其实每天都路过，竟从未起疑。它在主车库后面，看上去像是车库后的菜园围墙，实则是秘密花园的外墙。

在外墙和菜园围墙之后，是秘密花园。它被团团包围，只开了一扇木门。这扇门我每天都经过，一直紧闭着。从外面看不像是唯一一扇通向菜地的门，随着员工数目减少，随着十六名园丁的消失，门被永远地锁上了。如今这扇门被打开，皮通进去工作，用手推车运走堆积压平的潮湿的陈年枯叶，它们和泥土及老山毛榉果实混在一起。（我那时注意到他在推满满的手推车之前那地道的样子。他小心地站好，垂下胳膊，然后屈膝握住推车把手接着抬起来，这个过程中他的背几乎保持挺直。这让我想到，也许十八世纪的人抬轿子时就是这样的姿势，防止受伤。）皮通把枯叶一车一车地送到庇护所，秘密花园中高大盘结的树枝下出现了一个几乎崭新的瓷砖砌的小喷泉，浅蓝瓷砖还贴着金边，这额外之笔显得轻佻而多余，是二三十年代的印迹。

菲利普斯让我过去看。皮通也叫我过去看。我们都尽责地惊呼这花园太隐秘。菲利普斯夫妇惊叹这么美丽的地方却不为人知。我们惊叹这么多人走过这里却浑然不觉。看着眼前的花园，我们还觉得自己享有了一点特权。但没有人知道此后怎么处理这座秘密花园。门关上了，花园和瓷砖喷泉又隐蔽起来，无疑很快又要被落叶、山毛榉果实和枯死的山毛榉树枝覆盖。

这是我房东幻想的夏日。有一天，不知什么东西——光线的某种质感，屋里的某样物品，某些信件——可能让他想起童年的花园。他想看到它。他下了一道指令。皮通于是忙了一个星期。但当他看过之后，又忘了花园这码事。（他到底去看了没有？他在平时受保护的节奏里走远了吗？他有没有走近我的小屋，走近他视为庄园公共区域的地方？我从未从菲利普斯夫妇那里听说房东真的去看了。）

曾经让我失望的不再让我失望。如果老庄园花园和土地的荣耀是皮通的一点浪漫，如果他是传说中十六名园丁中的一员，他就没法做这事，他要是知道自己的辛劳最终会换来嘲笑或忽视，知道他不能保持一种秩序，不能阻止菜蔬的腐烂，他就没法做这事。皮通还能守着这份工作全是因为他幻想着外界的事物，军队或者军队军官。

不知是因为厌恶皮通这种来自外界生活的自给自足，还是因为厌恶他的举止和自负，大家认为皮通“不懂”园艺。他根据庄园雇主的要求种蔬菜和花果。尽管这样，他并不通晓园艺，不是一个货真价实的园丁，不是行家。

在这种对皮通的指摘中，我觉得掺杂着对园丁的古老理解，超越了我在牛津大学对园丁的所见所感，上溯到崇拜的源头和丰饶的概念，甚至茎节之神的概念：园丁让不起眼的种子萌芽，长成茎、叶、枝、花、果实，让这些从微小的种子里长出，园丁是魔术师，是草药医生，与种子、根茎和嫁接的奥秘相关，这奥秘（同烹饪一样）是孩子最早发现的秘密——这确是我和妹妹、表兄妹们最早发现的奥秘，那时，在西班牙港我们家的院子里那坚硬的黄土上，我们有模有样地在一个浅坑里种下三粒坚硬的干玉米，用小棍子在坑边围起栅栏，保护玉米不被院子里的鸡啄食。三天后的早晨，我们出门上学前发现了奇迹：玉米苗破土而出，绿芽迅速长成了一片卷曲的叶子，像一丛草，像甘蔗。玉米苗再长大一点，孩子们便开始厌倦，不再观察和保护它。鸡群撞翻了棍子篱笆，把鲜嫩的植株啄食得一点不剩。

我在镇边铁轨旁看到菜地的时候很受感动，那正是我孩提时代有过的激动：让东西生长的童年快乐。我觉得这些在菜地上耕种的人体验着我儿时种下玉米籽的心情。这种在英国这第一个工业化国家存活下来的老式感情和需要，存活在最丑陋单调的维多利亚时代风格的工业镇上居民的心中，像铁道旁于灯光和受污染空气间幸存的野草一样，它们在铁轨间油污重重的碎石上长得快要和缓冲器一般高了。

种植然后看着植物生长的本能似乎是永恒的，是人之本心渴望回归的地方。但是，在我走出来的那片种植园殖民地——一片开辟成农业区、专门种植某种作物的殖民地，其上是大片广袤的甘蔗田，它解释了周边的一切：房屋、政府的做派与混杂的人口——在工业英国的权力和财富创造的殖民地，这种本能已经被根除了。

特立尼达岛阿兰胡埃斯庄园的菜地位于美国人修建的高速公路两边，它们的存在是偶然的，是皇家热带农业学院的知识在劳工中间偶然扩散的结果。它们看上去像英国的自耕地，与知识和科学关联。但是西班牙港边缘的阿兰胡埃斯和英国镇郊的菜地如今体现的却是不同的本能、需要和不同的心意。种植和丰饶的旧世界，最初的世界，也许短暂地存在于殖民地，存在于孩子的心里。在成人眼中，农业并不神奇，而是奴役和丑陋。这就是为什么英国的菜地触动了我遥远模糊的幼年回忆，使我想起我在西班牙港家里的院子中种下的三粒玉米种子。

*

皮通"不懂"园艺的说法在庄园里传开了。这是我借由对周围的了解慢慢形成的看法。印象里菲利普斯夫妇没跟我提过这件事，所以我觉得这说法是我在这儿落脚后还没学会观察周围并做出自己的判断时，菲利普斯夫妇通过各种间接的方式向我传达的。

比如说我猜想正是因为皮通“不懂”这个说法，菲利普斯太太才会在我来这儿后的那年秋天（事实上，如我后来了解到的，是在她到庄园工作和生活后不久）剪掉了花园里茂盛的玫瑰丛，使它们沦为蔓生的荆棘。

当春天到来，那荆棘般的梗上净是七瓣形的叶子，并没长出真正的玫瑰花叶，带刺的玫瑰花苞也没有出现，对此她一言不发，绝口不提玫瑰和修剪。这是我在山谷里学到的关于变化的最早一课，事物在我眼中由完美走向衰败。之后我还在那里的几年中，尽管每个五月我都会在荆棘间寻找花苞，期待奇迹的出现，这关于玫瑰的沉默对我来说倒不失为承受玫瑰消失的办法。我眼中的完美对前人而言也许是没落，在第一个设计者或者园丁看来简直不堪想象。

以后玫瑰就销声匿迹了。但皮通从此“定性”了。渐渐地我也开始奇怪，菲利普斯夫妇和皮通的邻居布雷何以不满皮通没能通晓园艺，毕竟他没有正儿八经的职业。他们都没有职业或手艺，也因此，在英格兰没有什么工业的农业地区，人们不可思议地漂泊着。

我觉得菲利普斯夫妇是那种得过且过的人。我有抱负并为此焦虑，因而在发现他们对未来没有安排后印象深刻。他们对未来几乎没有概念，没有丝毫计划，万一有什么不顺利的，总会有别的办法、别的安身之地。这种欣然接受变化的态度让我佩服，我这样说并无讽刺之意。但它与职业或成就绝缘，有的只是过一天算一天，浑浑噩噩。

皮通的邻居布雷也是如此，他是个租车的。虽然他与山谷渊源深厚，超过这里其他的人——他父亲以前在庄园工作过——虽然他指责皮通不懂园艺，但他本人对花园，甚至对他生活的这个山谷没有感情，他给屋前的土地都铺上了混凝土，停放各种车辆。

每天给皮通茶喝的菲利普斯夫妇没有当着我的面指摘皮通。菲利普斯先生喊“弗雷德！”时语气里是威严而不是友情。布雷不这样，他比较没遮没拦的。这是他的“自成一格”，他为此骄傲。他在房东的事情上也没遮没拦，且希望这点能引起大家注意。他主动讲道：“不想载他。像只啼血的鸟嘀咕不休，一会儿想坐在前排，一会儿又想坐到后排，片刻之后又想坐到前排。”布雷不止一次说皮通“是个非常傲慢的人”。

“傲慢”和“平凡”一样，是布雷的用词，“傲慢”指“无知”，但也有“傲慢”的意思。当布雷用这个词的时候，这双层含义和挑衅的语调非常强烈。

皮通和布雷住在公路边两栋相接的小屋中。小屋是石板屋顶，燧石和红砖墙，砌砖方式是最常见的那种。两座小屋原先都属于庄园，它们和不远处“风景如画”的茅草屋、和庄园本身一样，是在一战前建的。皮通的小屋现在仍是庄园的资产，是随工作配给他的。而布雷住的小屋则是他自己的，是他从父亲那里继承来的。他父亲在庄园工作了一辈子，趁庄园开始衰落，庄园主一家在别处兴盛起来的时候，低价买下了小屋，其实这笔买卖可谓是馈赠。

屋子狭小而坚固，其线条和使用的材料（红或橘色的砖及燧石）让我觉得它们是近郊的风格。但是细想后发现，我在方圆几公里范围内倒是常常看到这种风格的旧农场建筑，况且燧石是本地特色建材。我开始把这两座小屋视为实验性的改良农舍，它们和路上的茅草屋相比，是真正的“时代”的产物。茅草屋仍是乡间建筑风格，这项技艺没有失传的危险，盖屋顶的人在威尔特郡的山谷随处可见。但当地石匠不再建造改良的燧石屋，燧石工艺有难度，并且改善农业劳工住所的想法不再有意义。

布雷和皮通住着类似的房子，它们的过去明明白白。但布雷这边的墙和栅栏有着所有权的意味。布雷拥有这座房子，他想让人知道。此外他还强调自己是自由人，一个为自己工作的人。而皮通这边则是在突显风格。皮通将一个带有篱笆、一块草坪和小花树的花园拾掇好了。布雷的花园更多是用来停车的混凝土院子。这是两个人矛盾的由来。

皮通没有对我提起过布雷。两人的恩怨我都是听布雷说的——我用他的车。布雷的讲述很有一套。他隐瞒了自己的行为和挑衅，只说皮通的所作所为，将人前衣着光鲜、举止稳重的皮通塑造成一个疯子。

在开车带我去火车站的路上，布雷会说：“我们的朋友这几天正拿房子消遣呢。凌晨三点在界墙上钻洞。你怎么看这事？”

这时布雷会停下话头，让人玩味一番皮通像个疯子般用电钻的画面：大半夜的，皮通在房里发泄着，活像装备现代激光枪的邪恶的海德先生[①]，但早上九点，他必定会改头换面，以杰克博士的面

①小说《化身博士》中邪恶的化身。亨利·杰克博士是位体面温雅的绅士，因为内心深处恶与善双重人格的斗争而痛苦。他尝试配制药水来压抑自己心中的恶，出乎意料的是服下药水之后他竟然变成了自己体内邪恶的化身。

貌出现在草坪边的白门口。

直到快要下车或者下次再搭车时我才得知，布雷会因种种原因在水泥院子里调试汽车引擎到午夜之后。这种种原因包括工作热情，以及他的自力更生和对闲散的憎恶，正是这种闲散导致乡村衰败，人变得不可靠。

在布雷身上有乖张因子。他知道他油迹斑斑的水泥院子和半旧的汽车让人不高兴，尤其冒犯了住在隔壁的皮通，他也知道自己急迫地想让乘客看到山谷明显的丑陋并不合适。布雷也会否认故意惹怒皮通的行为和做派是可取的。他觉得自己在庄园可以随心所欲还有一个原因，那就是这片地和房子是他的，他是个自由人，这点与皮通以及他认识的几乎每个劳工都不一样。

自由对布雷而言不可或缺。他把人送到各个机场的航站楼，从机场接外国孩子。虽然他表现得好像出租车这营生是一项高技术活，乃至一份职业，而不是他父亲曾从事的“服务”工作，一个仆从。

服务——一个消亡并逝去的世界。但是对布雷来说并非如此。他的童年存在于那里，正像我的童年存在于那个已经消逝的甘蔗田、小茅屋和打赤脚的孩子的世界中，存在于沟渠和木槿丛、我接受却不理解的宗教仪式中，存在于夜间祷告的美丽灯盏和对朗姆酒馆、争吵和恶斗的恐惧中。正如“庄园”、“劳工”、“园丁”唤起我脑海中的某些画面，布雷活在我只能隐约想见的那个山谷中。

他经常跟我讲起过去。讲收割时节，讲孩子们给田里劳作的父亲送饭，讲牧羊人和山丘上他们的小屋，讲劳工每天有喝不完的啤酒以及如今已被拆毁的劳工小屋曾经有多美。他不掩饰自己的出身，还不时提起，以提醒自己（以及我或者任何听他说话的人）

他走了多远。

布雷的父亲当时是做什么的？他说一开始是“园丁长”，传说中十六名园丁的领头人。也许只有这样的人才有权低价买下小屋。但是后来他又说父亲是管家，是司机，有时候甚至是马车夫——在爬满常春藤的老旧谷仓边的棚子里有马车。所以，布雷所谓的“父亲是十六名园丁之首”，有可能只是他将“傲慢”的皮通比下去的方式。

无论父亲在庄园是什么身份，布雷都为他骄傲。他不排斥父亲。但是回忆中父亲在庄园服务的身影会触动布雷，让他痛苦。

他开始跟我讲述有一回村里学校放假期间（现在学校已是人去屋空，只适合居住了）他在庄园工作的经历。这是一段抹不去的回忆，至今仍然让他痛苦。他会告诉我是因为我是个陌生人，因为我能理解并感兴趣。我从一九五〇年起进步不小，学会了怎么说话、提问，并且不再像当初在哥伦比亚号轮船上或者寄居伯爵府时那样，仅仅因为自己是作家且生性敏感才期待捕捉到事实。我终于发现，作为一个自幼漂泊在外的异乡人，我开始对别人产生浓厚的兴趣，希望看到他们生活的细节和规律，通过他们的眼睛看这个世界。伴随这种兴趣而来的是，在某个阶段，我会萌生一种感受力——几乎是第六感——捕捉到一个人思想里最重要的东西。

于是，布雷开始说起他假期在庄园干活的一天，这时不巧出了些事情——也许是遇到红灯停下了车，也许是和其他司机发生口角或者相互问好。然后回忆的痛苦压倒了布雷向我讲述的意愿；他在庄园做仆人的时日依旧封存在他心底。也许是他在角色里的顺从让他痛苦，也许他觉得那是对他的天真和孩子气的利用。孩子的经历毕竟有限，容易逆来顺受。甚至一项游戏都能怂恿孩子忍受被虐待的境况，能促使人成为受虐狂。

回想起我自己的过去、我的童年——理解他人境况的唯一办法是通过我们自己、我们的经历和情感去感受——我发现自己常把虐待视为理所应当。我轻易地接受了贫困，习惯了镇上和乡间路上孩子们赤裸着身子乱跑。我并不觉得嘲弄畸形人有何不妥；我们印度家庭与我们农业殖民地的种族体系中展现的等级观念我照样轻易地接受了。

没有人生来是叛逆的。叛逆精神是训练出来的。甚至在我父亲愤懑的鼓励下——对政治、对家庭和雇主的愤懑——我大体接受了我们的家庭生活、种种态度和我们那个岛，这让我日后感到痛心与羞耻。

我的所有冲动中最崇高的当数立志成为作家，这个支配着我的生活的冲动也是最具束缚力，最阴险，某种程度上最具腐蚀力的。因为经过非正规英语之非正规教育的改造，我的志向不再是纯粹的欲望，它使我有了一种关于大脑活动的错误想法。在那种殖民地背景下，最高尚的欲望成了最束手束脚的欲望。为了得偿所愿，我必须摒弃过去的自己。为了成为作家，有必要摆脱我对这个抱负的早期想法，以及不着调的教育使我形成的对作家的理解。

于是过去之于我——作为殖民地的人和作家——充满了羞耻和屈辱。不过身为作家，我能训练自己面对它们。的确，它们成了我的主题。

布雷没有经过这样的训练，没有这样的需要。战前萧条、战争、战后改革和繁荣，这些处在他和他的过去之间。他离过去越远，世界改变越多，他越痛苦。

政治上他是保守派。“你知道我的，”他会说，“我是个穷困潦倒的保守党人。”“明明白白”又“彻彻底底”。他所谓的身为一名保守党人，其实指的是他为自己工作，是个自由人。他对缺乏自由意识的人（比如皮通）以及打工者缺乏敬意。他对庄园的寄生虫没有丝毫敬意，并且憎恶要缴税支持这些人的想法。伴随着这种保守主义以及他对工党和“普通人”的痛恨，他身上洋溢着强烈的拥护共和政体的气息。他的生计仰赖有钱人，他喜欢有钱人古怪的行为并对此评头论足。但同时他憎恨坐劳斯莱斯的人，他恨地产业主、有头衔的人、君主以及一切不用为生计奔走的人。

他痛恨有头有脸的古老家族及其继承者，我想象不到这种恨会在一个英国人身上出现，直到我读了威廉·科贝特[①]。他的作品反映出一百五十年前的偏见、执拗和激进主义，一种由法国革命（在科贝特生动流畅的行文中仍能真切感受到）滋长出的激进主义，我在其中看到了布雷的影子。一个帝国崛起，一场财富和权力的角逐随之上演。但是布雷的激情令人匪夷所思，它像纯粹的农业社会的激情，只不过关系到庄园、大农场和依附其上的劳工。对布雷而言，假期在庄园“服务”虽然很大程度上根植于他自己的家庭与庄园的联系，还是让他感到痛苦与羞耻。

租住在小屋的园丁皮通衣着讲究，标准大概是乡绅派头。布雷这个自由人则戴一顶鸭舌帽。他说（我们因几个月的租车往来发展成了熟人），他戴帽子是为了在警察那里讨方便。他做得不错。我

①威廉·科贝特（1762－1835），英国散文作家、记者、政治活动家和政论家，小资产阶级激进派代表人物。

多次证实，尤其是在机场。穿制服的警察看到鸭舌帽会有所反应，看到司机这一行的标志会表现得友好一些。

又有一回他说，他戴这帽子是为了和其他出租车司机区分开。那帮人嘻嘻哈哈地停个车都要花很多时间。但那些出租车司机觉得鸭舌帽显得奴性，为此嘲笑布雷，一如嘲笑他收费低廉（觉得这也是奴性的表现）。正是布雷的“奴性”和老派的作风，他的守时、可靠和公道，才助他建立起庞大的客户群，使得他都忙不过来。这同时也是布雷不能雇一个司机的原因。他要求太高，会希望对方和自己一样一心扑在工作上，希望他们衣着正式，甚至要穿制服。

布雷自己的穿着并不正式。他头戴鸭舌帽，但其余着装的风格都与这帽子不搭。他经常穿羊毛开衫，很少穿外套。开衫可以不扣扣子，或者以多种方式扣上；可以代表正式、随意或漠不关心。看着它会令人想到有人叫车时布雷正穿着拖鞋在火炉边看电视。而鸭舌帽的戴法也有学问，可表示尊敬或者不敬。摆正的帽子和扣好的开衫表示一个把自己照顾好的男人，而不是顺从：一个尊重自己而非他人的人。

这顶帽子帮助布雷相信自己，向跟他打交道的人表述观点和判断。要是没了帽子他会觉得困难；他需要绞尽脑汁地想词，摆出各种表情，结果还是困难重重（租车生意就是这样）。而鸭舌帽和开衫的多种穿戴法使布雷得以做出一系列微妙的判断。

事实上，正是因为反对父亲的服务态度，布雷才有仆从的那种捉摸不定的性格：多种口音、嗓音和措辞。布雷和皮通不同，他没有可效仿的对象。他独立自主，给人以明显奇怪的印象。布雷多变又热情的性格，那种多面的性格，也许从根本上就不稳定。他不为庄园服务。（也许有过一些我不了解的争吵：菲利普斯夫妇从没谈起过，那也许是他们来之前的事。）然而他对皮通的憎恨部分也是对入侵者的憎恨。因为布雷觉得并且也声称，他对庄园和我们房东的了解远远超过皮通。

相似的房子，改造过的农舍，都有工作，两个人虽然有差别和过结，却是向着同一样东西努力：尊严。

于是，无论在住所还是在工作的地方，紧张的情绪纠缠着皮通。布雷说他是异乡人和入侵者，他愤愤不平，但把怒气都发泄出来了，发泄在菲利普斯夫妇身上。皮通平日寡言少语，但他有传达"情绪"的办法；正如菲利普斯夫妇会暗示他他不懂，他能反驳说他们是镇上的人，也是新到庄园来的。

于是这三组人，外形上如此相像，也都从事服务工作，却生活在一张互相憎恨的网中。怪的是他们迥异的穿着。能买到的衣服很有限，不过是索尔兹伯里商店里时髦衣裳的廉价仿制品。我很快知道皮通买乡绅款式衣服的商店或"男装店"，以及菲利普斯夫妇买厚夹克或者带拉链套头衫的"运动衣"商店（价格便宜得多）。我当然忍不住把这些衣服看作商品，认为它们并不真正属于穿着它们的人，而只是一大堆货品中的一件或几件，虽然索尔兹伯里的商店彼此离得很近，但衣着的"区别"对他们每个人都很重要。

这些人都坚强——或者是反应迟钝，看不清自己的处境；他们需要如此。布雷挣来了他如此引以为豪的自由。他从来不拒绝活计，工作很长时间；他没和什么人有私交，很少能好好睡一晚上觉。菲利普斯夫妇很坚强，甚至犯神经紧张、容易头痛的菲利普斯太太都是如此。他们没有积蓄，知道自己随时要搬到别处去，认识别的人，建立别的社会关系，适应别的环境。

皮通活在布雷和菲利普斯夫妇的刺激下，也知道菜地以外的工作——不是像杰克那样自愿帮忙的，他是领薪水的——蕴含在庄园的荒芜之中：艰辛的重复性劳动，几乎没有人在意，比如秋天清扫落叶；无意义的劳作，比如清理秘密花园，花园后来又被锁起来；庄园的劳作在等待一个后继者。

他改造了农舍、花园棚屋、庄园的土地。这是他的小地盘——倘若这是他的全部，那么这压抑的空间可谓可怕。他需要其他的信念，坚持乡绅做派的信念。没人监督，没有固定工作时间，要不是抱有这个信念以及由此而来的“脾性”，他也许会成为一个懒人，会堕落成流浪汉，成为另一个杰克，但又没有杰克的热情、粗糙与生活。

我来这儿的第二个夏天体会了一把皮通的性格。我去旅行了一段时间，回到庄园时差不多是夏末。我发现我不在的日子里，我小屋边的草没有修剪。小屋边一小圈的草地原则上归我打理，我接受。但割草机修剪这一片只消五分钟，皮通愣是按原则办事，即使影响了草坪的美观也不顾。

菲利普斯太太说：“人真是好笑。”好像我终于明白了他们一直忍受的事。

我出门那段时间，她看着这片草疯长，饶有兴致地等着看我回来时的反应。

我不想被卷入庄园的明争暗斗中。我在庭院里看到皮通，走过去向他借割草机。他显得局促不安，做好了争辩的准备，蓄势待发。几周以来，他应该是在菲利普斯夫妇的注视下这么做的，现在应该是剑拔弩张的时刻，他倒局促起来。他是在菲利普斯夫妇的眼皮下这么做的。但是他不知道怎么跟我吵，我是一个陌生人。这触动了我。他开始含混地作一些解释，但终究作罢，直接走进棚子拿出割草机和一罐子燃料。他热心起来，甚至给我一块抹布，给割草机加油后用来擦拭外壳。

我修剪完草坪后，小心地把割草机和油罐放在花园棚屋锁上的门外——仿佛是用默剧的方式告诉他（我之前用割草机从来没有这么小心），我没有把这事放在心上。他以出其不意的方式回应了我的做法。周四下午，他把我的垃圾桶送到庭院来，方便周五收垃圾。他只用一只手提着满当当的铁桶的一只手柄，保持一种姿势和步伐——显示出他力气大，尽管他并非盛年，腆着肚子，行动明显迟缓。

于是我们成了朋友。一个夏末秋初的下午，草地上光影斑驳，我们一起劳作。他允许我帮忙修剪草坪——我一直喜欢修剪草坪。我还帮忙收集落叶，算是宜人的下午活动（大约花一个小时）：把树叶堆进一辆粗糙的两轮木推车，推着车子穿过果园和儿童屋，来到“庇护所”，移开推车前挡板，把树叶倾倒在蓬松光滑的叶子山上，整个过程令人感到静谧。

圣诞节前夕我去了一趟皮通家，送给他一瓶威士忌。天气潮湿寒冷，路上湿漉漉的，仿佛光秃秃的山毛榉和梧桐树仍遮着阳光。皮通屋子的院门和通向前门的小径比布雷家的状态要好，不过到了门口，我才注意到门和周围的木头亟须粉刷，窗框有一半朽烂了。

过了好一会儿皮通才来开门。也许是在整理着装。他面露尴尬，脸发紧，我便知道他不喜欢在家里“被抓个正着”。

这房子比我想象的还要破旧。六十年的老舍经过改造后外面看起来是坚固了，里面仍旧破破烂烂。厅很窄，擦得锃亮，几乎分辨不出颜色。这间小前厅的布置也是七拼八凑的。

朴素的家具虽然旧了，还是让人想到售卖它的商店；朴素的电视和音响也让人想到廉价商品店；廉价的没有绲边的窗帘。只有那几张照片——一张皮通和妻子年轻时的合照，一张皮通太太二十年前的单人照（她一定很喜欢这张照片，上面的她头扭向一边），一张儿子的照片——只有照片让这栋早就“属于”皮通的房子有了点个性。

从里面更清楚地看到窗框弯曲了；房间通风很好。为什么皮通不装修一下呢？我知道他会说什么。装修是庄园的事；房子又不是他的。他等着庄园装修他的整个房子；他心甘情愿地在乏味中度日。这让人沮丧。这是这个男人真正的奴性与顺从的表现，他平日里的严肃态度与一板一眼的动作，他的自重，与这奴性格格不入。他挣的钱都花在了他们夫妻二人的着装上，那是外人能看到的体面。

我把威士忌给他，他道了声谢谢，但看上去不是很高兴，仍旧是那副紧张的表情。我提起他的音响，好弥补我来拜访的错误，他这才放松下来，脸上的肌肉不再紧绷。我说我没有那样的东西，皮通荒谬而得意地笑了。他高兴了——这让人吃惊——因为他的财产让我惊讶。

皮通荒谬的笑带我回到童年——也和在山谷、在皮通的小屋里这样如梦一场——勾起我痛苦的回忆。在大家族中，我们这一支很贫困；我记得有一两次，富有的远亲来拜访我们，我们发自本能地强烈地想要炫耀，装作很富有。这是一种奇怪的本能：不向和我们一样穷的人炫耀，倒向富有的人吹嘘，而他们能一眼看透我们的虚荣。这一点我在别人身上也看到过；我孩童时期最早的观察是关于贫苦的谎言，贫困迫使人撒谎。我们那儿是一个处在世界大萧条末端的极度贫困的农业殖民地，有钱人很少；气派的庄园被迫低价出售，钱稀缺；劳工遭受的是深重的苦难。但我从小就看见大家向老板、向每周付工钱的人装出一副有钱的样子；每天或每周领工钱的人，每天工作八小时甚至更久换来一块钱不到，同时假装自己有秘密的收入，乃至整个秘密的生活。

童年时期棚屋里的风、潮湿和沼泽的气息在圣诞节前夕浮现在我眼前，在威尔特郡的山谷里，在皮通改造过的农舍中。他是贫穷的。我现在发现，他被贫困伤了自尊，因贫困而羞耻。我现在发现他比菲利普斯或者布雷都更敏感、更容易受伤害。他比他们都更脆弱。

*

大约下午三点，庄园传出“弗雷德！”的喊声。我花了些时间才明白这是喊声，它一开始听着像是乡间的声响：动物的叫声；远处牧牛人赶着牛从湿草甸回到挤奶棚时发出布谷鸟般的叫声（他只是叫着“走！走！”）；农用机器；鸟；鸽子在栖身的地方、在旧谷仓墙上浓密的常春藤间扑腾着翅膀；墓地后面农场上古老的挤奶机——它在关掉前发出一声尖叫，在相对的寂静中，你会意识到前两个小时忍受的噪音像铃声或蝉鸣一样在耳边挥之不去，像军用飞机的轰鸣。

我分辨出来之后，菲利普斯喊的“弗莱德！”听着就清晰多了；我觉得这也是一种由来已久的老习惯。但我很快发现事实并不是这样。我能辨认出叫喊者的性格和情绪，体会到环绕周围的紧张。我后来意识到，皮通从不回应这呼喊。

呼喊发生在下午。但是有时候，尤其是春天，早晨也能听见。这意味着菲利普斯先生在我的房东和皮通之间调停。春天，我的房东想去看花或购物，有时候两者兼顾。他不想拜访其他花园（踏入别人的领地会让他非常不安）。他愿意去花店和花市；他要皮通和他一起去。

皮通被叫去一同出门的时候，他坐在车子的哪里？在前排另一个仆人菲利普斯先生边上，还是独自坐在后排，一个以另一种方式被隔开的人？

我觉得皮通是去给房东做伴和提供保护的（还有菲利普斯先生）。皮通之所以被邀请同行，不仅仅是要以园丁的身份提供建议，因为买来的植物——需要皮通照看——不总是合适。我记得有一次买的杜鹃花不适合我们这里的土质，皮通只好把它们种在装沙土的盆里。我问他为什么，他支支吾吾地说不上来，直到灵光一闪说了句“矿物质”。把杜鹃花种到沙土里之后，每天都用一种昂贵的铁矿物溶液“喂”它们，直到它们死掉。“喂”字用在这儿很贴切，因为小杜鹃花需要用滴管喂，像喂失去母亲的鸟儿等小动物那样。

我来这里的第三年，第三个春天，这呼喊声比以往更频繁了，大概和我房东的状况有关。严重的病情一度让他几乎无法行动——也就是菲利普斯夫妇来照看他和宅子期间——后来他开始缓慢地恢复。据说某些药物可以抵消他的倦怠病，他摒弃隐退和单调，恢复生气。一台手术多少恢复了他的视力。

我房东得以重获生机，回到他的特殊世界，多亏了菲利普斯夫妇。菲利普斯先生专业又善解人意，是强壮的保护者，作为患病的雇主同时仰赖他人照顾的房东能够信任他。菲利普斯太太则在丈夫的力量外增加了温柔，她还能欣赏房东的艺术特质。房东起初写诗，视力恢复后便开始画画。他的画流畅、熟练、简单得让人诧异，仿佛以前画过很多遍，尽管它们取材自他刚恢复的生活：来自另一个时代，比尔兹利[①]的风格，藤蔓般的长线条和细小点描，反衬大片留白。

有些画印成了复制品：是他一如既往的或者觉醒的奢侈——他让菲利普斯太太送到我这里，代替了第一年的诗歌。

房东在这次苏醒和重生中向菲利普斯夫妇作了妥协。据菲利普斯夫妇说，他对他们的态度变得温和。他们成了他以为自己已经告别的生活的一部分。菲利普斯夫妇因而感到自己被需要；也许之前没有哪一份工作让他们有如此感觉。于是他们也变得温柔，不再急躁，也能更安稳地在庄园待下去。对于他们的强硬，现在得以解释一二：人一旦发现这个世界是冷酷的，便也想用冷酷武装自己，好直面命运的安排。在庄园变得自信的菲利普斯夫妇快乐起来了，因为他们不再是异乡人；和他们的雇主在夏天里一样高兴。早晨一遍又一遍的“弗雷德！”的呼喊说明了一切，如同我上一回瞥见快乐的菲利普斯先生——像个经理——开着庄园的车载着他的雇主，驶过老山毛榉树下的路。

---

①奥布里·比尔兹利（1872－1898），英国著名插画家。

这种情绪一直持续到来年夏天。皮通经常要出门，回来后不时会有些新闻告诉我。“我今天几乎什么都没做。我今天一大早就被叫走了。”他不再抱怨；他喜欢被“叫走”的感觉；他近来很悠闲，和雇主发展出新的亲密关系，这亲近让他的生活几乎奢侈起来：乘车，购物与观光行，都是在工作日的早晨。“他说，‘皮通’——他是这么叫我的，你知道，他不叫我皮通先生。”他作这样的解释是因为我叫他皮通先生。“皮通，我觉得我们今早该去沃尔沃斯百货公司。我听说那里有不错的园艺部。”“沃尔沃斯，”皮通说，语气调侃中带着尊敬，“想象他在沃尔沃斯的情景。”

有时，我会听到菲利普斯先生对这一趟趟夏日出行的重复描述，偶尔还会听上三遍。不过那是艾伦，一个伦敦文人说的了。艾伦是房东的远亲，有时候来庄园度周末，他说孩提时就来庄园拜访过，那时战争刚开始。

艾伦年近四十，小个子，和我差不多。他为自己的身高所苦。他差不多一见着我面就告诉我——好像是要抢在我之前提这事——学校有个老师叫他“小矮子”。艾伦对自己身材的忧虑也许可以解释他可笑的行为、突兀的笑声和在伦敦聚会上剪裁与色彩夸张的着装，我时常在那些聚会上看见他。花哨的穿着和轻佻的举止，同他神经质得有点狡诈的眼神形成对比，同他拜访庄园时衣着举止的持重形成对比，在庄园里，人们有时能意外地在他脸上看到老太太的神情，那种一脸的皱纹成为愉快的皱纹之前的神情。

艾伦在庄园里很多时候似乎是独处的。他常在庄园游荡，穿着讲究，经常一身乡间风格——但是没有人留意他的衣服或者情绪。他为什么来这儿？他说他喜欢这宅子，这氛围；而且他为我的房东着迷，觉得他非常有“时代感”，这个时代按艾伦的说法是在“大洪水之前”，是“古风”。

他从房东那儿听说了和皮通去沃尔沃斯的事。他跟我提这事的时候大笑不已。“他说皮通不好意思进门，一定要被拖进去才行。”

皮通不是觉得去沃尔沃斯的园艺部很有趣吗？是谁添油加醋了？是我的房东，这个苏醒的隐士，还是艾伦？

艾伦没有出过书。他偶尔写写书评，上电台评论书、电影和其他文化事件。他做的电台节目比他的文字好，他的声音和言语中透着智慧和热情。一个年近四十的人，名气小，成就也不大，他的性格、发展道路和志向算是定型了。

在电台节目中，他的声音、攻击性和智慧向人暗示，在演播室的几分钟仅仅是一种忙碌、充实、圆满、可能让人羡慕的生活的插曲。听他说话让人觉得这个人真有内涵，敏锐，渊博，有风度；要是时间允许，他能说更多。这也是他的文字给人的印象，虽然轻微些：读者看到的文字不过是一个有着广博生活、艺术和历史知识的人所了解的九牛一毛，他本人对书和剧本有更深刻、多面的理解。但是这些简短的评论，电台短评和快速讨论——常常被主持人突然打断，然后开始播放新闻节目——便是艾伦的全部工作。他没有其他工作。

知道他的名字，提起他做过的一些小事情，不会让他发窘并转换话题，这不是文人雅士的做派。相反，他会顺势说起他的作品。他对自己的遣词造句记得一清二楚，他在电台漫不经心迸出的话写在纸上会显得莫名其妙。他会说：“如我就那本关于蒙哥马利的书所作的评论，作者好像婴儿一样被一个军人头朝下拎着——。”他会转而狂笑起来，就像自己说完或者听我房东讲完那个皮通在沃尔沃斯门口畏缩不前，被一个长发隐士拖进商店的笑话时的表现。

“有富人朋友真是不错？”艾伦在某个周末说。他觉得自己一针见血又不乏幽默，眨巴起眼睛；这种卖弄出人意料，展露了他不满和残缺的一面。

说起富人朋友，艾伦把自己想成了作家，有赞助者和豪宅供他使用。但是那个夏天我们都被房东突然的觉醒弄蒙了，他开始了奢侈作风，想抓住每一分每一秒尽情享受每一种体验。这就像是为了解释艾伦所谓的“大洪水之前”的做派。

如今菲利普斯太太上门给我送来新印出的画，还有购物篮和鲜花——这是让我难以消受的优雅礼物。因为送礼的人和礼物似乎要求一种相称的优雅，于是，我发现自己在给他写信的时候朝这个方向努力。

一个阳光明媚的早上，约莫在喝咖啡的时候，我看见皮通站在草坪边茂盛的树篱圈起来的围场外。我听布雷说，从围场那儿过去是一座房子（也许曾住着老迈、虔诚的先人）。

围篱中的野草长得很高，白花点缀其间。但皮通在草丛中修剪出一条通到果园的路，从这儿剪过去，又从那儿剪过来，小径上的草被修得低矮，平而密实，一条往这边倒，另一条往反方向倒，于是显出不同的颜色，一条绿色，一条几乎是灰色。

这会儿，中午，皮通在围篱外的草坪上站定，低头看着草。茂盛的树丛在围篱入口处堆出一个拱门。皮通定在这个绿色拱门下；他身后是两岔小径，在开着白花的野草间像迷宫走道。他身子前倾，眼睛看着地，腿奇怪地分开，像是站在斜坡或是不平的路上。他的羊毛领带——皮通在冬夏两季打领带——直直地垂下，没有贴着肚子。

他让我想起十三年前见过的一个人，一个森林里的印第安人，在南美圭亚那高地一个新开辟的传教地。传教地在河岸，不是平地上的大江，而是高地上狭窄的河，河岸有巨石和小而光滑的石头，河床里有的石头几乎要裂开。

那是一个周日早晨，印第安人像皮通这样穿戴正式：蓝色哔叽裤和白衬衫。他来教堂参加布道。传教地在一块新开辟的土地上，被砍的树桩痕迹很新鲜，三面仍被森林环绕。布道过后，他返回林中的村落，沿着空地边缘的小道走，就在河的上方，河水在阳光的照耀下呈现出浅淡的葡萄酒般的颜色，到了黄昏就变黑了。这里的黑夜让人焦虑，日光总让人宽慰。

路上有个东西引起了他的注意，他警觉起来；他停下来想一探究竟，那东西不该在路上——也许是一根树枝、一片叶子、一朵花——这点也许暗示了可怕的危险。对印第安人而言，没有什么死亡是自然的。总有杀手在周围，一个恶鬼，一个看上去正常、永远不会被疑心或者看出是杀手的人，而就是他最后杀了所有人。这个穿着蓝裤子和白衬衫的印第安人从教堂回家，半路上站在河的上方，沐浴着晨光静静地站着，想着路上的东西是不是恶鬼来捉他的迹象（顾不上传教士和同伴对他说的话）。那是一条处于巨石间的狭窄小径；印第安人在我走向他的时候没有让路。我从他身边绕过去时他没有看我。

皮通站在围篱外的姿势和出神的状态与那个印第安人很像。但是他知道引起了我的注意，等着我走向他。当我快要撞到他时，他抬头并缓缓地移动左腿，好站直身子。这个动作僵硬刻意，他的腿像是木头做的。但是皮通满脸激动。我从没见他这么骚动。他双眼亮晶晶地盯着前方，鼻翼翕动。他有消息要说。急不可耐。

他说："我喝香槟了。他把我叫去他的花园，给了我香槟。"

让皮通迷糊的不光是酒。更有这日光，这场合，这奢侈，这晨间的时光，这让人困惑的夏天出乎意料的发展，好戏一出接一出。要是我没撞见他，他大概会回家和妻子分享这个消息。

他又说了句"香槟"，若有所思，两眼神采奕奕。

大约一个月后，我从艾伦那里听到了这件事的另一种说法。夏天差不多过去了。艾伦穿着水手服在庄园闲逛，像房东在头一个夏天给我的诗中的水手，那首诗写在关于湿婆神和克利须那的诗之后。

艾伦说："他沉浸在古风的状态中。我听说他给皮通喝粉红香槟。"这做法在艾伦看来那么可笑，他笑得都说不出话来了。接着他说："上午十点喝粉红香槟。他告诉我皮通彻底不行了。彻底不行了。"

我现在觉得，给沃尔沃斯那桩事添油加醋的并不是艾伦，而是我的房东。他存起了皮通和香槟的故事，就像皮通（无疑还有他的妻子）存起故事那样，等到来了艾伦这样的客人就拿出来当谈资。这些客人了解并敬重他的古风。然而那天上午的冲动，庆祝那一刻的需要是真实的。后来是他自己的浪漫想法作怪；后来是他有意制造故事，以便讲述，以便传播他的传奇。

在长久而病态的隐居中，他的灵魂濒于死亡，现在他复活了，并且重新认识到了自己的身份。这一点表现在他的画作上，那粗大得不成比例的签名，比他当初给我的湿婆神和克利须那的诗的落款还要大，那个时候他很低迷，压抑着自我。躲过疾病的性情如今只有很小的表现空间，也更微妙，只能对艾伦和皮通这样的人表现——艾伦这样的人很少，现在没有多少人知道我房东的传奇了。

*

“有富人朋友真是不错？”艾伦说过。不过这只是艾伦自己的幻想；这是他对借宿地的幻想。菲利普斯夫妇看得更明白。他们知道庄园里有多少事要去做，又有多少能做成。

庄园建于帝国权力和财富的顶峰时期，那时风行高大甚至奢华的中产阶级内室。庄园的奢华部分表现在现代化设施——下水道、供暖、照明系统——在建造宅子时就安装好了。不论何种建筑风格，不论在一些地方（比如茅草屋顶，燧石的应用）多么刻意地去营造本地乡村的效果，它们都会有点像汽船。它们是在那种自信下建造的；不仅是财富上的自信，还有投身其中的建筑师和匠人的自信。这种工业或技术上的自信——建造了这宅子的财富的自信——让庄园维护起来很昂贵。某天庄园的锅炉爆炸了，另一回一片屋顶被风掀起。每次事故耗费动辄上千。

管道和排水系统已经老化了。庄园夜间用水时，如果蓄水池需再次注水，我小屋的金属管道便会在周遭的死寂中发出嘶嘶声；白天这声音被其他声响掩盖了。埋在墙中的金属管子因为内部潮湿而生霉，导致墙上出现一条条灰黑色的霉痕，像极了老鼠留在窝里或藏身之处的毛。

七十年的时间，山谷的雨水、滚落的白垩、燧石和泥土多少堵塞了下水道。草坪下暗藏着爱德华七世时代的下水管，现在不知哪里已经损毁。雨水泛滥的冬季，某天早晨一场暴雨过后，草坪上突然出现一个小洞，仿佛自行慢慢塌落，接着从软化的洞口涌出棕色的急流——乍看以为是什么动物在活动：一只鼹鼠迅速地扒土——涌了半个小时。

不时有代理人来拜访。这提醒我们无法与他人老死不相往来；事情都有实际的一面：收入，账目，收支平衡的需要。

一开始我是从菲利普斯那里听闻有这些来访的。当时菲利普斯夫妇还没那么自信，他们重视这些代理人的来访，会事先作一些准备。他们没有表现得过度热情，但是从庄园庭院里的动静，有时甚至暗示我清理北墙的落叶（绝不可能清理干净：那面墙是两三百码内的山毛榉天然的落叶地），能猜出“代理人”要来访。

然而代理人经常是一个小伙子，阅历浅，刚大学毕业参加工作，用我们的庄园来练手地产生意。这里的地产代理人以英里或片区为单位经营捕鱼权和上千英亩农田及林地的买卖。几英亩荒废的土地，对我们而言虽然是一个完整的世界，在我们的地产代理人看来却不具备任何挑战性或练手的价值。来的年轻人经常很快被调去做更重大的项目，或者换了工作，不会再来庄园。因此，不值得与他们结交甚至记住他们的名字。把代理人的来访当成巡察，顺应他们的“要求”，至少菲利普斯夫妇开始这么做，他们修修这里，补补那里的漆。如果说起初我们打扫收拾是为了获得称赞（在不知什么地方也许会被报到上一级），后来我们则寻求破破烂烂的面貌。

继夏日美妙的乘车、赏花和香槟之后，庄园的确开始衰颓。草坪边缘的三棵山毛榉据称很危险，有可能倒在庭院中。一周之内它们便被砍倒，树枝割断绑起，一些堆在外屋，一些被伐木工带走作为一部分报酬。于是在一周内，我失去了一些绿荫——我旅行归来总会感受到的绿色的拥抱，无论我何时走的，走了多久。

只有屋前的紫杉和山毛榉把我和外面的路隔开；山毛榉虽高大，却挡不了多少噪音，但我觉得那三棵树倒下之后，噪音越发响了，尤其是五点之后——于是，来这里后我第一次意识到一天的交通。军用飞机的声响也更吵了。

我在这里的小世界是多么脆弱！只有树叶和树枝。只有树叶和树枝为我居住的地方营造了色彩和防护。移除它们——一把锯子一个早上的功夫——公路就出现在那儿，一百码开外，一切都变得无遮无掩。

我以前常推着皮通的割草机在山毛榉下修剪稀疏浅绿的草，一直到草坪尽头，靠近茂盛的紫杉，再到一片没什么草的地方，那儿净是旧树枝、山毛榉果实和终年不见光的尘土。在那里用割草机没什么意义，但又不得不去做，这样工作才完整彻底，割完草后一两天，放眼看这片草坪是种享受。从草坪的一端到另一端，我在疏密不均的草地上制造出一条条的痕迹。

如今，三棵树倒下后，在一片空旷中，草甚至在秋天便从那片覆满树枝和灰尘的地上钻出来。在整个冬天和春天，草坪上一直留有被树干压过的印记，直到这片草真正苏醒。伐木工让山毛榉以一定的角度倾倒，于是在新的空旷中，在庄园庭院边的光线中，虽然树不见了，却仿佛有半年时间都投下幽灵似的阴影。

砍树是个有远见的决定。这年春天风刮得比往年更猛。风太猛了，我站在小屋厨房里看前面（透过一扇矮窗）以及后面（透过厨房门上方的玻璃）的山毛榉树。说来也怪，我待在小屋里从未感到害怕。我还真的看到花园后面两棵粗大的白杨树被风刮断，树连折两次，一次是在树梢，接着是拦腰而断。了解了损害的法则，这于是就有点像在看人或者动物被肢解。树不是我种的，但我看着它们被摧毁。

春夏两季，这三棵彼此间隔十英尺的白杨看上去像一把巨大的扇子，在花园围墙上方摇曳。现在其中两棵像嫩枝一样被折断。它们的残骸倒在湿草甸和菜园围墙之间，就在荆棘般的老玫瑰花圃后面。

单凭皮通和他的手锯是清理不了的。我试着帮他。但哪怕是割一小段树枝，锯子也不时卡在潮湿多汁液的木头中，发热。

皮通会说："打结了。我们最好停下。"

"打结，皮通先生？"

我喜欢这个词。我之前从没听人说过，但觉得形容眼下的状况很贴切。皮通又发窘了，就像当初我问他沙土里的什么对杜鹃花有益，或者当他告诉我房东喜欢我屋前的牡——丹（和"马驹"[①]押韵）。他学房东做作的爱德华七世时代的发音觉得别扭，又想让人知道他会更常用且正确的发音，同时要尽量不显得不敬或不忠。

倒下的树现在横亘在我去河边散步的路上。白杨树参差不齐的白色树桩——十五到二十英尺高——慢慢老旧；春夏之际甚至长出了新芽。

花园的种植者或者设计者当年种下树苗时大概想着三棵树可能

① "牡丹"原文为 peony，"马驹"原文为 pony。

会出现扇子的视觉效果，因而每隔十英尺种一棵，觉得这距离够远的了；之后五年确实如此，不料后来边上的两棵树慢慢地不再竖直生长。于是我看到了扇形效果，看到这三棵树每年长数英尺，也看到种树人没有想到的事：两侧的树折断了。这几棵树超越或者包含于房东的生活中。他一定发现两棵白杨不见了；他一定在后花园见到了残骸。但我没有从菲利普斯夫妇那里听说房东对此说过什么。

自入秋起，庄园就变得乱糟糟的，因而对我们来说，夏初接待察访是合适的。上午十点左右来了两个人，除了如往日那样的小伙子，还有一个年长的人，身材要魁梧些，四五十岁的样子。

我看到菲利普斯先生和这两个人站在草坪上——菲利普斯先生比他们矮，但更健壮，穿着带拉链的防风上衣；小伙子穿着深蓝色外套；年长些的穿着一件磨旧的灰色西装和一件老式衬衫，一条老式的斑点手绢插在胸前的口袋。

他们查看了谷仓，打开了谷仓边的车库或者马车棚，打开那座农舍审视了一番。他们步子缓慢，经过树篱后再次出现在我的视野中。那个小伙子朝我走来，另外两个人沿着通向庭院的小径，经过繁茂的紫杉树丛和原来三棵山毛榉树投下树荫的新空出来的空地。

小伙子谈起他刚才看到的后花园，说：“说起来挺残忍，但是最好砍掉所有山毛榉，种上新树。”

说起来很残忍。这会毁掉我居住的地方和环境。但他说话的时候没有那么肯定或关切。他眼里闪烁着快乐。整个上午他陪穿灰色西装的上司巡视期间有点压抑，此刻在小屋里，他（比远处看更年轻）变得轻佻而放松。我觉得他不是做代理人的料。果然很快，他的心就不在生意上了。

他也许是听同事几番说起，才学样这么评价这些树。他看着附近农场乳牛场主的围场，那匹老赛马死掉的地方，说："你可以在那儿放几头肉牛，把它们养肥。"

几头肉牛——这是他的语言风格吗？不会的；那种自我意识或自我了解就贴在他思想的表面之下，只消谈话就会立马显露出来。他的父亲在一座离此不远的庄园的狩猎场当看守。通过父亲雇主的推荐，他得到公司的试用；他接受了这份工作——这个瘦弱的孩子茫然稚嫩的脸上带着取悦他的父亲和其雇主的微笑。但是他心不在焉：具体在哪儿他也不清楚。他会乐意服兵役，会非常想做军官。但由于身体条件不够——也许是考试没通过——他没能如愿。

他说："你永远不会和他们一路。"

他们？谁是他口中的"他们"？原来是和他同龄的同事们。一天的工作结束后，他们都直接回家，既不会一道去酒吧也不会互邀串门。

他以轻佻、焦虑和浅薄的方式，在短短几分钟内暴露了他的个性。当那个穿灰西装的男人和菲利普斯先生来找我的时候，这小伙子几乎词穷了。他不再开口，继续摆出友好而空洞的微笑。

大个子男人在我破旧的扶手椅上坐下，看上去真的累了。他非常高兴地坐下，非常高兴地接过我们给他递上的咖啡。他想表示他其实在打量周围，但我觉得他只是装装样子，他已经看够了。他体态臃肿，曾经坚实灵活的身子骨不复存在。他年近五十岁，呼吸困难，头发稀疏且缺乏光泽。胸前口袋里的斑点手绢是奇怪的华丽点缀。

他没有兴趣知道我的过去或者我现在在做什么。他对菲利普斯先生也失去了兴趣。虽然坐在我的扶手椅中，他本人已经和他的孤寂飘向了远方。什么才能引发这样一个男人的兴致？曾经有什么激起他的好奇心或者让他惊奇？也许现在——他给人这种印象——当充满生机的生活如此快地消失，他多少有点惆怅。也许他为庄园的荒弃所动；也许这景象与他的心情彼此交融和强化。

他说——无疑是从菲利普斯先生那里听说了——“写作的好地方”。

我说：“这里是不错。但我知道维持不了多久。”

他平静地说：“没有人能预见什么。”这话虽然寻常之极，但更像是对他自己说的。

很快，这次巡查结束了（如果这算得上是巡查）。他们三人都离开了，沿着小屋和菜园间的小路走回庄园。灰西装男人步伐沉重谨慎，让我意识到小路起伏不平，铺着碎石或沉重的石灰石；车轮留下的辙印里漂着雨水带来的山毛榉果实和残叶。他们走过几个夏天前皮通花了一个星期清理的秘密花园。菲利普斯先生强壮而稳健，已经有护着左边上气不接下气的大个子的意思；右边是狩猎场看守的儿子，穿着西装，瘦弱轻佻，甚至有点雀跃。

*

大约半个小时后，就快吃午饭了，菲利普斯太太过来找我。她穿着蓝色的棉开襟夹克，鼓鼓囊囊的像是穿着救生衣，让人联想到航空公司有关紧急出口和飞机迫降水中时应对方法的宣传画。她眼睛下的皮肤暗沉，神经质造成的黑眼圈和眼袋使她看上去少了一些皱纹；甚至少了些暗沉。虽然她仍旧带着病态，一副需要被照顾的样子，但她很早就开始康复了。她的头发变得稀疏，开始从前额向后梳，高而白的额头便很显眼，酷似伊丽莎白时期绘画中的女人。于是，她的脸上混合了粗糙和精致的特征。

她站在厨房门口，不进屋。她身后是一条石子路、废弃的玻璃温室和顶部贴着瓷砖的菜园围墙，围墙两侧黑刺李已经长了五年，向阳的一侧枝繁叶茂，高出墙头，另一侧因土壤贫瘠，主要靠光线维持着生长。那些黑刺李的幼苗、花朵和果实都让菲利普斯夫妇担心。他们一辈子都生活在这个地区（并且菲利普斯先生父亲的出生地离这儿只有几英里），但他们对乡间的认知十分有限。远处有残缺的白杨，折断的树桩清晰可见，荒蛮的湿草甸映衬着我喜爱眺望的南方的广阔天空。得要十几二十年，白杨树才能枝叶扶疏，在这片风景中添上浓重的一笔。

菲利普斯太太说："我觉得该让你知道。"

这是护士的交流方式，和菲利普斯先生何等相似，也许有些就是跟他学的。这方式有另一面，就菲利普斯先生而言，是权威、力量和暴躁。对于菲利普斯太太而言，这是病人的表现，她眼睛下方薄而暗沉的皮肤变黑发紧，纤弱的血管发青，像是要裂开，它们和前额的一道道细纹一起，诉说着她无尽的痛苦和脆弱。

她说："我觉得该让你知道。我知道你和他走得近。他们要让皮通先生离开。"这个"先生"是迁就我，因为我这么称呼他。他们夫妇叫他弗雷德。"当然了，"她有点得意地说，"这决定有些日子了。"

这是真的。虽然我从来不愿面对现实或者去追根究底，心里却存着一丝希望，相信奇迹会发生——从某种程度上而言和艾伦没什么差别——相信房东的财富，相信帮他打理家产的人有能力获得良好的经济收益。但是我知道皮通和他的房子在花钱，菲利普斯夫妇要花钱，庄园本身的维持就非常昂贵，而且这地产显然更多是自然资源而非商业用地，收入有限。

七十年代中期严重的通货膨胀残酷地削减了我房东的收入。况且庄园又需要投入很多心思。它不是一个能随便放手的地方。庄园不像我的小屋；它的规模过大，根本用不了，它夸大了人的需求。要驾驭它，得接受专门的训练，否则，就会像格洛斯特郡切德沃斯的古罗马别墅那样，日渐消亡。人们很容易放弃它。

庄园的锅炉爆炸时，某堵墙边不知是陶瓷、混凝土还是石棉砌的高大烟囱碎成了千百个大大小小的碎片，散落在庭院里。我听菲利普斯或者麦克·埃伦——这个管中央供暖的小伙子开了辆货车，在院子里待了好几天——说庄园每年在供暖上要花费四五千英镑。也许夸大其词了，像麦克·埃伦这样的人大概凭着技艺第一次进入富有的宅子，喜欢夸张本郡或者乡绅客户的重要性。话虽这么说，五千英镑的供暖费用显示了物价乃至我们的世界变得多么不稳定。

一八五七年，福楼拜在《包法利夫人》中写到小商贩要百分之六的利息是敲诈，是吸血。如今这已是常态。一九五五年，当年轻的我初到伦敦，试图写作，只想一年赚个五百英镑；并且比三十年前的弗吉尼亚·伍尔夫更节省，连房租都算在这五百英镑里。一九六二年，我和一位幽默作家及一位漫画家在伦敦一家俱乐部吃午饭，他们问我一年开销多少，我说两千英镑：我从合租一个房间换到租一套公寓。这个数字让这两个比我年长的人大为惊骇，觉得太少了。的确，仅仅三年后我按揭买了房子，就觉得一年五千才够花。现在五千说的却是供暖费用。谁经得起这样的开销；况且我的房东在一九四九或五〇年，也就是在我初到伦敦几年前，便开始与世隔绝。

我在找皮通。说来也奇，下午一点他通常会出现在草坪尽头的白门那儿。虽然他动作持重，但这点偶尔让他看上去像在和自己玩。

上午收工前四五分钟的样子，他会出现在我小屋前的草坪上。他会去棚屋里做点事：放好工具，换回正式的衣服（如果有需要），为了沿着公用路走回家的那一小段距离；锁好棚屋，然后根据手表的时间调整好步伐，开始向大门口走。有时他会从菜园的草坪进去，穿过花园围墙上的一扇旧木门（非常精致，却被它自己的重量压得变了形）。夏日里，他有时从果园穿过茂密的绿篱，从灌木丛中像只猫一样干净地走出来。

今早他从绿篱中走出来。他上周才在这里的杂草丛中修出夏日的第一条小路，一道从这儿过去，一道从那儿过来。他没有穿雨衣雨靴，没有穿外套，而是比较正式的打扮，上身穿一件乡村风格的衬衫，系羊毛领带。他没必要换衣服。他在花棚里的活用不了多少时间。他走向大门时步子缓慢，双臂晃动。这不是他早晨九点推开大门的步态，不是他工作时的步态，而是一天收工后的不紧不慢，因为那是属于他自己的时间。从他现在的步伐中看不出一天常规劳作的结束；在午饭前的例行程序中他没有表现出丝毫的焦虑，看不出他是菲利普斯太太半小时前告诉我的新闻的当事人。

两点，他回来了。他打开那扇隔开了紫杉小径和开放的庄园草坪的门，出门后把门锁上了。他的步子虽然不紧不慢，但看上去是一副又要开始工作的样子。

我觉得这其中一定有误会，菲利普斯太太要么听错了，要么错把一个念头当成了决定，也许这事就只是提了提。皮通那么平静，我觉得他应该比菲利普斯太太更了解情况。

我去丘陵上散步，途经杰克的农舍到达山冈，巨石阵尽收眼底。一个半小时后我回到庄园，听到菲利普斯先生大喊“弗雷德！”。他冲着后花园里的皮通喊。没有回应。这很正常。五点，皮通做收工的例行工作：锁上花棚，慢慢走向前门，一天的劳作结束了。

但是第二天早上九点，他没有出现在大门口。直到十点都没出现。快到十一点时，我看到了他。他急迫地敲我的厨房门，这是我唯一用的门，正对着废弃的玻璃温室。厚重的木框玻璃罩靠着花园高墙摞成一堆，荨麻在玻璃前前后后长得繁盛，墙那边远些的地方，靠近河边柳树林，是那棵高大的白杨和其他两棵长出嫩芽的残株。

当我在他家称赞他的音响设备时，他表现出荒谬的骄傲；他假装在赚外快时的虚荣；在那个喝粉红香槟的早晨，他笨拙地弯腰站在茂密的绿篱前，等着我走向他，当时他的冲动、瞪大的双眼和翕动的鼻翼——这一切，这荒谬、虚荣和冲动都摆在他脸上。但这会儿他脸上不是香槟带来的惊喜，而是困惑与怒不可遏，一种让他措手不及、把他逼疯的愤怒。

他说：“你听说了？你听说了？”

他没有系领带。衬衫仍是昨天那件。周日他很少不打领带，只有在夏天午饭前，冰激凌车响着铃经过，我们都过去买冰激凌时他才会那样。

他需要有个人来见证并分担他的盛怒，他无法独自承受。但是他没有语言天分，一向没有。所有的情绪都涌到他脸上——像那次喝了香槟，不过这次是扭曲的、强烈得多的情绪——也表现在他唐突的动作上。

我开了房门让他进来。但他好像意识到没有什么可说的，就立在门口。突然他转身疾步离去——好似突然想起要做什么——走向我的小屋和紫杉篱间的小路，小路一边是“护林人木屋”，一边是靠着花园墙的半边棚舍，那儿是我储藏煤、木材等东西的地方。这半边棚舍往后一点是菜园围墙上的大门。我曾经在那个被忽略的角落用割草机割草，因而十分了解那块土地：填了锯末，杂草丛生。

这是皮通的门。每晚都要用链子锁好，钥匙在皮通手上。大门和庄园一样老，有个厚重的木框，坚实的木板在下半部，垂直的铁条在上半部。因为自身的厚重，它有点歪了，皮通每次开门都要稍微提起它。他一天要握着铁条那部分提起四五次甚至六次，它们比其他生锈、粗糙、干燥的铁条更光滑、颜色更深。

皮通快速走到这扇门处。这是他的门，通向他的领地。他急急穿过草地，走到“农舍”那边的花棚。在褪色的绿门边有一株藤蔓老玫瑰，皮通每年都修剪；它一年只开几朵粉色的花，但是都很大，像卷心菜一样。皮通随身带着花棚的钥匙。钥匙拿链子拴着挂在他腰带的环上。他推开绿门。棚子里黑漆漆的。他忘了拿花园门的钥匙。他让花棚的门开着，穿过草坪——那一片仍留有三棵倒下的山毛榉的影子，鬼影一般——来到开阔的庭院。

花棚门大敞，这不像是皮通的作风。一会儿后他又走过我的小屋，到了花园围墙上厚重的门边。他又忘了自己没有挂锁的钥匙；他本是去花棚里拿钥匙的，但心不在焉。

他晕头转向，在这来来回回中他的心绪尽现。他会不由得按以前的习惯打理花园，干他那天早上计划干的活，马上又意识到他失去了什么。他活像一只被毁掉窝的蚂蚁，团团转。后来他关上花棚的门走了，但不是从白门走的。

午饭时菲利普斯太太来找我。她一副医院里教训人的神气，像对一个病人数落另一个病人的不是，说：“你的皮通先生今早变了个人。他过来把全世界骂了个遍，想着法子埋怨我们，好像这事和我们有关似的。他很清楚要发生什么。昨天就都知道了。我不明白他为什么装作不知道。这就是伪装，你知道的。他一个字都不提，早上不说，午饭不说，和我们吃晚饭时也不说。真是他典型的做法。”

她的意思好像是说昨天皮通拒绝接受那个消息的做法——当她等着看他反应的时候——是恶劣的，是罪有应得。好像皮通的这种恶劣让一切得以解释，让我们释怀，无须为他感到担心，也无须内疚。

皮通头一天的沉默很奇怪。他是没明白，还是没把那些话当真？是他干脆没听，还是穿着灰色西装的人说话太委婉？是这消息让皮通无所适从，还是这是他希冀奇迹的方式？我记得杰克病倒后花园变得荒芜，夏天烟囱冒着烟，杰克在卧室取暖，试图融化肺里冰块一般的东西。我记得杰克的妻子如何否认花园有什么异样，她的态度甚至暗示我失礼了。

*

于是，我习以为常的庄园的部分日常，我崭新、舒适的部分生活，我私下里记录时光的书，突然间说断就断。

我再也没见到皮通在九点打开草坪尽头的大白门，下午一点走回那里，五点用慢步子宣告完成一天的劳作。他在花棚里留下自己的物品了吗？雨靴、雨衣或外套？他后来回来拿这些东西了吗？还是把它们和花棚钥匙一起丢弃了？那把拴着链子挂在腰带上再揣进裤子右口袋不离身的钥匙。那把得交给菲利普斯先生的钥匙。

此后，花棚褪了色的绿门（皮通每年修剪的粗壮的玫瑰如今几乎长成了小树）很长一段时间都敞着。皮通的棚屋暴露着，这块领地不再属于他（棚屋、钥匙、工具、厚重倾斜的通向菜园的门都不再属于他）。皮通曾认真关上的花棚门开着，我能从窗口看到，这让人心烦意乱。我真想关上它，就和想摆正墙上挂歪的镜子或画一样。敞开的门和其他的变化，就好像相关人不体面地死去，一切属于他的都不再受尊敬。

山那边的杰克病倒后，他的花园和果园疯长，在山毛榉下农场金属垃圾堆和开始耕种的丘陵间开辟的菜园开始结籽。皮通的菜园没有结籽。它整个夏天被精心侍弄，成熟了就收进屋。现在，很多陌生人来庄园做零活，那些皮通做起来不紧不慢的活。他用一早晨、一下午、一周、一年来完成的工作，每结束一个阶段都用他自己的仪式来标记。曾属于他的工作变得零散，仿佛是对这个人的进一步侮蔑，侮蔑现在与他相关的事，侮蔑他以前做过的事，侮蔑他所有小心翼翼的仪式。

庄园里的陌生人有些是零工，按小时或天付费，是菲利普斯先生从不知哪里请来的。有的是朋友。有个人很快不再是陌生人，他是菲利普斯先生鳏居的父亲。

他比儿子个头小，纤弱些。从体形上来说，他属于另一代人，另一个世界。能从他身上看到老照片上的农夫的体格。自从他的妻子，菲利普斯先生的母亲去世后，这老头就孤家寡人了。庄园大门对他敞开（以前他只偶尔在周六下午拜访），还能做点轻松的活，对老人来说是福气。

他留恋过去，喜欢谈论过去。他喜爱社交，不会选择孤独。孤独就像年老，他需要学着忍受。他出生在离这儿不远的地方，一辈子生活在那片区域。他第一次见到我是在我厨房门外，告诉我他第一份工作是运货——帮住在埃姆斯伯里和索尔兹伯里间约八英里范围内的人运东西和包裹。老人说起这第一份工作滔滔不绝，好像它有说不尽的丰富和价值。

他衣着整齐，穿着外套打着领带，和皮通一样。在这一点上他和儿子不一样，菲利普斯先生更喜欢随意的着装。老人喜欢穿颜色浅淡的衣服，这和他儿子又不同。似乎是环绕他一生的丘陵上的白垩影响了他对色彩的品位，他能在寡淡之中看到色彩。老人现在来庄园多半是为了在土地间散步；他穿成这样走在庄园的树丛中，仿佛是在城里的街区间漫步——这样像极了皮通，也是我对皮通的第一印象。有时候，老人身着西装或运动外套，打着领带，拄手杖。这种手杖我从来没见过：与肩齐高，顶部放大拇指的地方有分叉。当年的货运工如今因儿子工作之便，拄着老式拐杖在一栋大宅子的土地上自由漫步，这宅子建的时候他还是个孩子。这位老人联想到了这些吗？

夏天的工作结束。倒下的白杨——遍地是纠缠在一起的断枝，野草从中冒出来，又高又绿，成了另一片植物区——倒下的白杨树被锯成木条，在后院堆着。木条堆边草长得很高，树干粗壮得无法锯开，当时倒在哪里现在就还在哪里，不过迅速老化，俨然一堆残骸，这意味着荒芜的湿草甸向草坪腹地推进。那片草坪经过了修剪，但白杨树倒落的地方没再复原，取而代之的是杂草和沼泽。我小屋前的草地也修剪了，菜园同样打理过了。

在我小屋中看不到这个菜园，它被一面墙遮住了。半边棚舍之后便是那扇厚重的带铁链锁的门。门歪了，但皮通摸索出了关上它的技巧，他的后继者却一无所知，以蛮力开关它，终于使它只能永远大敞：皮通的花园和他秘密劳动的场所随之暴露在外。

我走进去瞧，吃了一惊，墙的这一边是迥然不同的空间，是如此开阔、温暖，阳光照下来，墙边的果树树龄不小。而墙的那一边，我那一边却总是潮湿的、笼罩在阴影中，只有夏日里的野草在贫瘠的土壤中生长。从我小屋看到的是这堵墙的北面。墙内一派地中海风光：宏伟庭院中一个别出心裁的带围墙的园子，有小径、苗圃、菜地和正经果园。皮通只能维持园子一小片的运转，但他遵循它的形式、设计和尊严。如今，在他菜园的欣欣向荣之后，他的后继者们只拾掇出了一小块地。

庄园生活的一个轮回已经结束。也许有一天会开始新的轮回。但是短时间内或者几年之内，这需要很多双手来劳作，宏伟的带围墙的园子回到了朴素的规模，成了一个小菜圃。

草坪尽头宽大的白门——曾经是皮通的门——安全起见锁上了。自打河边的土地没设置什么保护措施，几乎对外敞开，这里吸引来了一群群流浪汉，一股无所事事的新潮流席卷了英国西南部的空地，为了安全，一大堆迅速变干发棕的枯枝堵在了这门口。

我对庄园面貌的解读已经由让人悲伤不已的衰败转而变为世事变迁。虽然非我所愿，现在庄园的联系改变了。我在很多地方看到皮通的手——在“庇护所”，在他（和我一起花几个下午）收集的用来做肥料（现在不需要了）的巨大落叶堆里；在敞开的花棚门边，在园子再也关不上的厚重的门上。然而我也知道，初到庄园时让我快乐的事情其实可能让前人伤心；正如现在让我难过的却是让老菲利普斯先生高兴的事，他穿着西装拄着拐棍，欢快地在荒芜的庭院和小菜圃间散步。

我对皮通的回忆，他留下的那些劳作的印记，就像对一个死去的人的回忆，他再也不会对这些工作做任何改动了。然而他还和我们在一起，仍住在布雷隔壁那栋农舍中。正是因为那座小屋——他因工作被分配住在那里——他被迫离开。这座小屋升值了，因为它结实、大小合宜、年代够久远也够美观。它价值几千乃至上万英镑，比布雷的父亲当初买下的价格涨了百倍。而且庄园需要这笔钱。

但是，皮通不相信这个说法。一个周六早晨，我在索尔兹伯里遇见了他。他一副彻头彻尾的乡绅打扮：西装、衬衫、皮鞋和帽子，这一套考究的行头应该花了不少钱。皮通的索尔兹伯里帽！那么时髦，那么优雅，他跟人打招呼时脱帽的样子那么绅士！如今这种效仿已不新鲜，已是惯常，也许在皮通脑海里它和风度已经没有关系了。

抬起帽子后露出的脸和这动作不相称：脸上还是先前急迫而愤怒地敲我门时的那副表情。我们是在某条购物街上偶然碰面的，离皮通买衣服的那家店不远，橱窗还能看到皮通的同款衣服。我们的这次见面仿佛唤醒了他所有扭曲的情绪，他无从排解的情绪。

他说他被告知，庄园要卖掉他的房子。但他不信。谁想买布雷隔壁的房子？这是一座农舍，是安置打工者比方说园丁的，没人来打理它。当年那个圣诞节我去他家，他暗示自己还有外快，这会儿他的言下之意是，这栋住了二十五年的房子要是换作另一种房子，他会区别对待，好好打理。似乎又在暗示我真正的房子在别处。然而他不想离开这座房子，虽然庄园这儿的工作已经停了好几个月，但他没正经另找工作。这让人觉得，他感到要是不另找工作，他也许就不需要另找工作了。

他困惑无助，迷失了方向。他好像证实了菲利普斯太太的说法。她一直在找皮通被解雇的原因，好让大家更容易接受。她一口咬定，说是因为近一年来皮通行事古怪，最终被落寞的工作打败——装模作样地工作，其实游手好闲——他在野外“崩溃”了。

菲利普斯太太说，她之前那份工作让她见识了很多崩溃的人；这类人你不光会在报纸上看到。我起初觉得菲利普斯太太这是牵强附会了。但是后来，我在山谷里的公交车站或索尔兹伯里见到皮通，讨论起他坚持说无法解决的问题，我想菲利普斯太太有可能指的是他复杂的性格：激情、奴性、做作、傲气和独立。

他告诉我他以后不想当园丁了。他只能在庄园做这工作，去别的地方就太没尊严了。他也不想去镇上工作。他的乡绅风度，或者说乡村劳工的自由精神，使他害怕默默无闻，害怕和某些工人一样毫无价值。

我会在山谷的公交车站碰见皮通，然后边聊天边等公交车，不过上了车之后就不聊天了，也不坐在一起。到了索尔兹伯里还会碰面；有时候我从丘陵散步回来，会在村子里的路上碰见他。我们的谈话内容循环往复：他会把他对未来的设想告诉我，我会鼓励他，他会拒绝我的鼓励，回到大家对他的“仇视”上来。

当我换位思考，并且审视我自己和我的恐惧，我明白了皮通的难处在于他已经无意工作了。事实上，长久以来住在庄园里享受自由，立一套程序，为自己营造与季节、岁月和时光相契合的平静的生活氛围，如今他害怕的不是工作而是雇佣关系——也许还不是雇佣关系，他更怕的是雇主。

结果，他悄悄地、不情愿地接受了一份工作。他给一家洗衣店开货车。我是在看见他开车的时候才知情的。他的乡绅行头又多了一样：洗衣店的皮钱袋，斜挎着活像子弹带。最终他离开了农舍，搬到了镇上位于老伦敦路的一间廉租公寓里。

他在农舍里待的最后那段时间不会开心，因为那毕竟是庄园的资产，他有压力。新的住处不错，我想他会过得开心。但他那强烈而扭曲的情绪却难改，他终究要抱怨。公寓简陋破烂。如何简陋？没有装修。他们指望他自己装修；他们就这样对待他。

你很难理解皮通是个顺服的人，一名顺从的士兵的父亲，他的行为证实了这一点。同样，你也想不明白一个情绪如此强烈的人，本性中何以根植有奴性和依赖性。

*

布雷说："我们的朋友算是搬走了。"

当时我坐在副驾驶座，他的话是从近我这边的嘴角冒出来的。

布雷说："一个傲慢的人。"

鸭舌帽下布雷的两只眼睛眯缝着紧盯马路，同时流露出一种发自内心的快乐。接着，他说起庄园的家族，好像他们都还在那儿，好像他父亲当年生活其中的那个庄园依然存在。布雷说："滑稽的一家。”话里有敬意，也有骄傲。

他伸手拿仪表盘下面的格子里的一本书，然后递给我，神情是专注于车况的漠然，动作则是不习惯摆弄书的笨拙。他神秘地说："你回家看看这本书。"好像这本书，这件神秘的物品自会解释；好像这本书令他无须多言。

这本书是我房东写的。写于五十年前的一九二〇年。这是用诗文写的一部小说，配有很多插图。纸质很好，昂贵的布面装帧。虽然封面上印着当时一个知名出版商的名字，但如此无足轻重的作品却用这么奢华的制作，一定是作者自费的。

故事很简单。一名年轻女子厌倦了英国的社交场——关于二十年代的服装，有很多可供参考的素材。她决定去非洲做传教士。道别了众人，留下了以不同方式思念她的恋人。登上轮船，漂洋过海来到非洲海岸，来到丛林中的河流。她被非洲原住民捉住了。她幻想着被非洲酋长强暴，还想着多女侍奉一男以及黑人太监。事实上，她被煮着吃掉了。她所留下的，她的一个伦敦恋人找到的，不过是像稻草人一样挂在木十字架上的几件二十年代的衣服。

这是一个十八岁少年对这个世界笑话般的理解。这种理解是由庄园灌输给他的，看上去似乎老道。也许后来他获得的知识也没有超出这个笑话：在英国和欧洲以外，是幻想的非洲，幻想的秘鲁、印度或马来西亚。也许，他的激情也从未超出这本书中比尔兹利风格的插画引发的快感。布雷保留的这本书最值得人称道的就属其中的插画了。

这些画和去年夏天房东交由菲利普斯太太送给我的礼物风格一致。那时候他还会出门购物、喝香槟。他年轻时就确定了自己的绘画风格并赢来了赞许，知道自己要做什么、自己的价值以及鉴赏力何在。也许他在一种所谓的完美状态中停滞不前。但那种完美中缺失了不安、销蚀了创意，从他的后窗望出去，是一个完整、无人触碰、无忧无虑的世界；但那完美成了病态、倦怠和灵魂的死亡。

这病态像一场长眠。然后他奇迹般苏醒，发现他的世界仍在他身边。他知道早年的开阔景象已去。但是他准备好，正如他一向准备好的那样，随遇而安——这是我把自己投射到他身上后所理解的他。

他喜欢常春藤。花园里的树倒下时他也没有抱怨。他欣赏常春藤多年，如今他必须用其他事物满足自己。他对人也是如此，该怎样就怎样了。他看着那棵不下五十年的白杨树倒下时，没有说什么，如今，我仍是听菲利普斯夫妇说，房东自打知道没有园丁了，就再也没有提起皮通。去年夏天他还拿皮通取乐，制造故事调侃他，说给身边的人比如艾伦听。（就像一个两三岁的孩子天天和祖母玩，但祖母离世后，他也许就再也想不起祖母了。）

我有时会看到皮通开着洗衣店的货车。很难意识到他的工作风格和他站在白门口的日常，曾是我在山谷的新生活、我的慰藉的一部分。

周六我们会偶尔在索尔兹伯里碰面。有一次他从背后喊我。一个沉默寡言的人这样做还是让人诧异的。但是，我见证过他的光辉岁月。我在庄园宏伟的花园里帮过他，帮他割草、收集山毛榉叶。我称呼他皮通先生。

他变得寒酸相。他身上乡绅衣着和其他衣服混搭着，但他的风格变了。洗衣店负责人知道皮通，温和并理解地说他“脾气有点怪”。

但后来皮通变了。洗衣店负责人性格宽容，满足于他的工作节奏和每年两周的假期，就像皮通享受消逝的时光那样，那个人也明了皮通的改变，说起皮通日渐像样的行为和收敛的脾气，“你会习惯的”。

不止这样。皮通在他人生最后一个活跃的十年，挥别了他的过去。他在工作中、在住的廉租房里认识了更多人。他在他害怕默默无闻的社会中找到一点力量。他隔了一段距离看到自己以前的生活，那正是他曾经努力与自己真实的一面保持的距离：他的衣着、对妻子容貌的引以为傲、他装作还有其他收入的穷酸。现在没必要这样了。渐渐地，他不再从洗衣店的货车里和我打招呼。有一天在索尔兹伯里那条购物街上，他见到我时一脸惊恐，但结果是，这个改头换面的人没有“看见”我。

乌鸦

艾伦说："皮通是走了。我童年时代的重要人物。"

这是作家艾伦，一个有童年的人，敏感的人。我理解作家的这种想法，因为我初到英国时便是如此。放在那时我会羡慕艾伦所拥有的写作素材：我的房东、庄园、生活环境以及对此的深刻了解，还有那些我偶尔会碰上他的伦敦聚会。但是艾伦对作家这一概念的理解和写作素材方面的困扰却一如我当年。

一开始他常暗示自己在写一本书，暗示人们见到的他，他在庄园或者伦敦聚会上的表现，都只是他性格的一面，或者甚至是种伪装。他真实的个性会在他写的书中得以展现。他的电台评论和讨论，他发表的一些短文也都暗示，他在别处奔忙，他投身于更大的冒险。

但艾伦没有写出任何书。没有小说或者自传体小说（真实讲述，展示华服和小丑般举止背后的真相）；没有当代文学评论（他有时会说起）；没有伊舍伍德[1]那样的关于战后德国的书（他一度谈到）。最终，他不再向我暗示他在写作。但他的言行举止仍是作家的派头。

①克里斯托弗·伊舍伍德（1904－1986），英国小说家，作品多以同性恋为主题。代表作有《柏林故事》及《单身男人》。

艾伦的作家性情也颇有几分真实，不比我一九五〇年设想自己是作家时的性情更具欺骗性。在那段日子里，我在写作中对自己隐藏经历，对经历隐藏自己，某种程度上歪曲事实，同时向任何读出言外之意的人袒露心声。所以艾伦表现出的所有文学方面的性情，他提及的他在写的书，他难以面对而将之隐藏的事，这些我都深有体会。

据他说，那本伊舍伍德风格的书暗示他情感生活的失意与痛苦。他和一个年轻的德国男人有感情纠葛，为此他在德国住了一段时间。最初他对我含糊其词，好像是要试探我对他（半像个小丑）坦白一段感情的反应，试探我对同性恋的态度。也许是我的反应不符合他的预期，也许他改变了主意，又或者当他和我这个异乡人谈起这段不幸的恋情时他对恋情的态度发生了改变，总之他不及细说便放弃了这个话题，之后再提起德国，无非是谈政治或文化。

而他的自传体小说讲述的则是他的童年和感性的发展过程。这本书简直是此类书的纲要。他的愿望（我再清楚不过）是告诉世界："我也见到了这些事情，体验过这些情绪。"他做了他想做的事情，经历过大家在同类书上描述的背景，除此之外还有他的童年、成长或者家庭生活对他深深的伤害，致使他过着孤独、动荡、有缺陷的生活。

他的文学态度近似他的生活经验，一种伴随"坦率"而来的自我关注（坦率地谈论一些受认可的话题——同性恋、自慰和在社会上往上爬），这也许向他自己隐瞒了他本身不完整的原因。在伦敦的聚会上，他过分紧张，着装惊人又自嘲，对人谄媚，他这副样子让我恍惚看到了几年前的自己。我也隐隐体会到艾伦在那些欢乐的时光之后回到他孤寂的房间，会自我厌恶、愤怒和自卑。我也能理解庄园的孤独、在破败的花园里的散步对他来说（除了文学需要上的投合）何以也是一种治疗。拥有“富有的朋友”（因为据西里尔·康诺利[1]的说法，作家应该结交富有的朋友）是种治愈。他对我说“我给菲利普斯打电话，让他来车站接我”（因为这是老派的、“大洪水之前”的风格）这样的话时内心愉悦（而不说“菲利普斯先生”或者“斯坦利”或者“斯坦”）。

宅子本身也是一大原因。它有一帮服务人员，还多少像座大宅那样运转。它有一个房间和改过管道的浴室。从后窗看出去（这只是我的猜测）是赏心悦目的花园、河流、河两岸的草地、辽阔的旷野：一派自然风光，视野中没有其他房子或者人，令人平静。对艾伦而言，这应该是一座不让人紧张的宅子，不需要他去迎合什么，伪装什么。

还有我的房东。对我来说，和他同处一室会有压迫感，会不由得去注意他的怪癖和做作；于是魅力顿时削减。但他对艾伦而言有文学“素材”的价值，因为他来自一个先前的时代，此外他几乎是个高高在上的人物。房东刚康复，而他告别的那个世界正是艾伦现在投身其中寻求刺激的世界。在这一点上，我的房东是“过来人”，然而他们的会面不多，时间也不久。我听菲利普斯先生说过，房东没有多少耐心听人说话、和人打交道，他的情绪会突然变得烦躁，甚至当即赶走老朋友。我听说（据说也是菲利普斯先生所言），艾伦在庄园常一个人吃饭。我脑海中出现的画面不是一个托盘被送到

---

①西里尔·康诺利（1903－1974），英国文学评论家、作家。

艾伦的房间，而是天花板上昏暗的灯泡照着一块类似桌布的旧布，房间散发着旧雪松的霉味和木头防腐剂的味道。

所以我见到的孤独是真的孤独。我住在这里很久却不认识房东，如果艾伦觉得这怪异，那我会觉得他愿意拜访房东很奇怪，直到我了解了这地方带给他的慰藉。他给出的理由是：待在对他的童年意义重大的地方，为了他正创作或者构思的小说，也为了亲见房东（好写另一本书）而学习他的语言和举止，一个优雅时代的举止，大洪水之前的时代（不是终结于一九一四年的那个时代，根据艾伦的说法，是终结于一九四〇年的那个时代），房东这样的宅子，不仅在社会地位，而且在文学和艺术上都声名显赫。

艾伦旁敲侧击地说，他虽然看似闲散，在果园和花园里闲逛，会随时拜访我，但他造访庄园实则是工作，是他获取大量“笔记”的方式。有时他会透露“笔记”内容。有一次房东说：“你吃不吃面包？我让菲利普斯用加热碟给你拿一点来？”艾伦笑得上气不接下气，就和笑皮通喝粉色香槟一样。“加热碟！”他说，“你还听谁说过加热碟吗？”

于是我觉得，艾伦作为作家（像二十五年前寄宿在伯爵府的我）清楚自己要什么；甚至房东，其个人世界已与往日不可相提并论的人，在昏暗的病痛中依旧明了旁人对他的期待。

但还有艾伦的孤独，他的孤独在庄园显而易见，他疙疙瘩瘩的脸上不经意间明明白白浮现愁容。孤独足够真实，一如他童年的痛苦，一如房东的病及其造成的庄园的日渐败落。当艾伦在花园和庭院散步，那孤独像是在证明他曾遭受的心理创伤；他的内心有一种永远无法触及的伤痛，无法与人分担。他所受教育的性质，他对待自我经验的过于文学的态度，他对本世纪某些作家和艺术家的仰慕，以及他想重复他们的所作所为的愿望，这一切使他盲目。庄园的孤独是一种安慰，踏出庄园，他会面对威胁和他自己的缺陷。

他通过奉承仰慕的人、钦佩充满力量的人来弥补自己的缺陷。像一个孩子分糖果给同伴示好。艾伦告诉很多人，他记录他们的生活片段是为当代文学巨著搜集素材。他关注很多人，记录他们的对话，保留他们的信件，他要写很多人。而且一旦艾伦告诉你他在记录你的言行，你就很难忽略他。你自会开始伪装（连房东都是如此），万一这个聪明友善的人真的在记录你的言行呢。

他又会靠鄙夷那些与自己同类的作家获得平衡。那是些模仿者，重复别人的做法以期告诉大家他们也能做。他看透了这些作家的缺点，说起他们来毫不留情。有一个这样的作家，他比艾伦个头高一些，但也喜欢穿得很浮夸，我在伦敦碰见他，他说："这只恶毒的小虫子在克拉丽莎家洋洋得意地穿过房间，对我说，'亲爱的，这个周六你一定要留下来听《批判者》。我彻底打败了你。'哈哈。"

但是会让艾伦如此公开表示敌意的人并不多。他不喜欢的公共对象主要是某些类型的建筑、绘画、花园和花卉。这一点上连我的房东都没能幸免。房东喜欢剑兰，皮通就在花园里种了一些。艾伦厌恶它们的华而不实。他闭着眼睛，浑身抖了起来，"它们该这么高"，弓身把手掌比到小腿处。他说到类似东西的时候会厌恶地颤抖起来，仿佛他美学反应中的暴力可以补偿别人强加给他的各种忸怩，所有要记录下来和准备使用这些"笔记"的说法（他会说"这些都会写进日记"或者"这是给日记的""日记会及时记下来的"），是他送给世界以求和平相处的糖果。这种美学暴力其实很真实，反映了一种真切的感受，一种对精神世界的真正担忧。这给他的电台谈话和讨论提供了工具，暗示它们只是完整生活的片段，也暗示了说话者了不起的性情。

有时候我们几个月都不会碰面，他也许是没来，或者来的时候我不在。有一天，他破天荒从伦敦给我打来电话，我才意识到当时大概一年多没有见到他了。背景有音乐的声音。音乐很响，于是我问他人在哪里。他在自己的公寓里。他说："你说起话来像我的邻居。当然我是把音乐开得震耳欲聋。"接着他又笑得上气不接下气。

这似乎还是那个艾伦，但其实不然。他醉了，他一说话我就明显感觉到了。酒精和音乐，是孤独的支撑物。不过我看到了新鲜的东西：不是孤独，而是滥饮。我从没想到艾伦是酗酒的人。但即使醉酒也没有改变艾伦的性格，或者让他展示出另一面。醉酒没有解放他，而是夸大了他迎合公众的性格，让他显得滑稽。他几乎控制不住嘴，满口奉承，和我谈我的工作。

并且他不求回报。因为你不知道以什么回报奉承你的人。希望与世界和平相处的人却超出了世界可以理解的范畴，乃至超越了艾伦本人能理解的范畴。无所谓要还以多少奉承，无所谓要投以多少爱，而是你根本看不到他真实的一面。

几个月后，他再次出现在庄园，已判若两人。曾经那双狡黠的眼睛变得死气沉沉，眼神中潜伏着深深的悲哀。疙疙瘩瘩的小脸变得苍白松弛，像个老妇。又似乎这转变展示了他性格不坚定的一面，而这也许是折磨艾伦的不确定之一。

我特别注意到他面颊上的皮肤。惨白，薄，每当艾伦说话或者紧紧闭上嘴，这块的皮肤仿佛在肌肉上摆动（仿佛皮肤和肌肉间有空隙）。这么薄的皮肤让我想起玫瑰外层花瓣的质感，以及车道上小屋形状的草堆外覆盖着的褪色的黑塑料薄膜。塑料膜经受风吹雨打，失去了光泽，也变得薄脆，还出现了小小的气泡和鼓起的包。

这个人变了。他在我小屋中，坐在高背椅上身子向后靠，软垫靠背在他上方，他双膝并拢，显得很拘谨。我产生了这样的想法：大家都认识的这个人仿佛受到了他身上不为人知的人格的袭击。他被内在人格拖倒，如今这人格像警惕的守护神一样坐在他肩上，是现在艾伦唯一可以真正进行对话的对象。甚于旧的人格，只剩让软垫椅背相形见绌的衣服。这身衣服同以往一样精心挑选，但是里面的人如此安静、克制，行为举止如此缓慢、谨慎，以至于这扮相丝毫未显露旧日的人格。

我后来听菲利普斯夫妇说醉酒的艾伦也打电话到庄园来了。大概就是给我打电话那阵子，也许更早些。起初三四次接了。但是后来，也许是艾伦太不知好歹，开始不分时间地打电话，也许没说什么中听的话，房东吓到了。艾伦的搅扰让房东又要犯病，踏进自己倦怠的地狱。害怕那种病态其实是复发的开始。过了一段时间，房东果然旧疾复发。

没人接艾伦的电话，菲利普斯先生命令艾伦不要再打来，也禁止他来庄园。菲利普斯先生对雇主、对病人加以保护的使命感觉醒。除非他确信艾伦不再酗酒，否则艾伦将永生不得进入庄园。

但这个久违的人受到了摧残。老妇般的脸是一个无药可救的人的脸。虽然他拒绝了我奉上的一杯酒（我的无意之举，我完全不知道他的近况），但坚持我该喝一杯，他谦谦有礼，反客为主。他过于明显的痊愈和其他凶险的疾病一样，只是暂时的缓解，让他再看一看他将离开的世界，让他道别。这也许是残酷的，也许有一种和解的精神。

他道了别，再也没有回来。有一两次我在广播里听到他，他的语调一如既往地轻快。要是他能活在那里，活在那种声调中，活在气氛类似电台直播室的这种人为的社会环境中，而不是不得不回到家里形影相吊，那该多好。几天后我听说，他晚上喝得烂醉后吞药死了。这是戏剧性的死亡。那晚的剧本不会离艾伦的想法太远。其实这个结果并非必然。那晚，只要有人给他打电话，或者他给别人打电话，他身着华服去了聚会，言语机智、奉承有道，也许便帮他度过了戏剧化的自杀时刻。但是他的孤独又会把他拖回去。

没人通知房东。菲利普斯先生觉得还是不让他知道为好。但房东还是知道了。对他而言，这是他缩小的世界里少去的一个人，又一个他不再提起的人。

当然，艾伦的书和“笔记”里什么都没有。出于对生命的热爱，加之艺术家的眼和手，他奉承了很多人。是这奉承带来了对他一个多星期的奇特的纪念仪式。艾伦死后，很多人写文章缅怀他，都是以艾伦生前对他们的奉承所反映的人格来写他。他们的悼文都匪夷所思地在自夸，至于艾伦则成了不合潮流、“大洪水之前”时代（有篇悼文竟然用了这样的措辞）的怪人。这些人赞颂自己了解艾伦并成为他的朋友，自诩发现了他的才能和品位，因为他信任他们，对他们坦言自己的忧愁。没有人提起他的奉承。看来，绝望的艾伦在死前几天给不止一个人打过电话。

菲利普斯先生提到艾伦的死，容许自己流露出悲伤和惋惜的神色。但他转而又一脸烦躁，我觉得这是他在人前常用的表情。这种烦躁就像布雷的鸭舌帽，帮助菲利普斯先生表达。有时直截了当地表明怒意，有时是嘲弄与自嘲。也能用它表达权威，或者让自己变成一个委屈的工作者。一个人的烦躁也是一种自我保护，掩饰自己的好运，不希望喜形于色。

如今他的烦躁在对艾伦之死的人性反应和他作为庄园保护者的职业自豪感之间架起了一座桥。他说他一眼看穿了艾伦，发现了他性格抑郁。他不让艾伦来庄园是正确之举。仅是醉酒造成不了多大损害。这对我房东的影响会是灾难性的，而且艾伦在庄园也会做在家里做的事情。想想看，这麻烦、困惑会对房东造成多大影响，他本身思想和健康就都堪忧。

这就是艾伦在这里，在被他视为特别的避难所的地方留下的印象。“我给菲利普斯打电话，让他来车站接我。”这是艾伦对自己在庄园的地位的认知。一半是社交上的，一半是文学的：“来车站接我”，让人联想到在老式乡村宅子度周末；称呼菲利普斯时略去“先生”，虽然艾伦叫菲利普斯先生斯坦利或者斯坦，而菲利普斯先生称他艾伦。

*

菲利普斯先生的老父亲对我说：“你的朋友艾伦就这么死了。他是个好人。我不太认识他，见过几次。他招人喜欢。”

老菲利普斯先生瘦小、整洁，拄着长长的手柄分叉的手杖走着（这表明他在散步而不是在工作）。他衣着精心，一身素淡。领带、外套和衬衫上都没有图案。宽大的翻领、领子和领带让衣服显得苍白，让人联想到色彩下的白垩地质，白垩使嫩草或玉米变色，干燥的天气让耕地变白。

老人说："不管什么时候听到这样的事情，我都会想起我的表兄弟。他八岁那年死的。在一九一一年，登基日那天。"

我们站在我屋外的山毛榉树下。老人微微扬起脸，微笑着，眼里满含泪水。我明白这表情。这笑容不是笑容，泪水也不是泪水。这只是他一提起童年或者早年生活就有的表情。

但是，他没来得及告诉我他表兄弟的故事。我们都被一阵巨大的噪声分了神。一群乌鸦在头顶盘旋。巨大的黑色的嘴，巨大的黑色翅膀扑腾着。我之前从未在这里见过它们。我习惯了一群八哥突然尖叫着飞来，落在树上像黑色树叶。但这样数目的乌鸦我从未见过。它们在四周缓缓飞翔，粗厉地叫着，像是在审阅我们。我来这儿的头一年，一天早晨探索性地散步途中，我看见远处，在杰克的农舍对面的山丘上，两三只乌鸦翅膀展开被钉在篱笆上。这是杰克那驼背老迈的岳父干的。

老菲利普斯说："它们山谷里的窝没了。榆树死了，它们就没窝了。它们勘察，找高的树。它们会挑山毛榉。你知道大家怎么说乌鸦的吗？它们添财运。钱会进到庄园某个人的口袋里。你觉得会是谁呢？当然这是明智的老话。""明智的老话"是他的原话。他说的时候带着讽刺和容忍，听起来像是他原创的。"要是你觉得它们是死亡之鸟，就受不了这噪音。要是你觉得这是钱，就不介意了。"

于是在乌鸦嘎嘎的噪音中，老人告诉我他忘怀不了的死亡。他用来衡量其他死亡的他所遭遇的第一场死亡，最悲哀痛苦，时隔六十五年仍挥之不去。

当时他和那个表兄弟在嬉闹。他们跟着一辆马拉的货车跑，然后跳上挂在后车轴的马粮袋。车夫没有发现。他们骑在马粮袋上，啃着苹果走了一两英里，终于觉得无聊，便跳下车。一辆当时不常见的汽车开过来，尘土飞扬，一两英尺厚的尘土落在没有铺筑的乡间土路上。两个男孩都淹没在尘土中。不料这时另一辆车开过，他看着表兄弟被撞倒。他懵了，跑到湖边，藏在柳条中直到下午。他在那儿看到尘埃落定，他看见姨妈，表兄弟的母亲来了。他看着那个男孩被救护车带走。“去了军队医院——那时候军队还在这里。”

男孩死了。没人想到惩罚老菲利普斯先生——他自己一直提心吊胆。当晚在姨妈家，他看到表兄弟的尸体陈在那里，早晨他们还一起跳上车来着。

“这些事情后来让你痛苦万分。”老人说。葬礼在第二天举行。“他的小棺材。”老菲利普斯先生边说边流眼泪，他为六十五年前的那场死亡真心地哭了。

然后他不哭了，改变了语调。“不，不小。是正常大小的棺材。姨妈叫我和其他男孩去捡苔藓。我就是这么度过葬礼那一天的。捡苔藓。放在坟上，用来模糊日光下白垩的白印子。现在办殡葬的人还这么做。他们挂一块看上去像草皮的绿垫子在坟边，当然，等送葬的人离开后，他们会来把垫子拿走。”

潮湿的河岸和丘陵：每个人看到的事物不尽相同。老菲利普斯先生，脑中追忆的是白垩和苔藓；喜爱常春藤的房东；庄园花园的建造者；艾伦；杰克；我。

*

乌鸦太喧闹，我不知该怎么忍受。这里原本有很多在一定时间出现的噪音：飞机的轰鸣，某些晚上炮兵场的发射声（这声响让人觉得空气是一种有伸展性的物质，到一定状态后会被刺穿），傍晚的交通逐年繁忙，这些噪声穿过稀疏的山毛榉和紫杉传进我的屋子。

然而鸟叫声不寻常。这些大鸟缓缓地四处盘旋，粗厉地叫着像是在讨论什么。后来终于四散而去。第一批定居者到来，只建了一个巢。仿佛它们在试探树、地址和人。山毛榉下多石的小路被堆满了柔韧的树枝。这些筑巢材料从高处落下就变得没用，看数量，每四五根树枝只有一根成功筑巢用了。终于，山毛榉上面出现了一个乌鸦巢。

筑巢活动停了一段时间，让人以为冬天光秃秃的山毛榉树上不会再有乌鸦巢。但很快出现了第二个，第三个，越来越多。巨大的黑色的巢高高在上，天敌够不着。春去夏来，巢就藏在了枝叶中。从去往伦敦的火车上，经过威尔特郡和汉普郡时我看到同样的殖民活动在进行，乌鸦巢头一次出现在那些地方。

山谷里的榆树最终纷纷死了。很多在死之前就被伐倒、切割。其余的则立着死亡，依旧光秃秃的，在夏日的绿意中愈发显得枯灰。山谷里的路突然变得开阔。曾经绿意盎然的弯道神秘而深邃，现在变得平坦而平淡。山坡上的耕地没有了榆树和榆树间野生植被的遮蔽，直接接上了柏油路。房子旁的土地光秃秃的，房屋和附属小棚子一览无遗。浅浅的河流和潮湿的堤岸依旧迷人，但两岸的土地变得平淡无奇。

我感觉时间在变。最初来到这里，时间是如童年时期那样被拉长的。第一个春天包含了太多清晰的东西：苔藓玫瑰、孤零零的蓝色鸢尾和我窗下的牡丹。我期待季节更迭，新的一年到来。接着记忆开始混杂，时光开始飞驰，岁月开始交叠，使我难以分辨回忆中的时间。

租车人布雷曾是园丁皮通（他的房子卖出了让布雷咂舌的高价，买主是在索尔兹伯里工作的年轻勘测员）的邻居。布雷开始与我谈论宗教。这是在乌鸦来之前吗？是在发现年轻的流浪汉在庄园露营之前吗？

这个流浪汉在茂密的果园里的儿童屋住着，在皮通的花园"庇护所"旁边。每年夏天都有流浪汉，但此人与他们非同类，他不是吉卜赛人，而是年轻的城里人。他们这样的人中不乏罪犯，开着旧轿车和货车在威尔特郡和萨默塞特一带游荡，寻找节庆、社区和露营地。这个人的出现引起了警惕。他很快会吸引其他人过来。于是最终，在儿童屋建起六七十年后，这个鲜少有孩子光顾的地方关上了。尽管它的屋顶倾斜，但基本上是完好的。它的门窗都被钉上，用木条封住。菲利普斯先生还用铁丝网把屋子圈起来，以免有人靠近。

皮通离开后，草坪那头的大白门关死了，门口还堆上枯树枝。儿童屋的废弃同样是件大事。但我记不清日期了。皮通遵循的秩序不仅适用于土地，也适用于我的时节感，如今这秩序不复存在。我失去了用来衡量时间的秩序，随着时光飞逝，脑海中的一桩桩事情打乱了，我甚至说不清乌鸦到来和布雷讲宗教时的光景。

*

和埃及或印度类似的地方一样，这地区（曾经是大规模的埋葬地）遍布神圣的宗教建筑遗址：围成圈的木头或巨石阵，巨大的土坟，中世纪大教堂和修道院，以及同样宏伟的教堂。信仰没有在这里止步。这些古迹周围散落着时代更近一点的崇拜遗址，有的甚至紧挨着。

在索尔兹伯里市中心一条狭窄的人行道上，有一家著名的蛋糕店，对面是一座窗子华丽的哥特式教堂。圣坛后的墙壁上，就在屋顶下方，有一幅古老的画，主题为末日审判：紫红色和绿色的颜料都暗淡了。画中很多赤裸的中世纪人物，左边的上天堂，右边的下地狱，画作和人体构造的知识似乎合乎中世纪的思想和灵魂的品质。在一个超出他们掌控的世界里赤裸着，给予慰藉的天使的翅膀可怕而不自然，就像正在吞噬被诅咒者的鸟和爬虫。在这中世纪虔诚的纪念碑对面是繁忙的蛋糕店，里面的房间曾是维多利亚时代的主日学校。一块盾形石板上记录着学校的创建日期和一些史料，以维多利亚时代的哥特体书写。不久前这里还有孩子们学圣经故事、赞美诗，如今上了漆的松木桌上摆着蛋糕、乳蛋饼和咖啡。

索尔兹伯里郊外的河谷里，一条从河边延伸出来的小路尽头，还有一个单间房的“传道小屋”，它以木材和瓦楞铁皮搭就，也许是在一战前建的，但它的朴素中一度仍透着骄傲和宗教感，一如中世纪的宏伟中呈现的敬畏。现在小屋已丧失原有的用途。沿着河流这边的路继续下走，会看到一栋红砖房，镶着维多利亚时代哥特式的窗户。房子上部还写着“卫斯理公会教教堂”。它早就不是教堂了，现在成了带有哥特式拱门和刻字的私宅，成了居住的地方。

位于庄园和我小屋附近的那座翻新的教堂很不同，不仅仅因为它仍是一座教堂。索尔兹伯里的圣托马斯教堂中的末日审判画，表现了某种宗教焦虑：这是一个专制的可怕世界，人们赤身裸体，孤立无助，能提供保护的只有上帝。而庄园这儿的教堂翻新正值维多利亚时代的房屋和庄园在建之时，与圣托马斯教堂的建造时期差很远，它来自那个自信的时代：和信仰一样，它颂扬了一种文化、家国的荣耀和权力，是人能掌握自己命运的自信。

教堂仍保留着那种气氛，虽然它现在吸引的人在财富上无法与维多利亚时代的富豪相提并论，对财富也不再有那么多支配权，这些人的房子也像是维多利亚时代豪宅的零头。教堂会众少，人数只够每月举行一次礼拜仪式，体现了这儿的文化庆祝封闭排外：做礼拜前后车门开关声、交谈声不绝于耳，唱赞美诗以管风琴伴奏（管风琴仍在小教堂使用），这些声音在厚厚的石墙和方格图案的燧石的包围中仍听不真切。

那里没有杰克的位置，他活着的时候赞颂的是生活。菲利普斯先生或在庄园花园干几个小时活的陌生的镇上人，也没有位置。我觉得也没有老布雷的位置，他总是有让人费解的想法，兼具极度保守派和狂热共和党人的特点，崇拜有钱人（雇他车的人）但又憎恨继承财富和头衔的人。老卫斯理公会小教堂（一栋经过拆建的私人住所，配有哥特式窗户）、空荡荡的传教小屋、现成为蛋糕店的维多利亚时代主日学校——这是十九世纪流行的宗教苟延到了二十世纪，这种宗教是束缚和戒律而不是赞颂，这在一定程度上影响了布雷。布雷，以及千千万万同样在这种束缚中长大的人，使得这一带有那么多近代的基督教建筑遗址。这里有那么多种宗教，那么多遗迹。

但是现在，布雷谈起了宗教。我慢慢回想起他的说辞。我没意识到他说起“那本好书”的时候有多严肃。我当时没怎么听进去，只当是他每天喋喋不休的讽刺。我坐在他车里的副驾驶座上，瞥见他的鸭舌帽，他凹陷的眼睛眯缝着盯着马路。他眼周的起伏、脸部的表情加之我对他脾性的了解，使我以为他在开玩笑。

很久以来，我都把他的容貌和举止同那个油嘴滑舌、愤世嫉俗地谈论事情的人联系起来。他以那种态度谈论政客、某些皇室成员、工会、新闻或者上法庭的商人以及各种时兴的话题。比如他抵制工党政府发行的新的一英镑纸币，因为：“我认为那是米老鼠用的钱。”这说法他也许是听来的。布雷的谈论中融合了一些独到的观点，我多次发现这些观点源自电台电视节目和报纸。

一认识到他这次是认真的，我就对他改观了。虽说神态和说话方式没变，但我看到的不再是愤世嫉俗的人云亦云，而是他个人的感受，并且很快变得有激情。

后来我才想到，我为什么没有马上发现布雷谈起宗教时态度是严肃的。这是因为他在学习，他懵里懵懂地接受了某些教义，必须继续深入学习。说这是新的宗教，是因为布雷信奉的不是他和千万人一起抛弃的维多利亚时代遗迹的宗教。他谈话中所指的宗教，他一周一周投入的宗教关乎治疗，更准确地说是一个治疗术士。一名智者（布雷隐藏了此人的性别）；在做“礼拜”时随意翻到圣经的某一页；对上面的字句进行解释；每一个跪着的信徒都收到一条私人讯息和指导。一名治疗术士；把圣经当作圣物，召集人围在它旁边

“集会”；分享食物；虔诚中暗示着相互陪伴甚至快乐。

这次有关集会的谈论让我想起十二年前在伦敦北郊的一次“灵魂术”召集会。当时红砖楼外贴着的一则轻描淡写的不起眼的告示勾起了我的兴趣，此外我也是希望找一些材料，为英国某广播电台海外杂志节目撰写一段五分钟的稿子。

集会设在楼上的一个房间，从人行道旁的台阶直接走上去。入口处的灯箱上就只标着“大厅”。里面等待的人多数是常客。其中有几个孩子，健康活泼，有点不安分。他们坐在前排。灵媒是个身材臃肿、其貌不扬的中年妇女。她为自己的迟到道歉，说是从河南边赶来。她很快进入正题。我们每个人都收获了讯息。连我也有一份，是远方的祖父的消息，灵媒说他的声音微弱地传到她耳边。

但最可怕的是给孩子们的讯息。三四个漂亮的孩子，脚不停地动着。灵媒抓住自己的脖子来获取讯息，她说她要窒息了。带孩子来的那个女人，明显是母亲，身子严肃平静地向前倾（她坐在孩子后面一排），点着头，仿佛是确认送信的灵魂的身份。她的丈夫，孩子们的父亲吊死了。我不知道（我从未询问告诉我这事的人）这位父亲是被政府吊死的——在英国或国外——还是上吊自尽。这家人每两周来和他交流一次。他们的沉着无疑可以解释：他们是信徒。每个孩子收到一条讯息，无非是帮妈妈干活或者在学校听话。每个孩子等着自己的讯息，接收时神情严肃。这些拜访会留下怎样的记忆！他们获得了新的性格、新的激情，同时和其他人有所不同。此后二三十年间，那些性格（在成人的身体中，有着成人的需要）会表现出那些激情。

当布雷和我谈起他的集会，我仿佛感受到了二十年前的那种寒意。他和二十年前那一家母子一样冷静。他们是受一种可怕的需求驱使着，所有人都明白那是什么。那么是什么驱使了布雷？

他固执己见，滔滔不绝，我没有静下来想想他是否满意他的生活。他有个女儿住在德文郡，是找了“一块地”（布雷的原话）随丈夫搬过去的。她从来不回家探望布雷。布雷第一次提到这事时还替她找了很多理由。回来干什么呢？从女儿选择远离布雷生活这一点来看，我想到他有多让人无法忍受，住在他的房子里该有多么压抑。再以此看布雷的种种特点：他记得收获时节田里满是劳工的日子，喝啤酒有限额，孩子们给父亲和祖父送饭；他不愿披露自己孩童时趁假期在庄园打短工的事实；他想独立却不知不觉地被束缚，干了被训练取悦他人的行当，有三四重性格。

我多少体会到了他的反复无常。但现在他出什么事了？据说他在那些集会上（在南方海岸的某个镇子上）、在分享食物的交流中，加入到他原本鄙夷的激进保守派的群体当中：工人、正找工作的人，那种布雷——他终于不需要像父亲和祖父那样一辈子服侍人了，他是个体户，他庆祝自己的自由——看不起的人。他一度嘲笑皮通，幸灾乐祸，如今倒对皮通那样的人表现出同情，那些人在英国，甚至在这种富饶的地区都难以谋生。他们从中部来，发现自己一无所有，没有住所和社会保障，他们（和圣托马斯教堂的末日审判画中赤裸的人不同）知道是谁掌控着他们的命运，但又觉得自己失去了掌控。

听布雷讲集会，越往后我越发想到二十年前伦敦的那场集会。当时的场景纷纷浮现，一个细节接着一个细节，一直到印着“大厅”字样的灯箱，在安静的街头照出微弱的光亮。那个伦敦的住宅区夜间安静无声，只有几个人几辆车往来。街上如此沉闷，台阶那端房间中的人如此绝望。

“这和其他事情一样。”布雷说。“你投入多少就能收获多少。你投入越多，得到的越多。那本好书一直对你敞开。”

我从布雷太太那里听到了更多。我不太认识她，主要从电话中熟悉她。布雷出门的时候由她接电话处理客户的预约，布雷也不时打电话回家。她接电话时言简意赅（经布雷指导，以便为顾客节省电话费），有效率。没有多余的话。电话那头一个轻快的声音，见不到人。她住在那个没有花园的房子里，因为布雷的水泥院子没有给花园留下空间。她坐布雷的车去索尔兹伯里或者安多弗买东西，她很少搭公交车。有时候在索尔兹伯里，布雷会开着车碰上她，和她打招呼。于是我看到了她，一个非常娇小瘦弱的女人，几乎可以忽略。仿佛和布雷生活，和这个司机，机修师，固执而努力工作、忽视山谷里的美人的男人生活，让她憔悴。现在，我从她那里听到更多布雷的宗教和“集会”的情况。

“这些日子我不能帮他接电话。我觉得他在参加一种集会。他清空了冰箱，我才想到的。你不会这么用冰箱。我不理解。要是你有冰箱，你得塞满它才是，不该一直清理它。”

我听布雷说起过冰箱。他很看重它。我没有冰箱，他很乐意告诉我怎么使用它。大规模采购（明显是促销货），烹饪，储藏大批食物。冰箱让食物成了一种新型仪式的中心，提供了一种新的购物模式，新的短途旅行，重构了充裕、丰收和庆祝的概念。

布雷太太有自己的想法。对待冰箱，她更像是喜欢贮存食物的松鼠，希望谷仓满满的。有天不知怎的，我在公交车站遇见了她。

她对冰箱的事愤懑不已。她那么矮，那么瘦，那么生气。

乌鸦在我们头上扑腾聒噪。她说：“如果你有了冰箱，你得存东西，别一直清理它。”她说话的神情仿佛她身在一个理想的世界，会把冰箱里的东西永远存下去，永远不去碰。仿佛言下之意是，尽管布雷不在，也没有车，她就是要去索尔兹伯里给冰箱补货。她重复着：“你得存东西。”

路的尽头出现了红色公交车，因为没有榆树等植物遮蔽了。

她等到公交车差不多停稳，说了句：“都是他的那个骚娘儿们惹的。”

这话脱口而出。仿佛公交车进站提供了一个良好的契机：前面的区域突然暗下去，折叠车门打开，引擎轰响，这些都为这一揭露提供了戏剧性的时刻，正好适合她不顾斯文谈论她不确定的事情。这也让她火冒三丈。她踏上车，把硬币塞进投币箱，脾气大得想让全车的人都注意她。

她在前排坐下——这样的焦躁和喧闹都来自一个个子小小的女人——就不再理我了。我想，一九五〇年十八岁的我初到英国，涉世未深，那时见到一个这样年龄的女人在公交车上的这副表现，恐怕就会想这样一个娇小的白头发老女人怒气冲冲，是不是和她丈夫的“骚娘儿们”有关。

这个小个子女人的话让我震惊。长久以来我都是通过她在电话中友善轻快的声音了解她，她也认得我的声音，会在我报上名字之前说出我是谁。“能的”，“我会弄好的”，“谢谢先生”——这几句话总会让我想到她，她接电话时语速快，为的是不让我多投硬币。“骚娘儿们”很可怕——有辱她，有辱她所指的那个女人（如果她当真存在），有辱她丈夫，有辱我们所有人，这不雅的用词本身就是侮辱性的。

如今，我从布雷太太那里听到的都是那个女人的事，在电话里、在车站（她开始更频繁地出现在车站）和索尔兹伯里的购物街上。布雷怎么遇见那个女人的？谁会被布雷吸引？我以前没觉得布雷会是任何人的情人，但这是男人的看法。在情感上，男人和女人生活在两个世界。

一开始，我怀疑这个女人并不存在。但布雷太太说的故事太具体，我很快相信确有其事。而且从布雷太太的讲述中，我发觉布雷会直接或无意地提起这个女人，提起和她见面的事，一如他平日里谈到他出租车的相关工作。

她某晚乘一列南边开来的慢车到了索尔兹伯里火车站。（布雷太太只提到了这个女人年龄和外貌的一些细节，我无从知道这些细节是否出自布雷本人的讲述。）她告诉检票员她没有票，没有地方过夜。检票员或另一个同事打电话报警，这个女人被安排在（这是英国政府和官员奇特的、认为理所应当的人道）一个提供早餐的寄宿处过夜。具体的处理要等到第二天由一个更高级的官员来定夺。寄宿处是一个男人为补贴生活而开的，他经营一家集绘画、装裱、旧货和古董于一体的店，生意冷清。

应警方（或一个警察）的要求，布雷（这个公正可靠，不分日夜随时准备好工作的人）开车去火车站，把这个女人送去寄宿处。车站明亮的灯，几乎空荡荡的状态，这个女人的孤独，一定让他留下了印象。

但是第二天，当他去接这个女人上警察局的时候，他对她产生了好感。当她从前门短短的路走出来，他看见（正如他对太太所说）这个女人面色很差，穿一件宽大的粗花呢外套（明显是别人的），这是他讨厌的流浪者或者附近“旅人”的样子（他是这么告诉布雷太太的）。但是突然（他是这么告诉布雷太太的），当她走出大门上了人行道，她对他满是怒意、讽刺和嘲弄。据他所说，她那细小的眼睛几乎对他叫嚷起来：“你知道我没钱。”

布雷太太以她自己的方式表达了那个女人的讽刺。但即便如此，还是能想见布雷如何望而却步，想见在这女人极具攻击性的时刻他受到了吸引，爱上她的弱点、她的需要、她在那一刻对他的依赖。然后她继续用敌意和骄傲（明显包含了她犹豫的请求）对他说：“你知道他们会把我送回哪儿吧？”不是监狱，否则布雷不会答应这差使。是去精神疗养院。这个女人有一点孩子气，指望她的请求能打动大人，打动别人。

这是布雷告诉布雷太太的内容。他早期的直接的故事就此打住。因为这个女人身体里那个受了伤又吸引人的孩子，因为那双眼睛后面被囚禁的灵魂，布雷感到了无限的激情和他天性中的保护欲。无论我何时想到这个女人和布雷，都不禁想到那些话。布雷太太经常提起她唯一承认的那对男女说过的亲密话。“你知道我没钱。”“你知道他们要把我送回哪儿吧？”

他没有把她送到警察局，没让她在那儿留底案。他付钱让她继续待在寄宿处。他认识那个老板，那个旧货店老板以卖画框起家，称自己的店为画廊。

这个人和很多其他店主或未来的店主很像，他受索尔兹伯里当地的文明、富足和乡村的吸引，但是没有充分了解交通、停车场、单行道或者人流分布。

一家店哪怕离市场、广场只有两三分钟的步行距离，也可能偏离了购物中心。很多小生意很快关门了。尤其可悲的是那些赶时髦的店，不明白人们真要买要紧东西就去伦敦了。那些精品店和女装店如何迅速冷清下来，店主的歇斯底里在橱窗中尽现。不是说摆设杂乱或无序，恰恰相反，是表现在一种惆怅的不自信中，不是对高雅品位或者怀旧风格缺乏自信，而是像精神紧张，仿佛橱窗本身不希望被看到。橱窗的这种缺乏自信显示店主想要抛下这项生意。

渔网上不再带着塑料海星、上色的木鱼、真贝壳或者小块浮木，或者秋叶。现在没这些东西了，倒像甩卖一堆无人认领的物品：只有女式衣服、裙子和上衣，不讨人喜爱，甚至都不招店主本人喜爱。当灯光适宜，窗户不再反射街景，有时候能瞥见店主在她日益缩小的库存中一副空虚、阴郁、让人生厌的样子。一开始，她尽力展示自己的魅力，招揽顾客（也许是奉上咖啡或者播放古典音乐），营造一种氛围。现在看来却焦躁地想赶走所有顾客，免得有人再来鼓励她坚持下去。这一切离繁华与成功仅几码之遥。

就在一家这样的画框店，一家“画廊”楼上，布雷的女人住了下来。索尔兹伯里暂时没有对这家店装裱的画框的需求，店里也没有足够的画框吸引人进去。十来个画框样品细致地切成斜角挂在钉子上，就像小小的装饰性的绞刑架。这些样品很快消失在二手家具和家居用品中，因为老板开始经营二手货生意，最后为了维持下去，他把楼上辟成了寄宿所。

就是在这里，通过这个女人或者女孩，或者通过此店老板，布雷开始了解那个治疗术士和集会。他觉得学到了什么知识，就立即来告诉我。一开始他没有掌握多少东西，因而我花了些时间才厘清他说的话。

渐渐地，我听他讲述他新的宗教生活：治疗课程，为每个人轮流随意翻开“那本好书”，然后诠释上面的字句。渐渐地，他也谈到了他所发现并服从的新的团体观念：心智或心灵受伤的人的发现，他们无法适应这个物质世界，失去了控制。不是圣托马斯教堂末日审判画中主观的中世纪世界：那是一个人们从未理解或者从未想过他们能掌控的世界。在那个世界，人只能通过安抚、献祭和举行仪式活下去。而布雷的治疗世界不同，它像是基督教兴起时的古罗马，悲戚和情感的交流源自一种感觉：世界曾在人的控制之中，但现在失控了。

这种温情和怜悯的中心，是他在火车站遇见的那个女人。她在第二天就将自己托付给他，彻底依赖他。关于她的外貌，我所知的不过是听来的那些：肥大的粗花呢外套、平直的头发、一双靠得很近且忧伤的眼睛和差劲的皮肤。这是布雷向布雷太太报告的头两天的情况，也是布雷太太可以从中揣测和夸张的所有信息。

我觉得那个女人对布雷的吸引，在于她缺乏明显的魅力。女人的魅力可能让布雷感到不安，会让他觉得受利用，觉得背后曾有或者会有其他男人的存在。而在这个女人身上，他只看到一个孩子在残酷世界中的需要。布雷也许觉得他是唯一伸出援手的人。她那咄咄逼人的忧伤眼神中，也许不时流露出对布雷保护能力的肯定。

布雷太太说起布雷：“要是我向出租车工会或政府委员会举报他从哪儿弄来这个骚娘儿们，我肯定他要被吊销执照。”

我不觉得她会有这魄力，也不觉得她真这么想过，而且我不相信她希望布雷受到任何伤害。令她愤怒的是他新的平静。至于布雷，他表现得好像家里没有起过任何争执。也许真没有争执，也许布雷太太的怒气是装给我这样的人看的，因为我们多少了解布雷的另一种生活。但我只从布雷太太那里听说过那个女人。布雷绝口不提。他的集会占去他大部分时间，他跟我也只谈这些。现在，个别下午和晚上他会有事，其余时间他的租车生意像以往一样继续。

有天在他车里，仿佛是为了给他要说的话制造效果，他有意沉默片刻后说："我缴纳什一税了。"

他说这话时带着骄傲、夸耀和快乐。感觉就像他之前说到皮通离开的消息，然后神秘地从仪表盘下面的格子中取出房东一九二〇年出版的书给我时那样，像是对我的恩赐。

什一税！这么古老的词。个人收入的十分之一捐给教会。这是一个引起激进抗议的主题，也许甚至在中世纪，人们活在圣托马斯教堂末日审判画中的世界里时便已受到抗拒。但是如今，布雷这个厌恶特权和课税的人，竟炫耀起他向他的治疗术士缴纳什一税，说话的口气仿佛他历尽艰辛攀上山顶，见到了美丽的风景。

他说："你知道，是要在税前的。我把自己全部收入的十分之一给了教会。这让我心痛。当然心痛。它就是要让人心痛的。你一定要做出牺牲。"接着他开始跟我讲那个人，显然不知道我已经从他妻子那里听说了，他说："我认识一个人。起初做二手店，生意不好。后来开始接待外国学生。法国和德国的。我们这里有不少那样的人。但是仍不见起色。政府部门要学生住在居民家里。他都绝望了。这时他开始缴什一税。这让人心痛，像是压垮他的最后一根稻草。但是他坚持做。结果怎么着？前两个月社保部门的人开始给他介绍客户，几年来他第一回开始有固定收入。正如丘吉尔在战时说的，人生总有潮涨潮落。有付出，就会有回报。你投入多少就得到多少。你必须心痛过，才有加倍的补偿。”

于是，在乌鸦的聒噪声中，布雷感受到了内心的平静。正如老菲利普斯先生所言，据传，乌鸦的到来预示着死亡或财富。他依旧在杂乱的院子里修理引擎（但是对勘测员邻居比对皮通要谨慎）；他依旧穿着他正式的非正式制服和羊毛衫，头戴鸭舌帽；他仍旧在车里唠唠叨叨，但不那么喜欢谩骂、吹毛求疵或咆哮了，或者说它们已并入他的宗教讨论中。他心态平和，内心藏着秘密和追求。

他对太太的愤怒漠不关心。但是我怀疑，那愤怒是给外人看的，那不过是一种表演，一种性格，让她出门后能更好地融入人群（她长久以来闭门不出）。因为布雷太太在外人前的性格没有变化，因为我总能猜到她的言下之意，所以我不想见到她（她曾经不过是电话中一个温柔熟悉的声音），就像以前有段时间我不想碰见皮通，尽管他早期的园艺工作曾吸引我去观察。

*

有一天在公交车站，一辆大轿车停在我面前。这是继勘测员之后又一个新邻居。他提议载我去索尔兹伯里，这是他自我介绍的方式。一辆大轿车，一个中年男人，也许六十上下，一座大房子（我听说了那座房子挂牌出售，但是不知道是否有人买下，直到现在才知道已经售出）。这个邻居依旧是乡村口音，他想让我知道他是本地人，早就了解这山谷，并且已经熟悉了邻里（虽然他才搬进来）。

他说："我上周载了布雷太太一程。她最近脾气暴躁。你认识约翰·布雷吗？为什么他收费这么少？他会干活干到死。他服务周到，人也可靠，有很多常客，很受欢迎。我经常告诉他，作为一个租车的，他应该按市场最高价收费。但他不听。"

我们经过一座旧农场，墙壁破败，院子泥泞。

我的新邻居说："我母亲就是在那座房子里长大的。当然现在里面住了别人。"

以这种方式宣扬他和山谷以及当地人的关系，其实不招人喜欢。我想起老菲利普斯先生，每每想到早年的生活，在世纪初的山谷中当学徒时期以及汽车撞倒他表兄弟的事，他就眼泛泪光。从这个邻居的话中能听出来，他希望和过去相联系。这一过去也同样让布雷念念不忘，比如丰收时节孩子们送饭给田间的父亲。但是同时我这个开着大轿车在河边不紧不慢前行的邻居也让我感受到了有钱人的任性。

"菲利普斯太太怎么样了？"

我不知道她有什么不对劲的。我只知道，她近来的情况像我房东在那两个绚烂丰富的夏天后的状态，一天到晚见不着人。但是我没有问原因。

我邻居说："我觉得她的神经质又犯了。"

布雷太太的恼火、布雷的收费标准和菲利普斯太太日益严重的神经质——我见识了这个邻居的消息面，我觉得他的用意也是要让我佩服。在我印象中——随着时间流逝，随着我对山谷季节更迭的循环体验（新的知识逐年递减），以及近来一些事导致的记忆错位（比如皮通的离开）——在我印象中，他，我的邻居，刚到山谷定居。

我们来到有一座桥的村庄。我邻居驶离山谷主路，小心地驾车经过狭窄的带铁栏杆的桥。

他说："我经常走这条路，会看到不少漂亮的小景。"他变得头头是道，那兴致同我来这儿头几年对山谷与河流的情感差不多。但是对我来说，几年后这儿的时节便是循环往复的了，对他来说却不是。他年纪比我大，与此地又有很深的渊源。也许是对这个地区深厚的了解，加上对宅子的所有权，他产生了一种独特的几乎是虔诚的观感。

山谷河上只有这一座桥。桥和村子都历史悠久。虽然这里没有坟头，村里的房舍多建于本世纪，但还是给人一种古老的感觉，不是庙宇的神秘感，而是人类的定居、耕种、田野或湿草甸范围内的牧草地，已经存在了好几个世纪。

这种感觉在我们驶过大片田地时尤其强烈。我从未看见有人在这块地里耕作。路边有高大的橡树，树干粗壮直立，间隔宽且均匀。这些橡树像一百年前种下的（当年种下树篱和橡树的人大概确信这个角落会一直维持原貌）。

我来山谷后的第二三年，冬天河水泛滥，淹掉了很多河岸，在湿草甸上辟出湍急的水道。这边长着大橡树的田野也被淹没，在一定光线下像一片湖面。天鹅、黑水鸡、黑鸭、小野鸭等水禽离开了原先的河道，在这片田野上扑腾，好像不光是为找到了一块新的觅食地而兴奋，更是在庆祝陆地上新生了水面。水几日后退去，田地湿漉漉的，到处是一堆堆夹杂着草叶的黑泥，仿佛水流把草推向了错误的方向。自此以后每个冬天，只要看到黄底黑字"小心洪水"的市政告示牌挂在路边，我就等着好戏重演。

路沿着山丘的岩脊起伏延伸。河在右手边，时而近，时而远，时而与路面齐平，时而比路面低。一条狭窄的河流在宽阔的山谷蜿蜒穿行，提供了很多景致。这条河的两岸给人截然不同的感受，仿佛是两条河。

路开始急转弯，河水逐渐从视野中退去，田野将它和路分开。然后出现了一条长满野草的小径，斜穿过田野直通河流。

我的邻居说："我小时候常在这里骑自行车。我喜欢骑到山顶，再顺着那条小路冲下来。小路尽头是通向河对岸的一座小桥。"

他小时候，应该是四五十年前，也许在战争即将爆发的二十世纪三十年代。安静的路，辽阔的天空；没有现在这样不时开来的轰鸣的飞机，西眺几英里，也见不着客机喷出的白色尾巴。这些飞机尾流像粉笔印，遇到一定的大气环境，它们会聚在一起形成厚厚的云层，从地平线的一头延伸到另一头，显现出地球表面的曲率。

邻居又朝小径旁两座破败的红砖小屋点点头。它们是路上仅有的建筑。

他说："我一直觉得住在那里不错。以前牧羊人总住在那里，那时候这周围有更多的羊。"

我离开庄园的小屋后，就会搬进这两间农舍，而这是我第一次见到它们。但是我不记得打照面时有邻居陪同。当时我对它们不太在意，倒对邻居更有兴趣，还觉得他想住农舍的愿望也是任性的表现，又一个暗示着他藏而不露的温柔的表现。

很久之后，在搬家住到这条小径旁之后，我才想起这一趟，这一出，记起了这段插曲。

一个周六下午，有辆车沿着小径开下来，经过我的农舍，接着费力地（路很窄，跟车几乎同宽）倒着开进了我屋的入口，停在那里。开车的是一个年轻人，同车还有一位老太太。

老太太下车沿着小径往下走，又走上来。她透过篱笆往里张望。年轻人解释说，他的祖母在故地重游，她来找孩提时代和她牧羊的祖父住过的小屋。她记得有一条小径，狭窄的尽头通上一条步道，然后是一座跨河小桥。她以前就经常在早晨走这条路去河对岸的农场取牛奶。年轻人说，这条路没错，但他祖母不认得她祖父的屋子了。

我异常尴尬，为改造了这屋子而尴尬，这导致老太太陷入困惑。入口和车道改了，新房子的前半部分老人也许能辨认出来，因为是那两间农舍的后部改建的，但它的后半部分是拆掉她祖父的房子后扩建的；庭院花园取代了老人记忆中的果园菜园。（但她的记忆中应该还有长年累月留下来的不可燃烧的家庭垃圾，部分堆在那里传给了我；我接手的时候已然灌木丛生的花园在这些年里也应该经过了几度改造。）

面对这位老人，我为我的所作所为感到窘迫。想到自己是一名入侵者，一个来自另一个半球的入侵者，想到自己摧毁或破坏了老太太的过去而倍觉窘迫，正如我在别处的过去已处处被摧毁，我成长的岛，甚至这里，我找到第二次生命的山谷，庄园的那座小屋，一个曾让我激动、欢迎我、唤醒我的地方，它们都在不断变化，到我离开的那一刻仍在变。

直到这位老太太（带着她七十年前的记忆）出现在我的新家，我才想起新邻居当时载了我一程的事。他谈到的人与一些小景，他指给我看的小径旁的两座农舍。那时候这两座农舍还多少有点像它们在老太太童年时期的样子。但她故地重游时，发现自己永远地失去了它们。

*

救护车不是为菲利普斯太太、为房东而来，却是为菲利普斯先生而来。那日他在庄园猝然倒地，在救护车赶到之前便去世了。

大家突然意识到，甚至连我都知道了，庄园是多么依赖菲利普斯先生，依赖他的精力、他的力量、他的保护。他是个保护者，这是天性也是后天训练所成。他在受他吸引的人身上唤起了弱者被保护的需要。他无法与人保持一种平等的关系，他也无从理解这样的关系。对于不需要他的人，他只表现出暴躁的一面，这是他与这类人保持距离的方式。

我初到小屋时怀着异乡人的情绪，把菲利普斯先生归入我印象中的一类英国人，觉得他是乡村庄园仆从的典范。其实那时候他也才来不久，还在适应工作以及庄园半孤立的状态，不太了解房东。

他日渐融入工作角色，视它为自己的一部分。经过这些年，他对我的房东产生了尊敬之情，为房东的温柔、脆弱、骄傲、固执，为令房东疏离这个世界的脾性，让菲利普斯先生这样的人不耐烦的脾性。他对房东的艺术修养尤为崇敬。虽然菲利普斯先生和布雷一样，在政治上欣然接受大众报纸“强有力”的草率评论，但他不大会嘲笑房东的艺术创作。布雷也是如此，他有一天笨拙地递给我房东一九二〇年出版的插图版诗歌体小说，仿佛是递上理解房东性格的钥匙。就这两个强硬实际的男人来说，这一点令人费解，他们应该都厌恶“现代”

艺术：他们都视艺术家或者带有艺术气质的人为异类。这一观念也许可以追溯到那个将艺术或者知识都归于宗教，都是为了表达神圣、敬奉神明的时代。视艺术家为企图重新创造世界的人，正如视科学家为疯子，是源于人们对邪恶的炼金术士的刻板印象。

菲利普斯先生对房东艺术气质的尊敬也令我受益。这种尊敬感染了我。这是我在山谷的第二次生命体验到的一点安全感，一次意外让这成为可能。如今，这种安全消失了。

菲利普斯太太决定对房东隐瞒菲利普斯先生去世的事实，正如当年艾伦的死一样。她怕房东知道了会慌，会失控，到时候她应对不了。于是，虽然她因神经质而深居简出了一段时间，但现在她站出来调控全局了。她黑影重重的眼睛下布着纤细的青色血管，太阳穴以及稀疏的头发下也是青筋突出。她承受着压力和痛苦。

她打电话给我，絮絮叨叨说个没完。她一遍遍告诉我菲利普斯先生是她第二任丈夫。尽管她对他的回忆丝毫没有不敬，她也不想让人觉得她的爱由此减弱，但她对菲利普斯先生的悲痛重复着对第一任丈夫的悲痛，就像一种延续。她的丧夫之痛，被故人留在身后未完成的事务以及向房东隐瞒死讯的费心所消解。

她仍旧重复着。但是她在讲述她自己和她的悲戚的延续，仿佛悲伤自有生命。她或许也在说，或许是自言自语，她打算留在庄园，试着延续和菲利普斯先生一起做的事。

我对这件事和菲利普斯太太的电话经过几番思考后，才意识到菲利普斯太太的生活突然出现了不确定性。当初我第一次听到菲利普斯夫妇对未来毫无打算并且没有积蓄时大为吃惊。后来我开始佩服他们的冒险精神，他们随时准备离开这里，在另外的地方安家。

当然，他们是因为从未怀疑有新的工作等着他们，才这样大胆。可以说，这种期待本身就是一种安全感。

我觉得他们甚至没有考虑过退休的事。他们深知自己做的是一份老式的工作，但视其为一种隐居，也许他们觉得自己会这样过到老。如今，活跃的伴侣离世了，倘若菲利普斯太太离开庄园，我真是为她的未来担心。

我无疑是过虑了。我不认识菲利普斯夫妇的朋友，不知道他们如何生活或者如何谈笑风生。尤其我不了解他们的工作与工作圈，以及作为劳工，他们如何调整以维护自己的尊严。我仍记得她为自己在庄园的安全地位，如何等着皮通被赶走；皮通被解雇后多么失魂落魄，甚至因对雇主无言的恐惧而拒绝找工作。

但老菲利普斯先生的悲伤有别于菲利普斯太太的悲伤。他经历了父母亲、姐妹和妻子的死亡。他表兄弟一九一一年的死亡——他不止一次跟我讲过——让他准备好了面对所有人的死亡。现在，在他年过七旬快要入土时，他儿子竟猝死了，这令他惊骇，令他悲痛之极。菲利普斯太太说，他崩溃了。皮通离开庄园后他如此快乐，如今却无法继续住下去。他不再来菜园工作，也不再穿着他素色的西装、外套和裤子，拄着拐杖散步。

仿佛他也死了。仿佛我们看到第一批乌鸦在庄园山毛榉树间叫嚷扑腾时，他所提及的死亡就是这一死亡，他儿子的死亡。

*

美丽的常春藤要依附着树木生长。树最终倒下了，但是它们提供了多年的赏心悦目，况且还有其他树可以观赏，有其他树来陪伴房东度过余生。人也是如此。他们生活在你身边，时间到了便离开，自有其他人会出现。但菲利普斯先生却是例外。他对房东来说太重要。房东在菲利普斯先生温柔而尊敬的照顾下终于摆脱了病患的折磨。这位强壮的保护人的死讯瞒不过两星期。

房东终于发现真相时气急败坏，气的是人明明死了，大家却误导他觉得他还活着。他发泄了一场。他摔玻璃杯、砸烟灰缸，把餐盘推倒在床上，总而言之是弄得一团乱。他太过悲伤。他只能表达气愤，并且把气都撒在菲利普斯太太身上。

她觉得这不公平。她打电话跟我说，她这么做是为他着想。她觉得房东的做法很自私：他发火时没有考虑她对丈夫的死的感受。她还觉得房东孩子气。她说："他这么做也不能让斯坦回来。"

早先她对庄园和它的主人充满敬意。对房东的艺术创作，她就当是他特权的另一种表现，对此有相应的尊敬。她把房东的小礼物捎给我，诗歌或散文，绘画，小篮子，檀香木折扇，印度熏香等，她都是一脸敬畏的样子。有时候，她甚至把散文诗或者散文用打字机打出来（也许没有被要求这么做），这是她分外的工作。她对打出来的不一定总是理解，这更增加了神秘和美感。

她对房东艺术创作的敬佩影响了菲利普斯先生。但当菲利普斯先生逐日培养敬佩之情时，菲利普斯太太却慢慢不以为意了。她看待一切都越发实事求是。在庄园获得安全感之后，她失去了原本的崇敬。有了安全感，她开始自我审视，专注于她的神经紧张，越来越依赖丈夫的保护（和她的雇主一样）。

如今她丈夫离世了，她失去了安全感。长久以来一直做得很顺手的工作也突然变得困难；庄园充斥着紧张的气氛。面对房东时，她也直接采取了护士的态度，但她又没有相应的能力。这男人就是孩子气，她说，他完全是为了让人注意他。她本该知道如何应对，现在却束手无策。这份工作开始让她疲惫。

园子里的菜地废弃了，但之前菲利普斯先生叫来做零活的人仍出现在庄园。菲利普斯先生在的时候，这些人干活很利索，像是为了引人注意。但是现在没人管着，这些人的态度也变了。他们大声交谈着从我小屋窗口走过。

有天下午我从河边散步回家，看见两个人出现在荒芜的花园中。他们手中拿着钩刀，站在之前砍倒的那堆白杨树边。其中一个个头比艾伦还小（艾伦一直对自己的身高耿耿于怀）。他有一张狡猾危险的面孔，眼里有怒意，像是因为被我发现而生气。另一个人稍稍高一些，深色头发，眼圈发黑。

不及我开口问，个子稍高的便说："我们来运走这堆烂木头。玛格丽特知道，她允许了。"玛格丽特是菲利普斯太太的名字。

我的策略是不干预在庄园见到的人，不扮演监工的角色。但是那把钩刀和小个子游移不定的蓝眼睛让我担心。

我对个子稍高的说："你叫什么？"

他直起身，双手几乎贴在体侧。他说："汤姆先生，两个M。德国人。"

"德国人？"

"我是个德国人。汤姆先生。"

他是一贯这样介绍自己的吗？德国人的身份（他有英国中部地区的口音）对他而言那么重要，所以他迫不及待地说了，抑或他是在开玩笑？

他说："我父亲是战俘，在牛津附近的一个农场工作。后来他留下来，娶了马车夫的女儿。我父亲五年前去世了。去年圣诞节我母亲在伯明翰去世了。我之前一直住在那里。但我丢了工作，妻子也离开了我。所以我才会在这里。"他手握钩刀比画着用镰刀割草的姿势。"我喜欢园艺。我只想从事这一行。是跟我母亲学的。"

我看着小个子，心想他会说什么。他仔细打量着我，脸颊抖动着，不打算和我说话。在他瘦弱的前臂上，我看见了绿红蓝黑四色文身。这种用现代工具绘制的文身是当地时下的新潮。这是布雷告诉我的。至少在文身方面，小个子可与比他稍高的同伴比肩。

个子稍高的说："我最近不顺。"

我没再打扰他们。围了一圈的墙外如今一片荒芜，那里停着一辆厢式小货车，车尾对着入口，离我的住所不远。他们真就为了烂木头而来？我觉得其他东西，比方说雕塑、瓮、石罐甚至温室门等等，都有危险。那两个人是捡破烂的，不是职业小偷。

我于是打电话给菲利普斯太太，她好像没反应过来。但是她听说过那个德国人的名字。"他替斯坦工作过。他是德国人。"

没过几天，厢式货车又来了。德国人下了车，同行的还有一个身材高而肥硕、没有剃胡子的人，他一头红发，弯下腰能到德国人的肩头。这个胖子穿着喇叭牛仔裤，手上捏着一个卷起来的空尼龙袋，袋子几乎和他的头发一个颜色。胖子没有看我，对我视若无睹。他的眼睛小而走神，肥厚的下唇红湿。

德国人说："他是我兄弟，没地方去了。上周他在一个老太太家得到一份包住宿的工作。律师安排的。但是他们想让他当仆人。这个老太太喜欢清早五点摇铃要茶喝。他近来不顺。”

皮通在的时候，花园和草地的入侵者不过是当地的乡绅，在周六下午找一块地方打猎，他们都是些熟面孔，无须太在意。现在皮通不在了，他的时代和秩序似乎已遥不可及，和花园当年的壮观一样遥远。现在菲利普斯父子也不在了。来这座残败的花园工作的人成了掠夺者、毁坏者。

在庄园繁盛时期，勤勉的木匠、石匠和砖工都施展自己最好的技艺。他们有审美有技术，并且希望以此获得认可。现在，这样的匠人因感到管理者缺失，仿佛受相反的本能驱使，他们加速衰败，他们掠夺，把一切弄成垃圾堆。因此我们可以理解，在英国这个地区，一座古罗马庄园历史悠久、极其寻常的建筑的秘密和基本技艺，何以在两三个世纪内失传。究其原因，并非劳作人员减少，而是庄园主放任不管。

菲利普斯太太不清楚周围的土地上发生了什么。她不会看人的面相。她现在凡事都要自己拿主意，又总是大失所望。关于人的性格和面相，多数人都积累了一定的主观判断方法。这很容易，只消把某种性格和某种面相相关联，得出最简单的结论，比如贪婪和肥脸。但她没有这种知识储备。

这是她无法胜任现在这份工作的部分表现，也是她不愉快的原因所在。当她试图寻求帮助时，这个问题会再次出现。她刊登广告为庄园找帮工，却一次次惊讶地发现她找来的都是和她相像的人：漂泊、没有能力的女人，没有判断力的女人；她们寻找工作的同时也是在寻找情感的庇护。孤独的女人带着她们珍贵的物品（只对她们本人有意义），但没有男人或家庭，因种种原因被排挤出社会生活圈。

某天午饭时分，我出门去公交车站，她们中的第一个幻影一般出现在我眼前。她在紫杉树下，一身耀眼的绿色，她的头转向我这个方向，一脸浓妆，眼影是绿色的。她年纪不小了，脸上的色彩跟图卢兹－洛特列克[①]的画一样，显得像是来自另一个时代。是苦艾那样的绿，让人不禁想起其他画家笔下凄凉地喝苦艾酒的人，想起酒馆。也许南部海岸的一家酒馆或宾馆是这位女士的背景，是她上一个避难所，她以前的生活。

她一定花了很长时间摆弄脸上明艳的色彩，在这个夏日的午饭时间，她仍这样打扮自己！现在，在她的休息日，她要去哪里见谁？这不堪入目的耀眼，要取悦什么人的迫不及待，在男人面前本能的谄媚——她的一切因年龄而变得讽刺，站在乡下，置身这紫杉、山毛榉中间，在这乡间路上，更是如此。

菲利普斯太太在这个女人身上看中了什么？她怎么就觉得她能够帮忙照料这座房子和房东？

很快就有抱怨了。菲利普斯太太很快开始抱怨“员工”，她又一次和房东站在了同一边——差不多就是菲利普斯先生的做法——对抗着这残酷且不可理解的世界。

“他摇铃要一杯雪莉酒。她走进他的房间，一手一瓶酒，一手一个酒杯，看上去她自己已经喝了不少。一手酒瓶，一手酒杯——请问这是干吗！他不喜欢这样。‘玛格丽特，注意点礼节，’他这么对我说，‘注意点礼节，我就这点要求。喝酒不光是喝酒，还要看

① 图卢兹－洛特列克（1864－1901），法国后印象派画家、近代海报设计与石版画艺术先驱。

场合。’我觉得他要求有礼节是理所应当的。我告诉过她，送什么东西进去都得拿个托盘。我告诉过她。”

可怜的绿衣女人！很快她又犯了别的错。我相信菲利普斯太太说的，她没用托盘送酒进去，她年纪大，学不会了。结果试用期没满她就走了。我没看见她离开。她在乡间短暂的放逐之中，我同她只有一面之缘，就是那次在通往公路和公交车站的柏油路上，她一身绿衣站在紫杉和山毛榉深绿色的树荫下。

之后又有一两个人我也见过。多数没见到。我仅仅听说过她们，从菲利普斯太太那里听到添油加醋的故事。有个人一来就制造了恐慌：一辆大型搬家车开来，庭院里满是她的“东西”。没有一个待得长久。一个不想做事；一个目中无人；一个爱挪房间里的家具。也许她们中有干得不错的，但一样得走，因为菲利普斯太太可不想培养一个人来威胁她的地位。

“帮手”或者“员工”这桩事的局面过大，共享厨房和住所有了压力。于是决定外来的人与之前的人分开住。庄园里一两个封闭的房间被打开。一个装潢师出现了。

随着为新员工准备的住所开始装修，我觉得我在小屋的时光也告一段落了。来的不会总是单身女子，也许她们有家庭和朋友，他们能出入庄园。一系列意外让我在暴露的环境里受到保护，而现在这种保护要结束了。在山毛榉树上聒噪和筑巢的乌鸦，或许也预示了这一天的到来。

装潢师是个矮胖的人，面色红润，或者是在白色工装的映衬下显得红润。他乍看上去像一个代理人或者变革工具，实则不是。他和皮通走后老菲利普斯先生开始在庄园工作和走动的状况没什么差别。

我开始了解他的日常作息，他如何安排孤独的体力活动。他有固定的休息时间，早晨和下午各十五分钟，中午一个小时。他放下刮刀、滚筒、刷子和油漆罐，坐进他的车里，在方向盘上举着报纸的赛马版块看；早晨和午休时间喝保温杯里的奶茶，午休时吃三明治。他不急于打开三明治的包装，而是先看十五分钟报纸了解赛马信息，然后才打开整齐的防油包装纸，慢慢地吃，稳稳地吃，不慌不忙，但也没有享受的意思。

他最初把车停在我屋后门口的路上。我挥手向他比画，他一声不吭地把车往庭院那边靠，藏在躲开庄园和我视线的地方。

他的车就像他的城堡。下了车，他就是在别人的地盘上工作；上了车，他就到家了。他看上去淡定自足。在他工装裤（套在一件非常厚的手织蓝毛衣外）上面的口袋里，有个打开的空烟盒。这是他的烟灰缸。他把烟灰弹到盒子里的动作娴熟。这明显是个老习惯，是装潢师应有的整洁。这整洁的态度，粉刷时的全神贯注，有时脸靠近拿油漆刷的手，他一连干上大约一个半小时的安静，他的孤独，这些给他平添了一种让人不安的气质，使人能透过他的工作和外貌，把他看得更清楚。后来我开始和他说话，发现他的声音很特别：温和、徐缓、冷漠，像孩童。

他把自己的烟盒烟灰缸很当一回事。我说我欣赏这主意，对此他没有避而不谈或者调侃。他非常认真地谈论起它，告诉我何时有这个想法、何时付诸行动。他说大家总会提及它。

我们不时聊聊天——他喜欢聊天——他的孤独像是强加在他身上的，他并不介意把它搁在一旁。我发现他看重自己的一切，他对自己有一种敬畏。此外，他好像隔着一定距离看待自己，看他的习惯与日常工作。他对自己所见感到敬畏：他不了解看到的东西。

甚至坐在车里休息时他都感到困惑，他也在这时候吃药。他吃下药就研究赛马，因为他的梦想是成为一个全职赌徒，严肃的赌徒。不像拿养老金的人那样投注冷门的马，而是一直在热门马上下注：这是靠赌博赚钱的唯一方法。他依赖药物，一天四次吃两种药，没有了药他什么也做不成，哪里也去不了。药丸让他得以维持。他是很久以前通过菲利普斯先生发现了这两种药的。他和菲利普斯太太之间的联系就是这么建立起来的，不过他说他不太了解玛格丽特。

在服药之前，他经常没来由地当众哭泣。他也没弄清是怎么回事。他生活无忧，比他认识的多数人都富有。他有过一座房子、一辆车，也有妻室。工友起初不知道他在哭，以为他是对油漆过敏。但是有一天，眼泪让他不能自已，他被迫进了医院。

他发现自己在一个病房中，病床上没有床单，只有床垫和毯子。床之间间隔很小。护士是男性。即使泪眼蒙眬，他也感觉到事情蹊跷。这个男护士，斯坦，也就是菲利普斯先生，给了他一些药，接着他睡着了。他从未睡得这般香；醒来后感觉好极了，因此对斯坦感激不尽。就这样，他对药物产生了依赖。

斯坦对他的帮助不止这些。“他对我很好。有一天他对我说，‘瞧，要是你不振作起来，我就把你登记成残疾人。你也许会觉得这样能得到更多社会福利保障，但是我告诉你，你什么也得不到。没有额外的福利金。不信去问救济站的人。’他是对的。我会什么都得不到。所以我振作起来。真为斯坦伤心。我曾想，要是真能在赛马上大赚一笔，我会当面把钱全给斯坦。全给他。就是那样。”

他做了一个提东西的姿势，像动画片里的形象：赢来的，钱都是放在袋子里的硬币。“我想我会说，‘斯坦，这是我做过的最了不起的事。我要你收下它，因为你一直对我这么好。’”

他的眼里开始充满泪水，但仍在出神。他的脸上不动声色，声音也还是童稚的。

“我现在失去了一切。房子、家具、妻子。但是当我离开我妻子的时候，也是哭泣离开我的时候。当我离开她，我也将一切烦恼丢在了身后。周三我发现她和别的男人在一起。我打了她。周五他们就赶我出门。”

这是他几天来给我讲的，这个细节被留到了最后。甚至在这个细节上都省去了很多。比如，周三事发前还应该有很多事。但这是他看待这件事的方式，是这件事对他的影响。

他坐在车里，把烟灰弹进工装裤的香烟盒中，开始抽噎，像轻微的抽搐。

他说：“这不是因为她，是为斯坦。”

*

夏末秋初，天气凉爽。装潢师说这是粉刷外墙的好时候：油漆的浓稠度更合适，浸了漆的刷子更好刷。这是他除去对自己的了解之外的一大知识。但适合粉刷的空气也充满了夏末的灰尘和各种发散物。

一个下午，我出门散步。走到杰克的花园的旧址，路边的山毛榉树下堆放着农场的废弃物：旧金属、木材和铁丝网，路另一边是白垩土质的深深的垃圾焚烧坑（一个多月前遭遇大火的白桦树已经长高了）。我开始喘不过气来。

我走过破旧的农场，继续沿着车道前行，尽力用嘴大口呼吸，缓解窒息感。

右边是广阔平坦的斜坡，以前看到黑白花纹的牛群映衬在天空下，我总不禁想起我孩童时在特立尼达岛看到的炼乳的商标。还想起有一年炼乳经销商组织学生进行填色比赛。用来涂色的画是放大的商标，画想要多少就能得到多少，真是开心啊！尽管孩子们并没有见过商标上画的那种牛和平展的草坡（肯定没有蛇），但他们想象中的景色更美丽！

在阳光明媚的日子里，尤其当坡顶有牛群映在天幕中，我走在路上，脑海中有个角落里，一种微弱遥远的渴望——远得像幻影，像童年时看过的电影那样模糊——得到了满足，我感觉自己已经置身于炼乳商标图的景致中。

左边长着高深草丛的宽阔车道那头便是一片如今围着铁丝网的牧草地。牧草地尽头是高大的松树林。松树粗壮茂密，有一种幽深感，直到有一天树林后的田野被一把火烧掉。一排深色树桩在烈火中咆哮，声音似我曾听到过的林中瀑布。它让我意识到，万物皆为一物，所有的骚动，无论是火、水还是空气，都是一样的。正如巨石阵后炮兵场的爆炸声仿佛暗示空气可以穿透，正如军用飞机在空中杀伤力越来越大，听起来像巨大的火车在悬空的铁轨上盘旋。一九五〇年，当我听到从伯爵府花园尽头高高的砖墙后传来火车的轰响，从清晨延续到深夜，我以为我抓住了自己背井离乡前来寻找的大都市生活的前景。

在斜坡和松林之间，我胸口的压抑感一下子又消失得无影无踪。我走到围场和松林尽头，在坡与坡之间的凹地中堆积着巨大的干草卷，多年来从未使用，却没有拖走。如今干草卷发黑，有的地方泛着青苔绿，它们挨挨挤挤，不容易腐烂，让人很难联想到巨大的瑞士卷蛋糕；又因为太黑而不像印刷用的纸卷。这堆黑色的干草现在成了垃圾，但仍是风景的一部分，就像它后面长而浅的山谷，视野开阔，从未开垦，布满白垩和燧石，看似更高处的荒芜山谷，遍布脏兮兮的积雪。再往后，沿着车道，坡地向云雀山和坟堆延伸，坟头长着粗壮的野草和被风摧残的矮树。

这段路犹如一段音乐铭刻在我心中。我没有一路走到山丘顶。没有必要登顶。我知道在现在这种光线中，从那里能看见什么。我转身，路上所有的景色再次展现在眼前。

当晚在小屋中，我的窒息症状又出现了。我感到支气管在收缩。我等着症状缓解，却等来全身紧缩、变僵。短短几个小时，我病倒了，还犯一种奇怪的头晕。在这眩晕状态中——看一切都清清楚楚。透过救护车深色的玻璃，我意外地、饶有兴致地注意到山谷壮丽的景色——我被送进了镇上的医院。

几年来我总会看到这栋楼，知道它是医院，虽然经常经过它沥青铺的前院，却从未对它有过什么想法，只知道它是一栋楼。我留意到楼里保存下来的十八世纪的砖块（因为我能判断出红砖的年龄，在一九五〇年我发现小房子普遍都用红砖材）。我留意到优雅的乔治亚时代的字体——标明了医院的非官方性质以及建成年份为一七六七年——刻在楼正面靠近顶部的一条石板上。

医院位于通往火车站的路上，要越过一座桥，桥下是白垩质山谷几条河流的交汇处，水总是清澈的，漂浮其上的垃圾特别显眼，河水像玻璃镇纸或照片，有分离普通或是众所周知的物体的能力，烘托出细节。

十年前，我的病赋予了我特殊的才能，让我对庄园花园的春天有了更深切的认识。那次患病是精神疲惫和旅途劳顿所致，延续了几周，像我童年时遭受的热带“发热”，一种和雨季相关的发热，而我总觉得热退得太快，希望再一次发热。我喜欢童年的热病，因为它让我湿热的体内放松，以一种美好的方式扭曲触感和听觉，让世界忽远忽近，和时间捉迷藏，让我在不同的时间醒来，面对同一件事。带着如此的戏剧性和新奇（以及特殊的食物和肉汤），发热总是让我感受到家和受保护的温暖。

在类似这种病症的状态中（我因此第一次在英国感受到保护和放松），我看到了窗下的牡丹（在我半清醒的迷离之中，饱满的红色花骨朵攀上来，迎着风敲打玻璃窗）。我在荨麻丛中看见一枝鸢尾，看见了芬芳多刺的苔藓玫瑰，还有幽暗的小溪上通向风景怡人的河岸的一座座桥。

我这次是真的生病，不是单纯的体力不支，而是一种仿佛穿过身体到达内脏和生命核心的疲倦，这疲倦让我不得不衡量一下我能起身和出门多久，可以走多远而不致体力透支再次病倒。出院一段时间后，我开始带病在潮湿残败的庄园花园中短距离散步。我来英国后，数年来意识不到冬天的存在，从不觉得需要穿戴外套、手套甚至套头衫，现在我竟觉得体内冰冷，肺部寒凉。

牧草和杂草湿而深，根部有各种腐烂物而呈现出黑色。秋天曾有独特的迷人之处，层林尽染，野蘑菇争相模仿着枯叶的色彩和形状。去年的白杨落叶像是蕾丝或热带扇形珊瑚，叶脉间的柔软物质腐烂，叶脉却还保持着曲线和弹性。我慢慢叫得出树木灌木的名字了，能在一大团植物中分门别类，并且很快不仅仅局限于植物名，我对它们的欣赏也随之增加了。这像是生活在某种语言环境中学习该语言。现在，随着杂草生长、沼泽植物发芽，随着玫瑰花圃消失，站在花园中像是置身于一片杂乱的灌木丛。那些大到无法锯断或移走的白杨树树桩，最后消失在灌木丛中。

花园里的秋色是一派棕与黑。我学会把枯叶和茎梗的棕色看成其本身的颜色；我收集了草叶和芦苇，愉悦地看着它们从绿色渐渐变成饼干似的棕色。甚至枯萎在瓶中的花都能带给我快乐，枯黄色的花仍是整朵的，我都舍不得扔掉。秋冬的早晨，我也出门看覆着白霜的棕黄色的树叶和叶梗。现在，料理花园的人大都被辞退了，所有草木都在夏天恣意生长；我只感到寒意，只看见高深的草、潮湿、黑色和棕色。我在破败的花园短时间散步，每次走远一点，走过白杨树，走过高大的常青树，接着走进白色大框架的温室，它经过这些年月依旧坚固完好。一路上深浅不一的棕色再次唤醒我对特立尼达岛的记忆：不是真实的颜色，是死去植被的色彩，其中没有美，只是垃圾。

某天，在这片棕色中，我走过温室，来到我早先去河边散步会经过的地方，我曾在那儿发现了一扇门（我第一次进去时它还能开关）和几座架在小溪上的桥，幽暗的溪水上漂浮着密密麻麻的落叶。现在，在这片黑色和棕色之中，我看见了一道新的木栅栏，漆成金红色，像那个德国人带来的胡子拉碴的胖兄弟，他的头发就是金红色的，他手里的尼龙袋也一样，那袋子是用来装那些烂木头或者别的他想掠夺的东西的。

我没听谁说起过这道栅栏，也不知道这块地是否已易主。周围的土地荒芜一片，即使我有力气，也难越过第一条小溪。但是我能看见新栅栏同那条从花园通到河岸的老步道及桥交叉了。这是因为勘测员只在地图上画出一条线，并没有考虑到土地实际的使用情况。

我曾训练自己接受变化之观念，避免悲痛，尽量不去留意腐朽。当时有必要这样做，因为我刚刚意识到我第二次生命的环境的好处，它就变了。苔藓玫瑰被砍倒；开放的车道被铁丝网栅栏隔断；田野被圈起来。杰克的花园逐渐凋零，最终被混凝土覆盖。皮通离开后，我小屋外草坪尽头的大门关闭，枯树枝堵在门口。铁丝网——让人心寒的东西——困住了果园里的儿童屋。

我曾怀揣变化的观念生活，我把它视为亘古不变的常规，我看到世界在流动，人的生命是一系列偶尔交织在一起的轮回。但是如今，哲学于我已派不上用场。土地不再只是土地本身，它吸呼着我们的呼吸，也受我们的心情和回忆感染。我生命中这个轮回的终结，庄园生命中这个轮回的终结，与疾病导致的衰老感混在一起，令我悲伤。

我喜欢这个邻居。我对他没有任何敌意——他无意中为我指出了我该搬去的地方。他对自己想获得的东西充满敬意，从某种意义上来说，山谷和土地也是属于他的。他母亲幼年时曾住在河边一栋农舍中（如今部分损毁），那里不缺乏敬畏。我一直清楚，我无从保护一片风景，在第一个春天过后，它便只存在于我心底，有着一种特殊的纯粹。从那第一个春天起我就知道，这一刻总会到来。但是现在，它的到来让我震惊。这里的一切都曾是我快乐欣喜的源泉，它们欢迎我治愈我，现在却仿佛面临死亡，成了痛苦之源。

*

每个来应聘“帮手”的女人都以自己的方式将她神圣的物品带来庄园，在装修一新的房间住上一阵，接着离开。不过，好像终于出现了合适的人选，菲利普斯太太也安心地重拾私人生活。

她之前和菲利普斯先生共享的生活有不少公共娱乐——酒馆、俱乐部、宾馆酒吧、带舞池和乐队的乡镇餐厅。和房子、住所、工作或职业相比，这些娱乐更让菲利普斯夫妇的生活安定、有节奏。现在这种节奏又凌驾于她的悲哀之上。初春，在之前夫妇俩的度假时间，她和老朋友出去过了两周。

她不在的这段时间，她的帮手走出庄园的阴影，开始露面，并且无拘无束地巡视了整个庄园。一个约莫五十岁的瘦弱女人，对庄园的孤独和气势十分满意，一如多年前那个把衬衫下摆打结露出腹部的女人或女孩。这个上了年纪的女人穿得讲究：一条昂贵的花呢裙。应该花了不少钱。我觉得在这一点上她像皮通：虽然只是个仆人，但绝不输于此地的标准，甚至多少还要和它比上一比。对我而言，她使这个地方改变了太多！这么多年来，我觉得自己又处在了他人的监视之下。

菲利普斯太太回来后，这个奇怪的女人退了下去，变得胆怯、紧张，仿佛不愿让我看清她和菲利普斯太太的关系。

假期后菲利普斯太太变得判若两人。她的额头光滑了；眼圈和皱纹不那么深了，声音也变得轻快，在电话里听来尤其明显。度假回来两周后，她打电话说有一份礼物要送给我，语调很是活泼。

她穿着运动型夹棉夹克，双手轻轻捏着一根手杖，将手杖水平托着。当她单手持手杖时，姿势一看就知她不习惯用手杖，不知道如何握或使用它。

她说："我周日去见了斯坦的父亲。他要你收下他的手杖。"

是那根带叉的拐杖，他在庄园散步时用大拇指拄着杖子走。那是我第一次见到这种手杖。我也喜欢用手杖，我父亲早年曾做手杖玩，用的是某种丛林树。我从父亲那里继承了一种对手杖的感情，早年在旅行时总是试图带回一根手杖。

带叉手杖是我和老菲利普斯先生聊的第一样东西。他知道他在庄园里拄着它走的时候引起了我的注意。现在送给了我。我把它当作一件新事物、一份礼物来审视，结果发现它比我记忆里的要短。我印象中它有老人的肩膀那么高，事实上它就是武术棍的长度，立起来也就是及腰。手杖的分叉部分及其下一英寸左右的树皮是剥掉的，这个时髦的装饰下还有另一个时髦的东西：一个铜色的金属环。我之前没有注意到它；而且菲利普斯太太拿来的手杖闪着新漆的光亮，我觉得老人可能买了一根新的送给我。但是手杖底部约一英寸厚的橡胶垫圈前后磨损了不少。这确是老人用过的手杖；他把它打理得漂漂亮亮再当成礼物送人。

我对菲利普斯太太说："我会一辈子留着它的。"

若是几年前，我会觉得这样的话轻易说不出口。但现在我只觉得这个承诺我不会实实在在地去履行，正如对丘陵与河流的记忆，对白垩与苔藓玫瑰的记忆，将会随老人的死去而消散，即使我能把这根手杖传给一个细心的人，但有关它的联想终究延续不下去。没有那些联想，这手杖不过是一件物品。正如被常春藤缠绕的樱桃树的金黑色树干，我给它打磨上漆，它已成为我在庄园后期生活的纪念品，但它终归会失去这样一种意义。

菲利普斯太太说:“这古怪的老头。”

这话很奇怪，她和老人很疏远。这疏远表现在她脸上：新近光滑的皮肤、眼睛里的明澈、毫无倦意。并且她的语调里是一种正在苏醒的讽刺和对生活的热爱。

她说:“我想该先告诉你，免得你从别人那里听到。你知道山谷里闲话传得快。我收到了解雇通知。”

于是，手杖这一礼物又多了一种联想。菲利普斯太太把它送过来——她在电话里活泼的声音，她对老菲利普斯先生的疏远，虽然老先生最近还拄着手杖在庄园散步——这礼物仿佛是她即将告别庄园生活的标志。她看上去很轻松的样子。当我开始了解菲利普斯夫妇，不再把他们当作典范仆人之后，我钦佩他们的冒险精神，以及一无所有、随时准备离开的超然。然而现在，菲利普斯太太的消息为她带来的礼物增添了一丝孤寂的美感。

她说:“不用我说你也知道。自从斯坦离世之后，日子就不怎么好过。斯坦能应对。我一个人不行。他很难对付。”这是指房东。“而且也好不起来。这是难处。不是你努力就能改善的。”

她开始走向门口。她停下来，透过厨房门的高玻璃窗望着折断的白杨，它们又焕发出生机了。

她又说起话来，语气有些亲密，带着一丝询问，也有寻找安慰的意思，仿佛我是她的亲人。她说:“度假期间我遇到了一个人。有天他来和我们一起吃晚饭。朋友中总有那么多喜欢当媒人的。你不会相信的。反正，我想该先告诉你，免得你听到一些有的没的。斯坦和我达成一致，无论谁先走，留下来的那个应该再婚。”

这真是怪了。她之前在我面前从来没这么放得开，之前她总是紧张兮兮的。这种紧张首先源于她对庄园的陌生，源于她不了解我，其次源于她的疾病，再者源于她的孤独。也许，又如我现在想到的，是源于她和菲利普斯先生的同居生活，他是个能量巨大的人。而我也觉得和她变得亲近了，这仿佛是在回应她有别于从前的性格。

*

正如菲利普斯太太所言，这消息很快在山谷里传开了。布雷听说后，第一反应是想到房东，庄园的主人。他说，似乎也是在说自己：“衰老是件残酷的事。我想他们会一卖了之，最后什么都不会剩下。”

我说：“他陪了它一辈子。没多少人这么做。这是一种幸福。”

他沉浸在自己的思绪中。“年轻的时候你能反抗，一旦老了，他们想对你怎么样就怎么样。”

他细长的眼睛闭上，一滴泪水从他中年人松弛的面颊上淌下。话虽这么说，这座宅子的尊严对他总是极为重要。他的内心总是被它的动静牵动着。这座宅子的尊严给他的独立以价值，是他借以衡量自己尊严的标准。他记忆中隐藏最深的，也会随他的死亡而消逝的，是他的奴性。

眯眼看着路，泪水流下脸颊。布雷说：“她走了。她病得厉害，必须回疗养院。”

这是他第一次提到午夜在索尔兹伯里火车站遇到的那个女人，那个穿着肥大花呢外套待在空荡荡的火车站的女人，那个在明灯映照下的孤独的女人。

告别仪式

在年近四十岁的时候，我做的关于失望和疲惫的梦一度是脑袋要爆炸的梦：梦见头脑中的噪声之响之长久，使我感到这存活下来的脑袋没救了；以为死亡来了。如今我年过半百，熬过了病痛，离开了庄园小屋，结束了我生活的那个篇章，我开始被死亡和终结的念头惊醒。有时甚至不是具体的念头，不是有来由的恐惧或幻想，而是深深的惆怅。这种惆怅在我入眠时穿透头脑，我便在它的刺激中醒来。我深受其害，需要一天中最美好的时间来缓解。浑浑噩噩的白天加重了夜晚的暗淡。

几年里我都在构思一本类似《抵达之谜》的书。到山谷后一两天内，我便开始了那个地中海遐想：旅行者的故事，陌生的城市，精疲力竭的生活。这些年里构思一直在变，我放弃了幻想和古老世界的背景。故事因此变得更为私人：我的旅程，作家的旅程，被写作中的发现与看待事物的方式所限定的作家，而非被个人的经历所限定的作家，旅程初始彼此分离的作家和人，在第二段生活结束前合而为一。

我的主题，叙述方式，我笔下的人物——多年来我一直觉得它们在我头脑中呼之欲出，时刻准备显露出来，缠住我。但是直到这种关乎死亡的新的意识出现，我才终于动笔。死亡是主题，也许它一直以来都是主题。死亡和如何面对死亡——这是杰克的故事的主题。

促使我着手创作的是一项新闻任务。一九八四年的八月，我受《纽约书评》的安排前去参加达拉斯的共和党大会。但我发现没什么可写。这是个事先安排好了说辞的集会，本身空洞无物。想到上千名记者赶到那儿不过是要对手中现成的稿子稍加修改，我就觉得压抑不已。回到威尔特郡，远离会议中心的压抑和新闻稿，我才开始意识到我对什么有反应：不是走个过场的集会，而是周围发生的事情。突然，不值得写的内容有了很多可取之处：一周以来的新鲜经历，如果不记录下来就会消失，会被我遗忘。发现这一体验后，我也找到了陈述它的话语和腔调。

从原本以为的一无所有中找到经历，这让我兴奋，加之语言复苏的喜悦，我立即动笔。我放手去写。我写出了好几个开头，我停停写写。接着，显然是从我的记忆深处，浮现出杰克、我生活的周边地区。我坚信杰克是最好的切入点，也能助我更好地积累《抵达之谜》的素材，布下背景，定好主题，确定书的时间跨度。几周里我写了很多个开头，信手写，从不同的切入点写。

期间有中断的时候。臼齿出了问题，后来拔掉了。我去看牙医的时候没有拔牙的准备，他们通常是作补救的。麻醉的时候，还有牙医强有力的手指推一颗没有痛感的牙齿的时候，我感受到一种抹不去的朽烂，这是死亡的感觉。两天后，我强忍着嘴里的生疼，去伦敦参加一个作家老朋友的颁奖午餐会。这一场景和我在伦敦找新公寓的情形交织在一起，和看过一些老公寓、别人的生活和别处的景观后特殊的阴郁交织在一起。接着，甘地夫人在德里被她的保镖射杀而死。之后不久我因我的德国出版商去了该国。令世人震惊的东柏林事件，四十年后此地仍一片疮痍，某些损毁的建筑上的小苗长成了大树，这是一幅自我放逐的世界的景象，对我来说有新鲜感：我早就应该来看看。德国之行的最后一天早晨，我参观了西柏林埃及博物馆。回到威尔特郡后，我接到了一则消息：我妹妹萨蒂在特立尼达岛突发脑溢血，正好发生在我离开博物馆的时候。她昏迷不醒，回天乏术。自从父亲一九五三年去世后，三十多年来我没再经历过丧亲之痛。我冷静地接受了这个消息，然后我开始打嗝，接着忧虑起来。

我一九五〇年乘坐小小的泛美航空飞机离开特立尼达岛时，萨蒂离十六周岁生日还差七个星期。再次见到她、听到她的声音时，她都快二十二岁了，已经结婚。特立尼达于我几乎成了一个想象中的地方，但她一辈子生活在那里，偶尔出国度个假。她经历了父亲一九五二年的疾病和一九五三年的离世，经历了一九五六年的政治变革和种族政策，经历了一九七〇年的街头暴动与准革命和无政府状态。她也经历了石油带来的经济繁荣，过了不少年安稳的日子。她的生活算得上圆满。

她去世后三天，她的遗体在特立尼达岛火化的时候，我在威尔特郡新家客厅的咖啡桌上摊开她的照片。几年来我一直想整理家人的照片，把它们归置好收进影集。又总觉得有的是时间。她在世时我没有注意看这些照片中她的年龄。现在一一翻看，我看到很多照片上，尤其是她度蜜月时的照片，她是个胳膊纤细的女孩。这个女孩如今已经往生。死亡触动了这些洋溢着青春气息的照片，令人心痛。我看着摊在桌上的照片，第一次这么思念她。三四十分钟后——我想特立尼达岛的火化仪式正在进行——我觉得心灵受到了净化。我不知道照理应该做些什么，但觉得自己的做法没错。我专注地去缅怀这个人，回忆她的生活、她的个性，我向这位逝者致敬。

两天后，我去了特立尼达岛。家人想让我待在他们身边。我弟弟赶在火化仪式当天回到家，在火化开始后六小时赶到，让人带去火化的地方。我姐姐开车送他。夜里火化堆仍闪着火光。弟弟独自走到火光边，姐姐在车里看着他。

两周前，我弟弟曾去德里参加甘地夫人的火葬仪式。回伦敦后他开始写一篇重要的报道，没等写完便来到特立尼达岛。飞机实现了这一趟趟的远程旅行，让他得以见证这些死亡。我一九五〇年离开特立尼达岛时飞行还没那么普遍，出国可能意味着折断人的一生：我时隔六年才和家人重逢，这六年里我都无法和他们相伴。一九五三年父亲去世时，我自然没能回家。当时我弟弟八岁，见证了最后的火化仪式。这次经历在他心中留下了烙印，死亡和火化是他深埋于心底的伤痛。现在是姐姐的火化：他从伦敦飞过去仍能看到一堆火。很快飞机要带他回到伦敦，也陆续载着其他家人去往不同地方。

我留在特立尼达参加几天后举行的宗教仪式，这是葬礼的一个环节。萨蒂不信教，和我父亲一样对仪式没有感觉。但她去世后，家人希望为她办一整套印度教的仪式，一点都不落下。

梵学大师是个身材高大的男人，他迟到了。听说他在火葬时也迟到了。他说自己太忙，累得看错了时间。然后他开始干活，需要的材料已经准备好。一个浅浅的土祭坛立在萨蒂家走廊的水磨石上。对我而言，这仪式的背景——郊区的楼房花园，还有街道——看上去太新了，显得奇怪。我的记忆仍停留在旧时，这样的仪式和乡村更协调。

梵学大师穿着丝绸长袍，盘腿坐在祭坛的一侧。萨蒂的小儿子面对着他坐在另一侧，他穿着牛仔裤和套头衫，这样一身便装也让我意外。在走廊上进行的仪式像是对火葬的模仿；但它使人联想到繁殖和生长，而不是人死后归于土地，化作各种元素。献祭和供养才是主题。在雅利安人的经典中总是强调献祭！

和很多印度教仪式一样，这套仪式也颇为繁复：在祭坛的何处放花，如何念经以及何时抛撒各种东西，这是祭司的一整套机械化程式。梵学大师指导萨蒂的儿子完成这一系列程序，告诉他向圣火祭上何物，手指向祭品时念“娑婆诃”，向火抛撒祭品后要手握拳说“舒达哈”。

梵学大师继续着。他意识到走廊上的人是他的观众，在指导萨蒂儿子的同时，开始以常规的宗教方式说话。他告诉萨蒂的儿子要控制情欲；他开始一本正经地宣扬类似教义的东西。这对我来说也是新鲜的：梵学大师在某种程度上以一种在我小时候不被允许的“普地基督教”的方式，把以思辨、多元、万物有灵论为根基的印度教同基督教与伊斯兰教信仰等同起来。事实上，有那么一会儿——仿佛这是一个公众集会，而我们有不同的信仰——他拐弯抹角地说《薄伽梵歌》相当于《古兰经》或《圣经》。他其实是想说我们也有经典；特立尼达岛在变，他以此保护我们的信仰和生活方式。

萨蒂的儿子虽然穿着牛仔裤，却很严肃。他在并没有受过正规教育的大师面前很谦卑，换一个场合，他可未必会如此。他像是在寻求安慰，一种比仪式还要强大的支持。他聆听着大师的讲话。大师继续用泥土、鲜花、面粉、纯净的黄油和牛奶进行着复杂的仪式，并且添加了道德和宗教训诫，说我们的前生决定了今世。萨蒂的儿子问，母亲怎样的过去决定了她如今残酷的死亡。没有得到回答。萨蒂的儿子但凡对印度教思想有所了解，但凡继承了点传统，就会知晓轮回的概念，不会问出这样的问题。他会屈从于神秘的仪式，把大师的话当成仪式的一部分。

仪式仍在进行。这是人们请大师来的目的，他们需要这种准确——捏起米饭团和泥土，摆花，往这个那个上倒牛奶，不断地给圣火添燃料。

之后大师开始吃午饭。按旧例，他们都是盘腿坐在毯子或者装面粉或糖的麻袋上吃饭，毯子上铺棉花；会被好生伺候。现在仍不失奢侈，但没人在一旁伺候。他就坐在走廊上的桌子前吃饭，自顾自地大口吃着，用手抓着吃，就像之前抓泥土、米饭等祭品那样。

萨蒂的丈夫和儿子站在他身边，问他萨蒂转世的机缘如何。严格说来，这不是一个印度教的问题，在目睹那场仪式之后，我觉得这听起来很奇怪。

萨蒂的丈夫说："我还想见她。"他说话流畅，但眼里噙着泪水。

大师没有直接回答。印度教的转世，指人在几世修行后达到涅槃境界，无生无死，也无所谓再投胎。若他如此理解，面对如此悲痛的人一定不忍说出口。

萨蒂的儿子问："她会回来吗？"

萨蒂的丈夫问："我们会再次团聚吗？"

大师说："但你认不出她了。"

这是他对转世的解释，没有一点宽慰作用，反而让萨蒂的丈夫陷入绝望。

我请求大师给我看一下他在仪式上用的《薄伽梵歌》。它由印度南部一家出版社出版，每段经文后有英文翻译。大师在主持仪式的过程中除了念诵广为人知的梵文经文，也引用了英文翻译。

大师说他平日会送《薄伽梵歌》给别人。他说他"分享"《薄伽梵歌》，"分享"这个词也十分基督教。人们送他《薄伽梵歌》，他送人们《薄伽梵歌》。有个信徒一次带了十几本送给他；他又再发放出去。

大师的任务完成，午餐也吃完了。他变得合群且健谈，我童年时的那些大师办完事后并不这样。

他开始讲故事。我没听懂。某天社区里一个大人物问他："你觉得印度教最好的经典是哪个？"他回答："《薄伽梵歌》。"那个人对在场的其他人说："他说《薄伽梵歌》是印度教最好的经典。"这个故事本来也许很有内容，但他就说了这些。大师觉得这就是故事的精髓——有大人物肯定他。或者他害怕什么而不敢深入讲，或者他忘了这个故事的要旨，又或者事实上他说的正是要旨：《薄伽梵歌》是印度教最重要的经典。（尽管临走前他说，为了主持仪式他都没什么时间读《薄伽梵歌》。）

让这场合更随意的是，大师冷不丁兴致高昂地谈起了政治，他支持的保守派和"伪君子"改革派间的争议。我以为在特立尼达岛这一议题五十年前就消亡了，它属于我们过去的田园生活，那个我们社区更自给自足的年代。我不能想象在种族政策和独立运动的压力下它还幸存着。但是大师显然很看重它。

这个人是我们家亲戚，我的一个堂兄弟。这在如此场合是极大的讽刺，或者说最合适不过。在求知欲和知识的相辅相成中，我进行着写作探险，不仅热衷于旅行，也热衷于对过去的不同解释，其间我发现，我父亲曾受他的外祖母和母亲鼓励当主持仪式的大师。但他终究成了一名记者，他的文学抱负在两个儿子身上扎根。正因为他的家庭想让他成为梵学大师，在一战前的极度贫困中，他仍被送去接受教育。而我父亲的兄弟打小就被送到田里干活，一天挣八分钱。这个家族的两支就此分道扬镳。我的叔父成了一个小型甘蔗农场的农场主，他一生比我父亲富裕多了。一九五三年我贫困的父亲久病不治去世了，叔父付了部分丧葬费用。但是两家很少有来往，甚至我们在身形上都相差甚远。我们（除了我弟弟）个子小，而叔父的儿子都有六英尺高。命运无常，如今家族里真出了个梵学大师。这个粗壮的六英尺大汉在我妹妹家的走廊上主持了仪式，他来自我叔父那一支。他服务了我父亲一家，参加了我父亲最先去世的孩子的葬礼。梳理完家族关系，他的有些行为也得以解释，他希望在我们中间树立威信。

还有一点也很讽刺，我父亲虽然致力于研习印度教的思辨，却厌恶仪式，甚至自一九二〇年起便支持加入被这个梵学大师鄙夷为“伪君子”的改革派。妹妹萨蒂生前也不喜欢仪式，但是家人为她安排了传统的葬礼，希望有一点神圣感，希望能呈现我们和我们的过去。这才请了梵学大师来。在我妹妹家走廊的水磨石地上有个土祭坛，进行着象征性的仪式，上面放着一小堆由芬芳松枝、鲜花和糖组成的东西，在黄油中浸泡之后点燃，会散发出甜甜的焦糖味。

我们的祖上住在乡间，远离皇室的宫殿，依赖我们不理解的秩序生活过，绝不愿去亵渎，怕和过去、和神圣的土地及神明断绝联系。祭地仪式历史悠久，总有神秘之处。但是现在，我们不能屈服于它们，因为我们有了自我意识。四十年前，我们没有这样的自觉。我们那时能接纳，是因为觉得那样自己才更完整，和土地及大地精神更协调。

四十年前接纳仪式要容易些，因为那时很贫穷，和印度的过去相差不大，包括房屋、道路、车辆和衣物。如今大家兜里普遍有点钱了，比如设计师会一时兴起，将树枝和树叶浸在金液中，保持树枝和树叶的形状。接受了新式教育的几代人把我们和过去、和旅行及历史分离。我们岛依靠石油和天然气致富了。

这笔意外之财，破坏并重塑了我们在新大陆初建时的气象。我小时候搭坐时速十英里的火车去西班牙港的路上，看见北部山脉光秃秃的，散布着一片片森林。如今半山腰有了从其他岛非法移民过来的人的棚屋。那一座座被海水环绕的小岛，是两个多世纪来与世隔绝的非洲奴隶收容所，他们曾在种植园受尽煎熬：岛上的移民改变了我们的土地、人口和情绪。

以前北部山脉脚下有一片沼泽，散落其间的棚屋的泥墙湿漉漉的。现在这儿却是一派荷兰风光：一畦畦菜地，笔直的垄和水渠。甘蔗不再是重要作物。这些印度村落与我所熟悉的村落截然相反。没有狭窄的道路，没有幽暗茂盛的树，没有棚屋，没有灌木围起的院子，没有仪式上点亮的灯，没有人在墙边玩影子游戏，没有人在带护墙的走廊上做菜，没有跳跃的火光，没有沟渠边的花和渠中青蛙彻夜的鸣叫。这里只有高速公路和三岔路的出口及方向牌：森林已被夷为平地，所有秘密都一览无遗。

我们改头换面。我们所找寻到的世界——郊区带花园的楼房，举行我妹妹告别仪式的地方——部分是我们自己创造的，我们盼着苦尽甘来，我们无法回头。没有古轮船带我们回到从前。我们走出了梦魇，却无处可去。

大师作了最后指导。将一铜盘祭品放在某处；另一盘食物倒进河中，和妹妹的骨灰一道被河水带走，这是最后的供奉。随后这个穿着白色丝绸、腰部尤显壮实的人上车走了。我脑海中浮现出一些记忆的片段：节假日随父亲拜访他兄弟，周围都是平坦的甘蔗田，田间有绿草萋萋的小径，架在柱子上的棚屋点缀其中，夜间昏暗的灯光，院子里有牲畜，点燃的驱蚊草堆，瓦楞铁皮屋顶的杂货店，以及阒寂。

一个客人，我妹夫的远房亲戚，年事已高，开始谈起了我们的过去——也许是受仪式触动。他谈起我们这些自一八四五年起从恒河平原移民到新大陆的人与岛上其他地区的印度人，尤其是西班牙港西北部村落的印度人有什么差异。

他说："要知道那些人在一八四五年之后就没来过这里。他们很久很久以前来过。你听说过哥伦布吗？伊莎贝拉女王向所有天主教信徒开放这片土地。那是法国人来这里的时候。你知道他们信天主教。你们听说过印度有个地方叫本地治里吗？那是法国人的地盘，也就是现居西班牙港附近的那些印度人的原乡。所以布瓦西埃那些地方的印度人就和我们不一样——他们来这里已有四五百年了。"

历史！他梳理了自一四九八年以来的事件。一四九八年哥伦布在第三次航行中为伊莎贝拉女王发现了这座岛；但此地被西班牙政府忽视了三百年，直到一七八四年，帝国为了自保，向天主教移民开放了这座岛，给带来奴隶的人优待和免费的土地。一八四五年，大英帝国废除奴隶制十年之后，英国开始从印度带来印度人，开垦这片土地。老人把这段历史模糊地串起来了。这对他而言已经足够。人需要历史，历史帮助人了解自己是谁。但是历史如同神圣，能驻于人心，只要有某些东西就足够。

我们神圣的世界——那些在我们小时候就由家族传承给我们的神圣情感，那些我们童年的神圣之地，神圣是因为我们以孩童的眼光看它们，为它们填满神奇，远在英国时，这些地方在我心中越发神圣起来，因为我只能通过文字去想象，一厢情愿地想象这些地方一如从前，想象出一个并不存在的家。尽管后来我知道，那儿充满了血腥，原住民遭到杀戮或压迫，逐渐灭绝——我们神圣的世界消失了。现在，每一代人都使我们离神圣更远。但我们为自己改造了这个世界；每一代人都这么做；我们因妹妹去世聚在一起，感到需要表达敬意、悼念她时，我们发现了这一点。它迫使我们正视死亡。它迫使我正视自己夜里在睡梦中思考的死亡；仿佛是为了让我为这一刻做好准备，一种真实的悲痛正好填补了感伤引发的空虚。它向我证明，生命和人是谜团，是人真正的宗教，是灰暗和灿烂。当我面对真实的死亡，带着这种对人的新的惊奇发现，我不再犹豫。我将草稿放到一边，开始挥笔疾书，写下杰克和他的花园。

一九八四年十月至一九八六年四月

图书在版编目(CIP)数据

抵达之谜 / 〔英〕奈保尔著；蔡安洁译. —海口：南海出版公司，2016.9
ISBN 978-7-5442-5989-7

Ⅰ. ①抵…　Ⅱ. ①奈…②蔡…　Ⅲ. ①长篇小说—英国—现代　Ⅳ. ①I561.45

中国版本图书馆CIP数据核字(2015)第294294号

著作权合同登记号　图字：30-2011-037

抵达之谜
〔英〕V. S. 奈保尔　著
蔡安洁　译

出　　版　南海出版公司　(0898)66568511
　　　　　海口市海秀中路51号星华大厦五楼　邮编 570206
发　　行　新经典发行有限公司
　　　　　电话(010)68423599　邮箱 editor@readinglife.com
经　　销　新华书店

责任编辑　黄宁群
特邀编辑　第五婷婷　袁　静
装帧设计　韩　笑
内文制作　田晓波

印　　刷　北京天宇万达印刷有限公司
开　　本　850毫米×1168毫米　1/32
印　　张　10.75
字　　数　233千
版　　次　2016年9月第1版
印　　次　2016年9月第1次印刷
书　　号　ISBN 978-7-5442-5989-7
定　　价　49.50元